异能家庭

胡月欣 著

版 武汉出版社

（鄂）新登字 08 号

图书在版编目（ＣＩＰ）数据

异能家庭 / 胡月欣著. -- 武汉：武汉出版社，
2016.10
ISBN 978-7-5582-0849-2

Ⅰ．①异… Ⅱ．①胡… Ⅲ．①科学幻想小说－中国－
当代 Ⅳ．①I247.5

中国版本图书馆 CIP 数据核字(2016)第 254843 号

著　　者：胡月欣
责任编辑：赵　可
封面设计：菜大包
监　　制：张冬青
出　　版：武汉出版社
社　　址：武汉市江汉区新华路 490 号　　邮　编：430015
电　　话：(027) 85606403　85600625
http://www.whcbs.com　E-mail:zbs@whcbs.com
印　　刷：北京中印联印务有限公司　经　销：新华书店
开　　本：700mm×1000mm　1/16
印　　张：16　　字　数：182 千字
版　　次：2016 年 11 月第 1 版　2016 年 11 月第 1 次印刷
定　　价：29.80 元

异能家庭 目录

异能家庭 目录

第一章

还好我们大家都在呢

六月的天气炙热得像是大火炉，炙烤着大地，连微风中都带着浓郁的热气。茂盛的树梢间传来阵阵蝉鸣声，宣告着这个夏天的来临。

一个老旧的公寓楼里，传来一阵阵噼里啪啦的声音。

高子枫左手拿着精瘦的闪电侠，右手拿着一只身躯壮硕的大恐龙。而此刻闪电侠被恐龙死死地掐住了喉咙，一场超级英雄大战正在上演。

"这是超级英雄和黑暗势力的最后决斗，闪电侠正面临巨大的威胁，代表正义和勇敢的超级英雄联盟小伙伴们终于出现了！"

下一秒，恐龙的身后出现更多的超级英雄：美国队长、钢铁侠、绿巨人等。

高子枫将那些手办一个个地在恐龙身后摆好，然后将纠缠在一起的恐龙和闪电侠缓缓分开，继续为这场世纪大战做解说："然而，邪恶的力量不容小觑。"

他一边解说，一边在恐龙的身后摆了更多的恐龙以及其他邪恶的人，双方开始激战。

高子枫玩得不亦乐乎，拿起美国队长和钢铁侠，继续与邪恶势力对抗。

终于到了两组人马会战的时刻，高子枫拿起眼镜戴上，学着柯南的声音："真相……只有一个！"

下一秒，身后的房门被人砰地踢了一脚，高子枫手一抖，手上的手办直接掉落在地上，连眼镜都跌下了鼻梁。

"哎哟我去！"

高子枫正懊恼，身后就传来高婷尖细的嗓门："高子枫，让你收拾东西你丫的是死在房间里了吗？"

哦对！还沉浸在世界超能英雄巅峰对决中的高子枫猛拍脑袋坐起：今天要搬家呀！

老旧的公寓楼隔音效果极差，不时传来怒骂声。

高子枫背着手包，心情欢快地哼着小调儿，手里捏着心爱的手办，跟在高婷身后，一家人呼哧呼哧地带着打包的行李上了搬家车。

大型搬家车轰隆隆地从马路上驶过，最后猛地停在高档的小区门口。

搬家车后门被打开，高子枫一手拿着手办，一手捂着脑袋，一脸委屈地看着身边正襟危坐，于恶劣环境中依旧能够做考题的高婷。

"姐，刹车你怎么都不拉我一把？你还是不是我姐？"对于高婷的"见死不救"，高子枫十分以及非常的不满意！

高语从副驾驶座上跳下来，看了自己的儿子一眼："真正的英雄都是没有助攻的，都是孤独的。"

高子枫将视线移到高语身上，恍然大悟继而又大义凛然："是吗？哎，想到自己要孤独终老，我也是有点小伤心呢。"

作为一个十四岁的少年，他觉得他已经拥有了拯救世界的能力。

高婷手中的笔飞快地在试卷上滑动着，但还是极其配合地翻了个白眼。

高语打开箱车的后车门，笑眯眯地冲两个人招呼："孩子们，我们的新家到了，快下来吧！"

依旧在低头忙着写试卷的高婷抽空看了他一眼，为自己争取最后的时间："爸，再给我一道题的时间。"

高婷是一个高三的学霸，她懂得如何争分夺秒地为自己创造学习时间。

高语作为学校的教导主任，自然支持女儿这种"好好学习，天天向上"的行为，他宠溺地冲她点点头："好好好，你做吧。"说完顿了顿，扭头看着高子枫，毫不客气地说道："高子枫，你赶紧给我滚下来帮忙！"

说起高子枫，高语就一脸头疼，他一直弄不明白，明明是从同一个母亲肚子里出来的，为什么高子枫和高婷会差那么多，如果说高婷是学霸中的战斗机，那么高子枫就是学渣……哦，不，用学渣来形容他简直是对"学渣"二字的侮辱。

对于高语这么明显的差别对待，高子枫只是耸耸肩，捏着手里的手办，像英雄一样从车上跳了下去，披在他身上的床单迎风招展。

可惜画风突变，高子枫双脚还未沾地，床单就挂在了车把上，连带着短裤也一起挂了上去。

刺啦——

空气中响起一阵布匹被扯碎的声音，正低着头做作业的高婷听见这阵奇怪的声音，幽幽地转头看去，一眼就看见高子枫露个穿着超人内裤的腚对着她。

高婷嘴角抽了抽，额头飞过一排乌鸦。

她晃了晃手中的笔，看着高子枫若有所思："阁下何不同风起，扶摇直上九万里？"

高子枫扯下门把上被撕扯的破烂不堪的短裤套上，然后意气风发地将床单披在身上，这才转头一脸茫然地看着高婷："姐，说人话！"

高婷默默地为高子枫的智商默哀了三分钟："你咋不上天呢？"

"这个地球更加需要我！"高子枫摆出一个咸蛋超人的动作，随时随地做好了为地球牺牲自己的准备。

高婷无语望望天，跟着跳下了车。

高语、林未未、林隐和林焱站在高档小区门口，一字站开，热热闹闹地看着前方。四个人中有一个人戴着帽子口罩和墨镜，即使在这样能将人烤熟的大夏天，他依旧将自己全身上下包了个严严实实，双手紧紧地抓着身边一个老年男人的胳膊。

高子枫和高婷走到四个人面前，一一喊道："爸，妈，舅舅，姥爷。"

四个人看向高子枫和高婷，皆是一脸激动，纷纷将两个人揽入臂弯，激动地感慨："我们终于有自己的新房子了！"

"以后每天早上再也不用和子枫抢厕所了。"林隐因为戴着口罩，声音听上去有些闷。

高婷一脸赞同地点头："我终于不用和高子枫挤在同一个房间了。"

"我们终于开始了一段全新的生活了！"高语激动地大喊，全然不顾身后经过的路人会投来怎样的视线。

六个人抱在一起，沉浸在喜悦和激动里久久不能回神，画面看上去温馨又和睦。

只是……

站在高语身后的搬家师傅等了半天，见这家人一直没点反应，一阵冷风吹过，他终于忍不住上前拍了拍高语的肩膀。

陷在激动和喜悦中难以自拔的高语被吓得一个哆嗦，回头看向搬家师傅。

"大哥，瞅啥呢？能搭把手帮个忙不？"搬家师傅指着堆在一起的行李，用带着口音的普通话大声吼了一句，终于将六个人喊回了神。

林未未看着那幢漂亮的别墅，想起过去的种种不容易，梨花带雨地低头抹眼泪，又哭又笑地说道："哎呀我们搞艺术的就是敏感，就是脆弱。哎哟，真是不容易啊，我们终于住上好房子了，哎哟呜呜呜……"

话说完，林未未又嘤嘤嘤地哭了起来，脸上的眼泪越擦越多。

作为一个曾经的三线小演员，全职太太林未未满满一身都是戏，大家早已经习惯，纷纷散开忙活了起来，待她呜呼哀哉完一抬头，搬家车都早已经空了，大家都已经进屋忙活去了。

"哎呀你们等等我啊！"林未未惊呼一声，撩起裙摆也奔了进去。

很快，漂亮的别墅里传来阵阵欢声笑语，被这样的家庭气氛所感染，似乎连空气中都沾染上了几分甜腻的味道。

别墅的空间很大，光是打扫和整理就花了一个下午的时间，六个人头上都戴着纸质的防尘帽，干劲儿十足。

转眼天黑了，别墅外的路灯全部亮了起来，别墅上上下下也终于被打扫干净。

"啊，我觉得现在我就算死在这沙发上也心甘情愿。"高子枫一屁股坐在客厅的高档沙发上，柔软的沙发往下陷了一个弧度。

"没追求。"高婷从高子枫的身后经过，瞥了他一眼，顺道把他头上的防尘帽摘了。

高子枫哼了一声，靠在沙发背上舒舒服服地伸了个懒腰，这一幕被刚从楼上下来的林未未看见，下一秒，她就发出了一声足以泣鬼神的尖叫声。

"高子枫，现在立刻马上把你的脏屁股从沙发上离开！"

高子枫还来不及反应，就被从沙发上提了起来……

月色从大开的窗子口照进来，给夜晚增添了几分缱绻。

几个人忙了一天，实在太累，随便吃了点晚饭，便纷纷洗澡休息。

别墅里的灯缓缓灭下，夜色渐深，屋外草丛里传来阵阵虫鸣，夜晚的凉风阵阵拂过。

时间在黑暗中飞快地走过。

忽然，高语家别墅的灯——亮起，周边几户别墅的灯也紧跟着亮起，随即响起了嘈杂的人声，打破了属于夜晚的安静。

别墅里浓烟滚滚，林未未用湿毛巾捂着鼻子冲在最前面，身后拉着高语，滚滚浓烟中，依旧可以清晰地看到，高语身后拉着高婷，高婷另一只手则护着弟弟高子枫，高子枫拉着头上顶着脸盆十分害怕的林隐，林隐拉着披着浴巾、手里仍旧不忘拿着鸟笼的林焱，一条巨大的"长龙"在迅速地往外移动。

"咳咳……"浓烟滚滚，烟雾刺鼻，几个人捂着嘴咳得厉害。

"怎么着火了！快，报警啊。"

"里面是不是还有人？死了吗？"

"这么大的火，不会烧到我们家吧？"

……

巨大的火势惊动了左邻右舍，大家纷纷披上外衣出来观望，原本美丽的别墅已经被火焰吞噬，滚滚浓烟不仅冲向天际，还有向两边蔓延的趋势。

林未未带领大家冲出了别墅，但是却无法带着大家拯救这个新家。

"完了，全完了。"六个人像来时一样，一字站开，失神地看着被火苗包围的别墅。

与来时不同的除了心情，还有那六张被烟熏得漆黑的脸。

"我以后是不是还要和高子枫抢厕所？"林隐沮丧着脸，头上的脸盆已经被撞得歪歪斜斜。

"我也还是要和高子枫一个房间？"

"我们的新家又没了？"

六个人只差没坐在别墅前抱头大哭，观望的邻居们一脸茫然，毕竟在他们眼里，在这样漆黑的夜里，能看见的只有六排整齐的牙齿。

此时根本就没有人注意到，不远处的大树后，一个黑影一闪而过。

空气中全是烧焦的味道，夹杂着噼里啪啦的味道，刺鼻又嘈杂，微风轻轻吹过，围着火舌旋转。

天边渐渐出现一丝鱼肚白，照出丝丝光亮，原本在空中飞舞的火舌也渐渐小去，最后只剩下一道道青烟，直冲天际。

早已赶到的消防员们忙了许久才将这场大火浇灭，可惜的是这场无情大火已经祸害了左邻右居。

“喂，你们家这火都烧到我们这里了，可不能就这么赖掉啊。”一个精瘦的男人看着灰头土脸的六个人，说话的时候趾高气扬。

林焱呵呵干笑一声：“这次的事情实在是个意外，我们也不知道怎么就突然着火了。”

“就是，没看到我们也是受害者吗？”高子枫站在高婷身边，怒目看着他

“是意外你们就不用负责了？你看这火都烧到我们院子里了，你们得负一半的责任。”

“就是，你自己不小心还有理了，不肯赔偿是吧，走！我们报警去！”

“对，报警去！”

说完那些人就手挽着手报警去了，六个人顿时有些瞠目结舌，有话就不能好好说吗！

救护车和警车都来了，高语和林未未的心情都还没有收拾好，就必须配合着警察做笔录。

“这火是怎么起的？”

林未未和高语一脸茫然：“不知道。”

他们倒是想知道。

腆着大肚子的警察继续不痛不痒地询问，高语和林未未皆垂头丧气地配合着。

林焱则提着鸟笼向邻居们赔不是，可惜邻居们不依不饶，林焱又是笑又是点头弯腰的，赔尽了老脸。

“嘿，你看这老头真奇怪啊，竟然养一只乌鸦！”站在男人身边的一个女人饶有兴致地看着林焱手中的鸟笼，忽然惊叫道。

林焱低头看了一眼被烟熏黑的鹦鹉，气得连话都不会说了，你才是乌鸦！你他妈全家都是乌鸦！

高子枫坐在花坛上，陪着因患有场所恐惧症而不敢面对这样的场面的舅舅，远远地看着正在给消防员递毛巾和水的姐姐，一脸的失落，每次遇到困难的时候，他什么都帮不上。

“我真希望我能拥有超级英雄的超能力，这样的话，昨天晚上起火后，我嗖嗖嗖几下，就可以把大火灭掉！”

至少就不会像现在这样这么严重，原本漂亮的新家瞬间变成一片废墟。

林隐头上的脸盆已经取下，不知道从哪里又找了墨镜和口罩戴上了，他看着高子枫蠢萌的脸，给了他一记摸头杀，然后在他被熏黑的脸上画下了一个闪电。

"你就是我们的超级英雄啊。"

高子枫一脸感动地抱住林隐："你真是我的好舅舅！"

高家几人对邻居们赔笑脸赔不是，他们依旧表示需要赔偿，无奈，高语只能卖了新买的家，凑上一笔钱，补了赔偿。

高子枫抬头望望天，十分合时宜地唱道："这幸福都雷同，悲伤有千万种。"

集体默哀。

天空阴沉沉的，大片的乌云已经从远处慢慢飘过来，树梢间早已没有了蝉鸣，空气中有很浓烈的动物粪便的味道。

六个人集体捏住鼻子，沉默地站在一栋破旧的仓库面前，身后有阵阵寒风吹过。

"这里可真是安静，环境很好啊。"高语扭头看着高婷和高子枫，"以后再也不会有人打扰你们学习了。"

高子枫瞥了自己老爸一眼："是啊，这里方圆几百里就这么一个仓库，被抢劫都找不到一个救命的。"

高语脸上艰难挤出的笑又硬生生被皱眉代替。

六个人在门口站了许久，最后终于鼓起勇气，进了破烂不堪的仓库，看清里面后，六个人的表情简直可以用生无可恋来形容了。

仓库空旷，但很凌乱，里面的灰尘厚得足以留下每一个脚印，墙角到处都有蜘蛛网，偶尔还有一只老鼠蹿过。

"这里还是有优点的嘛，很大啊。"林焱提着鸟笼，不知是在自我安慰还是在安慰大家。

"这里的缺点数都数不完。"

高婷话一出，大家的表情瞬间变得很茫然。

又是一阵沉默，成排的乌鸦从六个人的脑门飞过。

林未未看了高婷一眼，拍了拍手重新鼓起干劲儿，放下手中的行李，挽起袖子开始干活："哎呀既来之则安之吧，这没有什么大不了的，我们自己动手，丰衣足食！"

林隐看了看林未未，再看看站在身边依旧没动的四个人，嘴巴十分配合地哦了一句，身体却没动。

林未未闻言回头看了五个人一眼，不满地皱眉："你们还傻愣着干什么呀，快来干活！万事开头难。"

高子枫低头看着脚边的一只死老鼠："然后中间难。"

高婷伸出两根手指，从地上捏起一条已经长了灰的短裤，脸上是持续的生无可恋："最后结尾难。"

"嘿，我说你俩能不能别小小年纪就这么负能量？我告诉你们，我已经决定复出拍戏了，你们很快就能重新住上又大又漂亮的房子了！"

林焱看着高语不满地冷笑一声，开始打扫鸟笼。

林未未见没人回应，叉着腰做泼妇样说道："快干活！今天不收拾好不能吃饭！"

高子枫嘴一瘪："我忽然找不到自己存在的意义了。"

说归说，但是为了晚饭，高子枫还是乖乖地收拾起来。

高语站在林未未的身后，看着仓库里糟糕的情况，重重地叹了口气。林焱听见了，正想数落几句，却被高子枫瞄见了，立刻见机插话。

"火灾无情人有情，还好我们都在，这真是再好不过了。"

高子枫撞了撞高语的胳膊，示意他表个态，高语对于高子枫能说出这样的话颇为意外，惊讶地看着他，点了点头。

林焱扫了两个人一眼，闭上了微张的嘴巴。

虽然六个人运气不好，但是不得不说，人多力量大，没过多久，偌大的仓库就被收拾干净了。

高婷看了一眼打扫干净但依旧空旷得吓人的仓库，想了想，一个人出了门。

这次的大火虽然已经将别墅里的东西烧了个干净，但是指不定还有一个东西能用呢。

别墅离仓库很远，高婷走了许久才到，远远地就看见有两个鬼鬼祟祟的身影在已经烧得漆黑的别墅里找什么东西，她脚步一顿，这两个人是谁？

难道这场火跟他们有关？

高婷放轻步子，弯着腰一步一步挪到别墅的院子外，却意外地发现两个正撅着屁股的人是高子枫和高语。

"你们怎么在这里？"高婷跑到两个人身边，惊讶地问道。

"老爸说以后要捡破烂为生，为了支持他，我先陪陪他。"

"怎么说话的呢，你这不是诅咒你爸失业吗！"高语对着高子枫的屁股踹了一脚，然后一脸慈祥地看着高婷："我们回来看看有什么可以用的。"

"爸，你区别对待！"高子枫决定，这种行为他不能继续容忍下去了！

"又怎样？"

噗——

高子枫喷出一口老血，高语英俊潇洒的面容和理所当然的语气竟然让他无言以对。

别墅里能烧的东西全部都被烧坏了，不能烧的东西也搬不回去，高婷和高语满怀期待地上楼找了找，最后又空着一双黑色的手下了楼。

"什么都没有了。"

"不如我们把这个搬回去吧？"

"这个……"高婷指着一架没了键盘的钢琴，默默地看着高语，"爸，抬回去当柴烧吗？"

"我们来都来了，总不能空着手回去。"

"高子枫！你是捡到宝了吗？"高婷扫了别墅一眼，没有看到高子枫，不耐烦地喊了一句。

"我……在……这……儿……"高子枫在一堆破旧的废物中举起了手，满眼放光地冲到两个人面前，"你们猜我找到了什么？"

"莫非真的是金子？"高语疑惑。

"当当当当，是这个！"高子枫摊开手，手心里躺着一枚硬币大小的银色徽章。

高婷瞪着那个徽章半天没反应，最后动了动鼻子："我闻到了一股狗屎的味道。"

"我就是在狗屎上面捡的啊。"高子枫依旧得意扬扬。

"爸，我们快走！"

"好！"

高婷和高语两个人抬着破旧的钢琴，像一阵风一般，消失在高子枫的视野里。

高婷站在仓库中间，看着高语说道："爸，我觉得我们家也可以 DIY 啊，虽然不能弄得像别墅那么漂亮，但也一定别有一番风味！"

高子枫在背后泼冷水："姐，你确定不是疯味？"

高婷一个警告的眼神飞过去，高子枫立马识相地闭了嘴。

高语来了兴趣："怎么DIY？"

"我还得想想。"

"我先声明，你们爱怎么折腾无所谓，但是那块地是我的！"林焱十分专制地说道，"你们谁也不许打它的主意，其他的，你们自己分了吧。"

一直沉默着没有说话的林隐飞快地走到林焱指定位置的后方："我就要这块地儿了。"

高子枫见状，举起手坚定地说道："我的房间要和舅舅的房间挨着！"

高语打破了他的幻想："你和姐姐住。"

高子枫源远流长地啊了一句："我都快十四了还和姐姐住！我抗议。"

林未未扔完垃圾回来，正好听见高子枫的话，一脸温柔地看着他："抗议无效！"

高子枫顿时憋起了嘴，他需要自由！

"你现在初三，跟姐姐一个房间还能让她给你补习，正好督促你学习嘛。"高语见高子枫不高兴了，难得有耐心地安慰他。

"就是，我这可是二十四小时全天服务，你还有什么不满意的？"高婷没好气地看着高子枫，"再说了，我都没嫌弃你呢，你倒还嫌弃起我来了！"说完就推着自己的箱子进了自己看中的房间。

高子枫冲高婷的背影做了个鬼脸，然后手握成拳，一脸坚定地说道："真正的英雄势必会冲破家庭的层层束缚！"

林未未没好气地在他脑袋上用力一推："赶紧干活去！"

高子枫差点直接扑到地上去，最后一脸怨言地跟在高婷的身后进了同一个房间。

大家都选好了地儿，高语买了所需的材料后开始给仓库弄隔断，林未未负责在隔断中拉帘子，高婷扫地，林焱擦画框，林隐安装电脑，大家都分工明确后，开始工作。

高子枫捏着手里的手办，看着忙碌的几个人，不满地嘀咕："你们都有事儿了，我干什么啊？"

"你就打下手吧。"高语看了高子枫一眼，朝他伸了伸手，"去帮我拿下锤子。"

"打下手！"高子枫撇嘴，觉得自己没有受到重用，打下手这活儿未免太没有技术含量了，高子枫磨磨蹭蹭地拿了锤子给高语，闲着没事在沙发上玩心爱的手办……

没过多久——

"高子枫，快去装点水给地上洒水！"

"啊，找不到剪刀了，高子枫快去帮我找剪刀。"

"子枫，去帮我打盆儿水来！"

"高子枫帮我找找我的网线给放哪儿了！"

"啊！"作为打下手的高子枫由一开始的无所事事到现在忙得晕头转向，最后抓狂地发出一声颇为凄惨的叫声，吓得其他五个人手上的动作皆是一顿。

"我拒绝打下手！"高子枫觉得下一刻他的脑袋就会爆炸！

"拒绝无效！"几个人几乎是异口同声地说道，然后又低头继续忙碌手上的工作。

时间一点一滴地从指间溜走，黑夜不知不觉又开始降临，高子枫趴在沙发上睡得昏天暗地口水直流，高婷终于将最后一个房间打扫完，伸了个懒腰，看了一眼沙发上睡得正香的高子枫，抬手就往他头上拍了拍。

"臭小子，再这么睡下去，这里就快都被你的口水淹没了！"

高子枫像个弹簧一样，忽地坐起来，眯着眼睛念念有词："我是正义的化身，我要消灭你，成为超能英雄！"

高婷："……你还是继续睡吧。"

高婷在高子枫的脑袋上一按，高子枫又倒在沙发上呼呼大睡。

林隐、林未未、林焱和高语几个人陆续出了自己的房间，看见高婷，几个人不由得会心一笑："我们终于把新家整理好了。"

高婷点点头，打量着周围，原本那个脏乱不堪的仓库已经彻底消失了，取而代之的是这个充满了温馨的新家。

"好了，既然新家已经安置好了，我去准备晚饭。"

随着新家的诞生，大家的心情似乎也好了不少，林未未进厨房做饭去了，高语进去帮忙，林焱在逗鸟，林隐则回房间玩电脑，高婷看了一眼沙发上的高子枫，决定去写一张试卷。

"来来来，庆祝我们搬新家了。"林未未举起杯子，杯子里是白开水，她一脸期待地看着其他人，希望大家能够像她一样，对未来充满期待，为生活创造奇迹。

高子枫捧着碗，像是猪八戒吃人参果一样，将碗放在嘴边转了一圈，里面的米饭就空了，他咚的一声放下碗，擦了擦嘴："我吃饱了。"

然后就跑回了房间。

"哎，你……"

"我吃饱了。"

"我也吃饱了。"

"你们慢慢吃。"

一眨眼的工夫，大家陆续离开，餐桌上只剩下林未未和高语。

高语看了一眼林未未，拿起杯子跟她碰了碰："老婆。"

"老公，还是你好。"林未未一脸羞涩地朝高语笑了一下，仰头喝下杯子里的"酒"。

清晨的阳光照耀着这个城市，新的一天就这样开始了。

高子枫顶着个鸡窝头出了房间，刚吃完早饭的高婷看了他一眼，拿起书包笑眯眯地提醒他："还有二十分钟上课，祝你好运。"

"什么？"高子枫抓了抓乱糟糟的头发，扯着嗓门告状，"妈，姐今天早上又不叫我！"

高语忽然从高子枫身后冒出来，他的耳屎都快被震出来了，往高子枫后脑勺就是一拍："还不赶紧加快速度！"

"我这智商就是这样被你们给拍低了！"

高子枫揉着后脑勺，不急不慢地洗漱完，正想坐下来好好享受丰盛的早餐，林未未就将他屁股下面的凳子抽开了："上学都快迟到了，还吃什么吃！"

"妈，你这是虐待未来拯救世界的超能英雄，你会被唾弃的！"高子枫不满。

林未未拿起两个包子塞进高子枫的手里："未来拯救世界的超能英雄，我求你先把试卷给我考及格好吗！"

铁门大开的校门口，穿着校服的同学们三五成群地走进学校，说话声笑闹声混成一片，一个身穿白色衬衫的老师站在校门口，经过的同学纷纷向他问好。

高婷看了看时间，焦急地加快了脚下的步子，在最后一秒跨进了校门，而在她的数米外，高子枫依旧不紧不慢地啃着手中的包子。

"哟，这不是高婷吗？"值日老师看着高婷，一脸欣慰，"看看都有黑眼圈了，昨天晚上复习到很晚吧？"

高婷抿着唇微微笑着，没有否认也没承认。

值日老师点点头，看着高婷的眼神像是在看一枚会发光的金子："这学习固然重要，但是身体也很重要嘛，平时要注意休息啊。"

高婷继续微笑："谢谢老师。"

高子枫将手上的半个包子都塞进嘴里，还没进校门，忽然听到嘀的一声，接下来是值日老师严肃又古板的声音："站住！"

高子枫刚抬起的脚还悬在半空中，听见值日老师的话，他的动作顿了一秒，然后面不改色地继续往前走。

"高子枫，你给我站住！"值日老师发怒了。

高子枫将嘴里的包子咽下，不敢挑战他的威严，乖乖地往后退了一步，然后看着值日老师露出标准的笑："老师早上好。"

值日老师面无表情："你迟到了。"

高子枫不服："我明明是跟她一起来的。"

值日老师索性直接将手边放到高子枫眼前："差了十秒钟。"

"老师……"

"哎，你！你也给我站住，不要以为我在训人就看不见你！"

高子枫正想动之以情晓之以理地辩驳，只可惜他没这个机会，值日老师指着另一个同学气势汹汹地奔了过去。

高婷回头一脸无辜地做了个"没办法"的表情。

"好生气啊！可是还是要保持微笑。"高子枫咧开嘴角。

校园里永远充满欢声笑语，永远充满了活力，这是一群无忧无虑的孩子们安放青春的地方。

课后的学校显得尤为热闹，总有同学会以神一般的速度冲向小卖部或者厕所。

高婷抱着一摞试卷进了教室，而试卷的最上面放着的就是她自己的试卷。

高婷脸上溢出满意又意料之中的笑容，拍了拍桌子，对着闹腾腾的教室喊道："肃静！"

坐在第一排的一个男生故意开玩笑："班长，不是都已经下课了吗？"

"没有！"高婷一脸严肃，"现在！都给我安静！"

"班长，号叫要是有用的话，驴早就统治整个世界了。"坐在最后一排的一个男生显然不怕她，依旧嬉皮笑脸地开玩笑。

全班顿时哄堂大笑，高婷的情绪毫无变动，她勾起唇，露出学霸才有的自信的微笑，抽出最底下的一张试卷，走到那个男同学面前，将试卷往桌子上一拍"我很欣赏你的自省能力，既然统治世界已经没了希望，那还是好好读书吧，希望有一天你能换换口味，不吃蛋了，加油哦。"

男生的气焰顿时消了不少，随手就将试卷塞进了抽屉里。

空旷的办公室里，高子枫和陈胖子保持着同样的动作站在老师的办公桌前，接受教训。

陈老师喝了一口茶，酝酿了一下，这才朝两个人吼道："把头都给我抬起来！"

陈胖子和高子枫依旧慢动作同步地抬起头，看着他。

"又是你们！我跟你们说了多少次了，一步跟不上，步步跟不上！难道你们想这样吗？"

高子枫保持沉默，他觉得早上的两个包子并没有让他吃饱。

陈胖子啧了一声："我说你能别烦我吗？我们班主任都不管我了，你还在这里唧唧歪歪，你不嫌累我还嫌累呢。"

陈老师立马眼睛一瞪："睁大你的眼睛看看，我就是你老师！"

陈胖子果然瞪大眼睛看着他，不过他的眼睛太小，就算他努力瞪大了，看上去也只是一条细缝。

"你别是蒙我吧，我们班主任姓高，是个女的。"他疑惑地眨了眨眼睛，"难道你去了泰国？"

"那都是上学期的事儿了！"陈老师咬牙切齿，挤出一抹笑，尽量温柔地说，"来，过来。"

陈胖子一脸疑惑地靠近他，一旁的高子枫默默在心里为他祈祷。

陈老师见陈胖子一靠近，拿起教鞭就要打，陈胖子拔腿就跑，两个人在办公室里愉快地玩起了你追我打的游戏。

高子枫无所事事地观了一会儿战，最后在心里下结论，别看陈胖子长得胖，眼睛也小，但跑起来完全不含糊。

不过这两个人什么时候是个头啊？

秉着"不打扰"的信念，高子枫打算先行撤离，他看着两个人，迈着小碎步往后退，眼看就要到门口了，忽然传来陈老师的魔音——

"站住！"

高子枫脚步一顿，低着头停在原地没动。

"还有你！也过来！"

陈老师累得气喘吁吁，喘着粗气在椅子上坐下。

高子枫在腿上狠狠地捏了一把，抬头的一瞬间，硕大的泪珠直接从眼眶中滚落下来。

"老师，您打我吧，我知道都是我的错，作为学生我不该迟到，请您尽情地惩罚我吧！"

大概是这两个学生的态度相差太大，陈老师惊在原地连句话都说不出来，但还是下意识地抽了几张纸递给他。

"谢谢。"张子枫接过纸擦了擦脸，用力地擤了擤鼻涕，继续说道，"老师，无论如何我都不会告诉您就在前天，我家搬了新房，当晚就遭遇了火灾，我也不会告诉您，现在我家面临着巨额赔偿，我更加不会告诉您，现在我们一家大小都挤在一间仓库里艰难度日，整晚都有老鼠相伴……"

陈老师听了高子枫悲壮曲折感天动地的故事，颇为伤感地流下了同情的眼泪，抽出几张纸巾擦去了脸上的泪水。

高子枫见陈老师这么动情，暗暗咋舌之际更是满意自己精湛的表演。

"我知道即使家里发生了这么多的不幸，还是应该调整好自己，进入到学习的状态，可是我却迟到了，是我的错，老师您尽管惩罚我吧，我不会有任何怨言。"

陈老师闻言长长地叹口气，一脸欣慰地拍了拍高子枫的肩膀："看得出来，这件事让你长大了很多，回教室吧，好好学习，做个坚强的好孩子。"

高子枫两眼放光，一把握住陈老师的手激动地说道："谢谢陈老师，我一定不会忘记你的谆谆教诲。"说完转身就走。

刚出办公室，高子枫就忍不住握拳举在胸前："我果然是做超级英雄的料。"

而依旧在办公室受罚的陈胖子却向门口的高子枫投去了不怀好意的眼神。

即使是在这样的炎炎夏日，清晨的微风依旧凉爽，太阳隐藏在厚重的云层后，光芒被遮挡。

伴随着清脆的上课铃声，高语拎着公文包在走廊上不急不慢地走着，最后在办公室前站定。

他低头检查了一下衣着，这才握上门把，正准备开门，办公室门却被人从里面打开了。

高语狐疑地探头往里看了一眼，惊讶地看着办公室里所有的老师规规矩矩地排成了队，站在他前面的是高二一班的语文老师。

语文老师一脸沉重地看着他，最后安慰地拍了拍他的手臂："都会过去的，加油！"

说话间塞了一团东西在他手里，高语莫名其妙地低头一看，是五张红色的"毛爷爷"。

下一个是初中的音乐老师："老师，节哀顺变。"

说着也往他手心里塞了一把钱，高语摸着那厚度，心都抖了抖。

这么多年，终于看见了回头钱。

队伍在逐渐递减，高语手里的钱越来越多，他激动得心情澎湃，第一次收钱收到手软，暗暗思忖等下找个没人的地方数钱会不会数到手抽筋。

最后一个是初三的陈老师："这钱您务必拿着。"

高语紧紧地捏着他递过来的钱："不，这钱我不能要。"

"这个时候就别客气了，高老师，你要记得，我们的心是时刻在一起的。"

说完陈老师红着眼睛一脸沉重地拍了拍高语的肩膀，这才返回自己的办公位坐好，高语捏着手里大把的钱，走路的时候脚都有些软。

他难掩激动地扫了办公室一眼，大家此刻都盯着他看，撞上他的视线，纷纷点头微笑。

高语的心又是抖了三抖，这才颤颤巍巍地在位子上坐下。

这群人接二连三地给我送钱，难道是提干的事儿学校提前公布了？这帮小子的消息总是比我灵通，还说什么跟我一条心，俗！俗不可耐！

想归想，高语还是十分乐意地将钱统统塞进了钱包里。

早上的收获让高语的心情愉快了一整天，晚上放学回到家，看见一家子人围坐在一起看电视，他得意扬扬地走过去，然后啪的一声，用颇为帅气的姿势将厚厚的一沓钱甩在了茶几上。

这悦耳清脆的声音成功地吸引了所有人的注意力，大家倏地转头，两眼放光地盯着茶几上的钱。

林未未用了大半天才平复激动的心情，她一脸吃惊地看着高语："老公，虽然我们现在很缺钱，但是你也别这么想不开啊，抢钱可是犯法的啊……"

高婷默默地将视线移到高语的身上："妈，你别开玩笑了，抢银行能只抢这么点？爸，你说吧，你这是抢了哪家小卖部，趁现在还来得及，咱们赶紧把钱还回去吧。"

高语气得内出血，在他们眼里，他就这点本事？

"你们别胡思乱想了，这些都是学校里的老师塞给我的。"说起这事儿，高语更加得意，"我就跟你们说过了，要相信我的实力！你们是不知道啊，今天早上我去学校，这些老师对我又恭维又是塞钱的，都在巴结我呢。"

林焱一听这话，终于正眼看了他一眼："等了那么久终于有点眉目了，你也是不容易啊，在退休之前估计还真的能赶上。"

高语假装没听见，继续炫耀："爸，您是没看见办公室里的那个陈老师，拉着我的手说跟我一条心，平时挺严肃的一老师，今天的模样我都差点认不出来了。"

一直在认真看电视的高子枫忽然兴奋地举手发言："我知道我知道，是不是那个每天在学校门口检查仪容、仪表，抓迟到的那个？"

高子枫把手上的手办放在茶几上，继续兴奋地说道："今天早上我就被他抓了，明明没迟到，非说我迟到了十秒，害得我穷尽了毕生的演技啊，把咱们的不幸遭遇生动形象地给他演了一遍，他当时还哭了呢。"

高子枫抬了抬下巴，面露得意之色。

客厅里奇迹般地安静下来，高语难以置信地看着高子枫，嘴角尴尬地抽了抽。

林隐清咳一声，看了高语一眼，默默地飘回房间："那个，我还有个副本要刷，我先走了。"

高婷捏着高子枫的耳朵往房间拖，高子枫疼得大声呼救："姐，疼！你轻点儿！"

原本热闹的客厅瞬间被尴尬的气氛包围，高语下意识地看向林焱，林焱尴尬地眨了眨眼睛，看着外面漆黑的夜空，一脸感慨："外面的太阳好大啊。"

说完也回了房间。

高语气得鼻孔冒烟，头顶生火，用力捏了捏手，怒吼道："高子枫！"

高子枫躺在床上，感觉房间明显抖了抖，吓得连忙下了床，直接锁上了房间门。

第二章
我们交到了新朋友

高子枫斜挎着书包，斜睨了身边的高婷一眼，由衷地建议道："姐，成绩固然重要，但是还有一样东西，也很重要。"

高婷正拿着速记本背单词，闻言看了他一眼："什么鬼？"

高子枫上下打量她一眼，高深莫测地说道："你看你穿得跟奔丧似的，这样不招人喜欢。"说完他立马眼泛桃花，一脸花痴地抱起手里的手办，紧紧地贴着自己的脸颊，"你看看小美，每天穿得花枝招展，人也漂亮，简直就是我心中的女神！"

高婷一个冷眼过去，抬手卡住他的脖子，阴森森地说道："你再说一遍？"

高子枫识相地转移话题："姐，你这样有点为老不尊啊。"

高婷懒得跟他废话，看了看时间，催促道："走快点！还真把迟到当成家常便饭了。"

高子枫笑嘻嘻地跟上高婷的脚步，一个正严肃认真地背着书，一个则嘻嘻哈哈不正经，两个人走在一起怎么看怎么怪异。

陈胖子远远地看见两个人，朝身后的两个混混挥了挥手，然后朝高子枫走去。

"哟，这不是我们学校的火娃吗？"陈胖子阴阳怪气地开口，走到高子枫的身边，一手搭在他的肩膀上。

高子枫眉头一皱，没好气地甩开他的手："走开点！"

陈胖子也不介意，笑嘻嘻地看着身后的两个兄弟，大声喊道："哥几个，一起参观参观火灾现场怎么样？"

"好哇好哇，这可比上课有意思多了。"一个染着绿毛的男人连连附和，嬉笑声不断。

说话间三个人就慢慢地把高子枫围了起来，绿毛用力地从背后扯住高子枫的脖子，高子枫用力挣了挣，手肘往后一顶，直接顶在绿毛的小腹上。

"我操，信不信老子打死你！"绿毛痛得脸色一变，抬起脚就朝高子枫的腿踢去。

高婷看得心急，连忙大声喊道："你们给我住手！"

话音刚落，绿毛的动作果真顿住了，抬起的脚悬在半空中。

高婷着急地跑到高子枫的身边，这才发现有些不对。

他们……怎么都不动了？

绿毛脸上的表情僵着，正凶神恶煞地看着高子枫。

陈胖子也是一脸看好戏的表情，站在一边动也不动，周围经过的学生们保持着动作，像个雕像一般定在原位，连随风飘落的树叶也就这么停在了空气中。

高婷难以相信这一切，她以为是自己的幻觉，用力地揉了揉眼睛，再次睁开，发现周围的一切依旧是静止的。

抬手看看手表，高婷惊讶地发现，连手表都不走了！

"怎么都不动了？"高婷紧张地拉了拉高子枫，"你没事吧？"

高子枫依旧是一副害怕的模样，像个木偶。

高婷顿时觉得疑惑，正郁郁不得解的时候，停在空气中的树叶轻轻动了一下，然后缓缓往下飘。

周围的一切似乎恢复了动态，高婷反应过来，快速地脱下陈胖子的裤子，然后眼疾手快地拉着高子枫的手就跑，身后传来一阵阵嘲笑声。

空气有些闷热。

斑驳的阳光透过树叶，最后落在地上。

蝉鸣一声高过一声，似乎在抱怨这个夏天的炎热。

高婷拉着高子枫，气喘吁吁地跑到安全的地方才停下来，高婷刚松开手，高子枫就像是活见鬼一般，往后退开了一大步，满脸惊恐地看着高婷："说，你是谁？"

"你有毛病吧？"高婷无语地看了他一眼，转身往高中部走。

懒得理他。

高子枫跟在高婷的身后，继续骚扰她："姐，我刚才看见你脱了陈胖子的裤子。"

"嗯。"

"你是女流氓。"高子枫指证。

高婷脚下的步子一顿，看了看自己的手，不知道在想什么。

高子枫幸灾乐祸地爆笑了几声，没有等到预想中的爆炒栗子，这才发现有些不对。

他想了想，看着高婷继续说："姐，你刚才跑得好快啊，一秒不到就跑到我身边了。"

高婷皱了皱眉头，犹豫地解释道："刚才，时间好像一下子就停住了。"

高子枫顿时两眼冒花一脸崇拜地看着她，惊呼："姐，你是不是有超能力？快速转移的超能力？"

"回你的教室上课去！"高婷没好气地拍了拍高子枫的脑袋，快步朝教室走去。

难道她真的有超能力？

因为早上的事情，高婷魂不守舍地上了一天课，回到家情绪才稳定些，她边从书包里拿出作业本边想，反正早上的事情也想不出个所以然，干脆就不要想了。

她抿抿唇，开始认真做作业。

高子枫背着书包横冲直撞地冲进客厅，正好撞上了在片场收工刚到家的林未未。

"走路风风火火的，赶着上厕所啊？"林未未挡在高子枫面前，不悦地教训他。

"哎呀妈，您别挡住我，人生大事儿呢！"高子枫一把推开林未未，门被他砰的一声踢开，又横冲直撞地冲进了房间。

"姐，快快快，快给我看看你的超能力！"

高语默默地瞥了一眼颤颤巍巍的门，微笑着提醒他："高子枫，进门前要敲门，不知道？"

高子枫快速地退出房间，房间关上，然后笃笃笃象征性地敲了敲门，不等高婷回应，打开房门伸出脑袋，一脸兴趣盎然："姐，现在可以给我看了吗？"

高语扬起一抹比刚才还要灿烂的笑容："——滚！"

次日早上，高婷早早地起了床，吃完早饭准备去上课，经过窗户是的时候被高子枫喊住。

高语看着站在窗户上的高子枫，等他开口。

"姐，虽然你不肯给我看你的超能力，不过我不记仇，我给你看看我的超能力吧。"高子枫故意压低了声音，语气里面透出一股神秘，他用下巴指了指地面，"我能从这里跳下去。"

话音刚落，高语怒气冲冲的脸出现在高子枫的身后。

"有门不走偏要跳窗户，高子枫，你脑袋被门夹了吗？"

高子枫回头一脸不赞同地看着高语："爸，你不知道我可能有超能力吗？"

高语呵呵笑一声："我只知道你要是再迟到一次，就超过我容忍你的能力了。"

说完不顾高子枫的哀号，硬是将他从窗户上拽了下来，高婷看了两个人一眼，笑笑后便去学校。

去学校要经过一个红绿灯，现在正是红灯时间，高婷安静地站在路边等绿灯，她漫不经心地看了一眼，发现对面有一个老奶奶也在等绿灯。

忽然，身边一辆电动车不顾红灯急速驶过，眼看小电动车就要撞上老奶奶了，高婷一急，下意识地跑向了马路对面，然后她惊讶地发现，周围的一切又静止了。

不过此时她也顾不上这些，连忙跑到对面将老奶奶移到路边，与电车错开。

她看了看静止的老奶奶，正好奇着怎么样才能恢复动态，但几秒之后，周围的一切自动恢复了。

老奶奶一脸诧异地看着高婷："我怎么……"

高婷打断了她的话，关心地说道："老奶奶，您当心点，现在的车都开得太快了。"

老奶奶忍不住笑了笑，拉着她的手道谢："谢谢你啊小姑娘。"

"没事。"

高婷看着老奶奶离开的背影，再低头看看自己的手，忽然明白过来，这个所谓的超能力一天只能用一次，每次大概能持续十秒。

可是……

"我为什么忽然有超能力了？"高婷低声呢喃，心中不解。

昨晚作业，高婷忽然想起那架放在画室的没了键盘的琴架，想了想，拿着抹布去了画室。

琴架已经被烧得乌黑，但是好歹还能看出钢琴的样子，这些天一直放置在这里，琴架上积了一些灰，高婷叹口气，认真地擦去琴架上的灰尘。

"姐。"高子枫忽然从窗口出现，"你在干什么？"

高婷扫了他一眼："你眼睛瞎了？"

高子枫嬉皮笑脸地翻窗而入，看着烧毁的琴架，叹了口气："咱们好不容易回灾区淘点宝，最后倒好，除了它啥也没拿。"

高语忽然推开门进来，扬了扬手里的相册："谁跟你说咱们只拿回来了钢琴？"

高子枫和高婷顿时两眼放光地看着高语："爸，咱们还拿回来了什么好东西？"

"回忆。"高语翻开手中的画册，笑眯眯地摊开在两个人面前。

高婷："……"

高子枫忽然想起什么，摸了摸一直被他随身携带的徽章。

好像真的不是一点收获都没有啊。

高语见两个人对画册不感兴趣，最后又拿着画册悻悻地离开了，高子枫脑子里依旧在想着高婷有超能力的事情，他看着高婷问道："姐，你的超能力怎么来的？"

高婷手上的动作一顿，皱了皱眉头："就是突然有的，没有什么预兆，不过……"

高婷顿了顿，高子枫连忙凑上脑袋，打破砂锅问到底："不过什么？"

"唯一可以确定的是，我是在火灾之后才拥有这个超能力的。"

高子枫惊愕："火宅？"

圆月悄悄地从云层后现身，月光洒落一地。

黑暗给每一个夜晚都染上了几许神秘的色彩。

高语瘫在床上直喘粗气，林未未在他唇上亲了一口，这才裸着身子进了浴室。

半个小时后，林未未披着湿漉漉的头发出来，找了半天都没有找到吹风机，眉头一拧："我的吹风机呢？"

依旧瘫在床上的高语想了想："被林隐拿去了。"

林未未转身就朝林隐的房间走去："他一个大平头，要吹风机干什么？"

而此时林隐的房间里，高子枫正兴高采烈地打着游戏，林隐也是专注地盯着电脑，手指在键盘上飞快地操作着。

"舅舅，你相信这个世界上有超能力吗？"高子枫边快速地操作着游戏，边询问林隐。

"当然相信，在充满了猪一样的队友的情况下还能赢，并且坚持不骂街的就是超级英雄。"

"姐姐她……"

"小隐，我的吹风机在你这里吗？"

两个人正战得酣畅淋漓之际，门口忽然传来林未未的声音。

原本有条不紊的两个人瞬间变得慌张起来。

"快快快，把游戏关了！"

"拔电源！先拔电源！"

高子枫连忙撅起屁股钻到电脑桌下面去拔电源，身后吱呀一声，门已经开了。

林未未怔忪地看了看高子枫高高撅起的屁股，再看看依旧在继续闪烁的游戏画面，顿时暴喝一声："高子枫，你皮痒了是不是，竟然敢偷偷玩游戏！给我站起来！"

趴在电脑桌下找插座的高子枫身子一震，手上一抖，十分不凑巧地将音频线拔了出来，电脑里传来队友愤怒的声音："丫的快给我加血啊，快！我靠，我就这么死了……"

高子枫坚持不懈地摸着插座，最后终于将电源拔了，他故作镇定地站起身，一脸无辜地看着林未未，撇清关系："不是我，是舅舅在玩，我就是看看。"

林未未生气地揪住高子枫头上的闪电侠头套："舅舅在哪儿？"

"不就在……"

高子枫刚想往身后一指，这才发现身后空荡荡的，哪里有林隐的身影，他目瞪口呆地看着身后，连话都说不出来。

忽然门口有人敲了敲门，林未未和高子枫同时转头看起，林隐拿着吹风机，十分纯良地看着两个人："你们找我？"

"舅舅，你刚才明明在这里的！"高子枫激动了！

"你给我出来！"林未未直接拧着高子枫的耳朵，拖着他出了房间。

很快，客厅里传来高子枫的哀号声，林隐回头看了一眼鸡飞狗跳的客厅，一脸茫然。

"我刚才是怎么消失的？"

夜色渐深的夜晚，伸手不见五指。

仓库里都安静下来，所有的人都进入了睡眠。

高语闭着眼睛睡得正香，忽然听到一阵嘈杂声。

"亲爱的你今天能跟我在一起吗？"

"这要看那个老男人的选择。"

"他的品位和审美有时候真是要人命。"

"所以才说是老男人。"

……

高语眉头一拧，下意识地呓语了一句："吵死了！"

原本吵闹的房间里瞬间又安静下来，高语却被吵得睡不着了，他坐起身，看了看闹钟，已经八点了。

"我的天啊，已经这么晚了！"高语连忙手忙脚乱地开始穿衣服。

高语从一堆旧袜子里拿出一双袜子，因为太着急，手上的力道又大又急，竟然直接把袜子顶破了！

"你！你居然把我的女朋友顶破了，我也不要活了！"高语忽然听见手中的袜子发出的凄厉的声音，吓得手心冒冷汗，一屁股直接坐在了地上。

"怎……怎么回事？"

旁边的公文包看不下去了："你没听懂吧？你把他女朋友顶破了，它被你气得晕过去了。"

高语颤颤巍巍地重新坐好，拿起两双袜子看了看："这年头，袜子也能成精？"

公文包有些鄙夷地说道："新中国没有妖精，只是我们有点想法，你刚好能听到，前提是……"

高语一听公文包这话，也不等它说完，连忙从口袋里掏出钱包，满脸期待："钱包，我什么时候能有钱？"

钱包一声不吭，高语额头上滑下三根黑线。

公文包嘴角抽了抽，继续刚才被打断的话："前提是我们愿意搭理你，另外，我只想提醒你一句，今天是星期六。"

高语拿起公文包，顿时觉得难以置信，他这不是在做梦吧？

清晨的公园里很安静，树梢沾染着些许水珠，新鲜的空气不仅吸引了不少的人，连鸟儿都成群地往这里飞。

小河边，一群穿着白色衣服的老年人在打太极拳。

林焱托着鸟笼，站在河边观望了一会儿，然后吹着口哨进了小树林。

小树林里更是人影稀少，偶尔才能看见一两个晨跑的人经过，林焱找了一处空旷的地方，觉得这里环境不错，这才停下来，准备给鹦鹉喂食。

"还是你幸福啊，整天吃了玩玩了吃，根本没有什么烦恼。"林焱从口袋里拿出鸟食，放在手指头上搓了搓，这才递到鹦鹉嘴边。

鹦鹉学着林焱说话的口吻："吃了玩，玩了吃！"然后低头啄食，忽然林焱的手指头起了火，吓得鹦鹉在鸟笼里扑腾乱飞："火火火。"

林焱也吓了一跳，赶紧拿嘴吹了吹，谁知道那火不怕风吹雨打，根本就灭不了，林焱这下急了，直接将手指头往衣服上擦了擦，手指上的小火苗不仅没有灭，还差点把衣服给烧着了，林焱吓得哇哇大叫，顺着原路返回到河边，不顾路人诧异的目光，将手指头放进河里……

"这下总该灭了吧？"

林焱自言自语地拿出手，依然看见手指上有一簇小火苗在跳跃，林焱苦着脸："这到底是怎么回事？"

鹦鹉在烧得漆黑的鸟笼里上下扑腾："怎么回事？怎么回事？"

"那个人的手上怎么了？"

"好像起火了？"

"啊，我们要不要赶紧报警？"

……

连那一群在专心练太极的老人都纷纷看过来，林焱被人指指点点，赶紧提着被烧得漆黑的鸟笼回家。

客厅里传来音乐声，高子枫眼疾手快地从高婷手中抢过刚剥好的橙子，递给林隐一半："舅舅。"

高婷瞪了他一眼，重新剥了一个。

电视里，主持人为了吊足观众的胃口，将最后一句话拉得老长："首先要宣布的是排在第七位的选手，他就是——"

几个人纷纷屏息看着电视屏幕，等着主持人宣布名单。

忽然画面一跳，播起了广告，高子枫吞下嘴里的橙子，没好气地啐了一口："我想把这电视砸了！"

高婷不赞同地看了他一眼："你还不如去砸破这个主持人的头。"

高子枫点头："好主意。"

林未未吃下高语喂给她的苹果，极为不屑地翻了个白眼："不就是某小星吗，搞得这么神秘兮兮的。"

话音刚落，广告播完，主持人穿着得体的西装，拿着流程卡念道："她就是，某小星！"

一屋子的人纷纷惊讶地看着林未未，张着嘴说不出话。

电视里的主持人还在继续："接下来是第六名，现在我宣布，第六名是——"

"张海燕。"林未未想了想，又说道。

几乎是下一秒，主持人的声音也响起来："张海燕！"

"妈，你……"高子枫用颤抖的手指着林未未，那表情跟见了鬼似的。

林未未不以为意，掰着手指说道："第五名是徐海娇，第四名是陈沉，第三名是海格纳斯，第二名是欧青，第一名是苏筱筱。"

众人目瞪口呆地听完林未未的话，然后异口同声地转头看向电视，电视里主持人还在不紧不慢地宣布名次，结果跟林未未说得一模一样！

高语反应过来，一脸惊艳地看着自己的老婆："老婆，你怎么知道的？说得可真准。"

都快要赶上那条章鱼了。

林未未得意地捋了捋头发："这有什么，我还知道某小星要退赛呢。"

果然——

主持人站在舞台中央，身边站着是第七名的某小星："观众朋友们，由于出了一点状况，某小星决定退赛，节目组经过考虑，决定同意……"

全家人眼中的疑惑就更浓郁了，唯有高子枫，皱着眉一脸不悦地看着林未未："妈，不带你这么剧透的，你是不是提前在网上看过剧透帖了？"

林未未一听，一脸无辜："这是首播，我去哪里看剧透？"

"那你怎么会知道得这么清楚？"高子枫不服。

林未未耸耸肩，她也想知道。

因为林未未剧透，高子枫顿时没了兴趣，想要拉着林隐进房间去打游戏，一转头，发现原本坐着林隐的位子上空空的。

"咦，舅舅呢？"

"你找我？"原本空荡的位子上，林隐忽然冒了出来。

"啊？"高子枫吓得张大了嘴巴，"舅舅，你能隐身！"

不等其他人反应，高子枫很快反应过来，纠正自己的话："不对，你有超能力！"

高语想起刚才在卧室诡异的一幕，不由自主地问道："这就是超能力？我可以和物体对话，算不算超能力？"

高子枫一脸激动地看着他："爸，你也有？"

高语想了想，看着桌子问道："要不要我把桌腿锯短一点？"

桌子："你想要疼死我吗？"

高语抬头，对上众人疑惑的视线，为他们心中的疑惑解答："它说它怕疼。"

"妈。"高子枫忽然看着林未未，"刚才你剧透那本事，不会也是超能力吧？"

"应该，也许，可能，大概。"林未未自己也不肯定，世界上真的有超能力的存在？

高子枫环顾了大家一眼，差点哭出来："爸，妈，姐，舅舅，你们都有超能力了，就我和姥爷没有，这不公平！"

高婷想了想，瞥了他一眼，说道："目前还不知道我们为什么能拥有超能力，但是可以肯定的是，不是每个人都能接受超能力，特别是姥爷，大家先不要告诉他，我怕他接受不了……"

"不要告诉我什么？"

高婷话音一落，林焱就托着鸟笼进来了，大家纷纷朝门口看去，一眼就看见林焱手指头上跳跃的火苗。

高子枫看着林焱的手指，失声叫了出来："姥爷，你也有了异能？"

林焱一脸郁闷："这火苗难道就这么一直烧着？"

两个人难过的根本不是同一件事情。

高子枫接受不了大家都有异能唯独他没有的事实，顿时在沙发上滚来滚去："我也要异能，为什么就我没有异能？"

林焱平时最疼高子枫，这会儿见他伤心地哭了，连忙上前安慰："说不定你的异能最厉害，隐藏得最深呢？"

高子枫眨了眨眼睛，眼泪啪啪地全都掉在了林焱的手指头上，原本怎么都弄不灭的火苗终于慢慢熄灭了。

"原来只有眼泪才可以熄灭我手上的火苗！"林焱解决了一大难题，顿时高兴起来。

高子枫却越听越伤心，哇的一声哭得更加厉害了，众目睽睽之下，他抹着眼泪回了房间。

高婷若有所思地看了他一眼，起身跟着进了房间。

第三章

我只是证明我爱你

高子枫可怜兮兮地趴在床上抽泣，高婷走到床边，用脚踢了踢他："高子枫，你不是说男儿有泪不轻弹吗？"

高子枫抽抽噎噎地看了她一眼："只是没到伤心处呀。"

高婷有些无语，没有说话。

高子枫也不知忽然想到什么，倏地坐起来，看着高婷的眼神就差没直接抱她大腿了："姐，咱们好歹姐弟一场，你就老实告诉我吧，你来地球的任务是什么？"

高婷嘴角抽了抽，一脸心疼地摸了摸他的头："高子枫，中二是病，得治。"

高子枫对此嗤之以鼻："避重就轻，必有隐情！"

高婷摆摆手转身回了客厅，他现在已经病入膏肓无可救药，与其在这儿跟他浪费时间，不如继续看电视。

烈日高高地悬挂在空中，仓库里很安静。

林未未想到今天的试镜，特意找了件最喜欢的裙子换上，化了淡妆后才心情愉快地哼着歌儿离开。

高语躲在窗户旁看着林未未离开的背影，返身回了卧室，从衣柜里抽出一件高档的礼服裙，神情严肃而又庄重。

"我相信，经过这些天的接触，我们已经熟了，你肯定知道未未最近都去了哪里，快告诉我！"

"你问它干什么，来不如来问我呢。"衣柜里的另一条裙子不服了，"我才是时尚时尚最时尚，平时主人最喜欢穿着我出门了。"

"你这个八十年代的款在这里干什么？这里是年轻人的地盘！"裙子A一脸不屑。

"你们都瞎吗，难道看不出来潮流女王应该是我才对？"裙子B更加嚣张。

……

一时间，整个衣柜里的衣服都七嘴八舌地吵了起来，谁也不认输，都认为自己才是最潮流的。

林隐打了半天游戏，觉得口渴，进厨房倒了杯水，经过高语房间的时候听到他一个人在自言自语，好奇地走过去一看，差点直接把嘴里的口水喷出来。

房间的大床上，高语身上穿着一件林未未的衣服，还在努力把另一条裙子往头上套。

林隐抚了抚受惊的小心脏："姐夫，你这个癖好我姐知道吗？"

高语被突然出现的林隐吓了一跳，瞪了他一眼，强自镇定："我这是在关心你姐！"

林隐不太赞同："你关心我姐的方式挺特别的啊。"

"你姐是我老婆，老婆就是要放在嘴上爱着，心里想着，眼里看着的，你懂不懂？"

林隐睁着眼睛一脸无辜："我装作听不懂的样子。"

高语叹口气，扔下手里的裙子，抹着眼泪一脸悲恸："你姐最近早出晚归神秘兮兮的，她都四十了，我们这就要瓷婚了，我不能让她这个年纪了还换花盆啊。"

靠在门边的林隐眼睛一转，露出一抹蒙娜丽莎式的神秘微笑："姐夫，我忽然被你的真诚和对我姐深深的爱意所感动，你想知道我姐的行踪，我有办法啊，不过——"

林隐看着高语，故意拖长了尾音。

高语会意，举起手表明诚意："今年的网费我帮你交！"

林隐满意地大笑："姐夫对我姐是真爱，不拘小钱。"

高语将牙咬得咯咯作响："我记得去年也是我帮你交的。"

说话间，高语拿起裙子就朝门口的林隐扔去。

林隐咻的一下就消失了，声音却依旧在房间门口响起："姐夫，我就喜欢你做好事不留名的素质，要不以后我不叫你姐夫了，叫你红领巾或者雷锋？"

高语默默地捡起地上的高档礼裙："立刻马上离开我的房间。"

空气中的大笑声渐渐远去……

林未未焦急地在大厅里等着，试戏的人很多，她担心地扫了人群一眼，忽然想到了什么，原本紧张的脸上顿时露出几分志得意满。

很好，一分钟之内导演就会看中我。

人虽然多，但是试戏的速度却很快，没多久，戏试完了，所有试戏的演员长成一排，供导演挑选。

导演的视线在一张张脸上扫过，最后定格在林未未的脸上，林未未露出自信的微笑。

"好，就是……"导演刚伸出手，一个穿着戏服画着戏妆的女演员满脸娇羞地看着他，导演手指一转，看着那个女演员点头，"就是你了，你简直太适合这个角色了。"

已经做好鞠躬感谢准备的林未未脸色一僵，嘴角不可抑制地抽了抽，刚才为了使用预测的能力，她可是翻了好几个白眼啊！

林未未不甘心，又翻个白眼使用了预测能力。

一分钟之内，导演不会回心转意……

再过一分钟的结果应该是……

"哎哟……头好疼，疼，疼！"脑袋忽然传来一阵尖锐的剧痛，林未未惊叫一声，直接昏倒在地上，周围的人立马乱成一片，手忙脚乱地把林未未扶了起来。

"她怎么忽然晕过去了？"

"是不是不能接受自己没有试戏成功？"

"要不要打 120？"

"哎哟，掐人中试试！"

……

周围吵吵嚷嚷的，林未未感觉鼻子下面一阵刺痛，意识又渐渐回到大脑，她倏地睁开眼睛，看见一颗颗脑袋围在她的上空，吓得差点又晕过去。

"发生什么事了？"即使醒过来了，她依旧是一脸茫然。

"鬼知道你经历了什么。"

大家见林未未醒了，纷纷散开，林未未站起身左右看了一眼，这才发现导演早就带着演员走了，顿时苦着脸唉声叹气："人生真是苦长啊。"

林未未扶着依旧在隐隐作痛的脑袋走出片场，捏着手机面对着空荡荡的马路，思索着接下来该怎么办。

忽然，手上的手机发出叮的一声，然后传来机械的女声："由于您上车地点偏僻，系统自动加价十倍，您接受吗？"

林未未气得要吐血，看着手机屏幕上自动闪现的"接受"和"不接受"两个选择，重重地按下不接受："简直是歧视偏远地区的人民群众，戴有色眼镜看人！"

放好手机，林未未苦着脸扫了周围一眼，什么剧组啊这是，竟然要选在这个鸟不拉屎的地……哦，不对，这里连只鸟都没有！

林未未用力地翻了个白眼："让我想想，我什么时候可以……"她忽然变得兴奋，"哦，一分钟之内我就可以坐上车。

下一秒，一辆装满空瓶子的三轮车从身边经过，林未未一愣，继而踩着高跟鞋快速地跑上去："师傅，等等我！"

尽管这里的马路十分平坦，车子依旧很颠簸，林未未蹲在乱七八糟的空瓶子中间，屁股很快就要被分成七八瓣。

林未未风中凌乱地捋了捋自己的头发，头可断，血可流，发型不可乱。

忽然，一辆黑色的高级轿车挡住了三轮车的去路，林未未吓得直接躲到了司机身后。

什么情况？难道遇到了开着跑车打劫的黑社会？

穿着西装的司机下了车，目不转睛地朝林未未走去。

"你别过来！"林未未双手抱胸，一副宁死不屈的表情，"你要是逼我，我……我就走这里跳下去！"

司机嘴角隐隐抽了抽，却依旧十分礼貌地问道："您就是林未未小姐吗？"

"你认识我？"林未未动作一顿，一阵狐疑。

司机继续面无表情，林未未暗暗为他的装逼点了个赞。

"咪咪小姐让我来接您去她的剧组，她给您安排。"

林未未一阵欢呼，迫不及待地上了黑色的跑车。

车子匀速地在街道上奔驰着，林未未舒舒服服地靠在椅背上，满足地叹着气："还是高档的车坐着舒服啊。"

司机全程没有再说一句话，林未未一开始还兴趣盎然地搭了几句讪，见司机将她当成透明人，完全不理她，林未未这才识相地闭上了嘴。

　　车子很快就到了咪咪正在拍戏的片场，林未未刚下车，还未来得及感叹，就看见一个穿着旗袍的贵妇快速朝这边挪来："未未！你来了？"

　　林未未刚扭头，就有一个人给她来了个熊抱，咪咪嗲着声音说："人家可想死你了！"

　　林未未抖了抖，毫无意外地起了一身的鸡皮疙瘩，她堆起笑推开咪咪，上下打量咪咪一眼："行啊咪咪，现在拍的作品越来越多，名气越来越大了。"

　　咪咪笑得一脸得意："名气这种东西啊，光靠作品多是没有用的，还要有演技，有颜值，有人品，我就是因为这三有，才走到今天的。"

　　林未未点头如小鸡啄米："是是是，你说得是。"

　　"我这些年啊，那可是……"

　　林未未眼疾手快地打断咪咪的长篇大论："咪咪啊，你不是说要帮我安排演戏吗？"

　　"你不说我还忘了这茬儿了，走，我带你去见制片人。"

　　制片人在圈内比较有名，林未未结婚之前也跟他合作过，两个人虽然不熟，但也算是认识。

　　"未未姐？"制品人看见林未未显然有些惊讶，上下打量了林未未一眼，最后感叹着开口道，"时间真是把杀猪刀啊。"

　　林未未忍住想脱下鞋直接甩到他脸上的冲动，呵呵笑了一声："彼此，彼此。"

　　"制片人，听说我的陪嫁丫鬟还没有找到合适的人选，不如就用未未吧？她是老演员了，演技绝对信得过。"

　　制片人眉头一拧，有些犹豫："行是行，就是……"

　　"就是什么？"林未未生怕他不同意，连忙问道。

　　"就是太老了，陪嫁丫鬟都是十四五岁的。"

　　林未未差点把牙龈咬碎，脸上硬是挤出了一抹笑，内心却有些抓狂。

　　你才老！

　　你全家都老！

　　林未未翻了个白眼，想了想，顿时心花怒放，一分钟之内，制片人就会让她演咪咪的娘，这戏份可比丫鬟多了去了。

"这样吧，你现在的身份演小丫头确实不合适，不如就演咪咪的母亲吧。"制片人想了想，最后提议道。

　　"行，没问题，我现在就去化妆！"

　　林未未急匆匆地冲进化妆室，边化妆边看剧本。

　　"女主受了重伤，倒在马路上，正好被经过的母亲看见，母亲惊叫一声，失魂落魄地朝女主跑去……"

　　"很简单嘛。"林未未看了几遍就放下剧本，心里隐隐有些期待。

　　化好妆就开始拍戏。

　　"第三十六场第一次，action！"

　　拄着拐杖的年迈母亲看着晕倒在马路上的女儿，大吃一惊，喊了一句："馨儿——"

　　"噗，哈哈哈……对不起导演，未未今天的戏妆有点搞笑，我们再来一遍。"倒在地上的咪咪忽然捧着肚子大笑不止，林未未一脸黑线。

　　一切准备就绪——

　　"第三十六场第二次，action！"

　　"馨儿——"年迈的母亲拄着拐棍，焦急地朝马路对面移去。

　　"cut！"导演脸一黑，"咪咪，你晕死了还能笑得这么灿烂，当观众是傻逼啊？"

　　"哈哈哈不好意思，未未走路的姿势实在是有点搞笑，重来吧！"

　　然而——

　　"cut！"

　　"cut！"

　　"cut！"

　　……

　　林未未拖着沉重的步伐进了化妆室卸妆，嗓子干得冒烟，没有哪个演员能够撕扯着嗓子喊五十多遍依旧能够安然无恙的。

　　制片人走进来，塞了两百块钱在她手里："未未姐，辛苦了，为了配合咪咪姐，拍了五十多条终于过了。"

　　林未未连忙将钱塞进包里："不辛苦不辛苦，以后有什么戏随时可以找我。"

　　制片人点点头就出去了，卸完妆，林未未这才拖着沉重又疲惫的步伐出了片场。

安静祥和的早上，林隐躺在床上呼呼大睡。

高语砰的一声撞开了他的房间，冲到床边拉起还在昏睡的林隐，用力地摇晃："还在睡！快醒醒！"

林隐眯着眼睛，手掌覆在高语的脸上用力一推："姐夫你干什么？"

高语顾不上自己，焦急地说道："快查查你姐现在去哪里了。"

原本还眯着眼睛的林隐倏地睁开眼睛，噌一下就起来了，坐到椅子上，动作快速又熟练地开了电脑。

电脑刚开机，一个地图软件就自动打开了，高语好奇地凑近一看，地图上分布着五个小点。

"你在搞什么？"

林隐专注地盯着电脑，手指不停地敲击着键盘："凭我的直觉，莫名其妙就拥有了异能这件事总是有点不对劲，为了安全，我在每个人必备的东西上都装了定位器。"

高语没有想到林隐竟然还想到了这茬，惊讶得长大了嘴巴，盯着电脑屏幕说不出话来。

"你看，这是你，这是我爸，这是婷婷和子枫。"林隐手又指向另一个正在移动的红点，"这是我姐……咦，我姐怎么会去这么高端大气上档次的大厦，不会真的找了个富二代吧？"

林隐话音刚落，身后一阵风吹过，高语早已经消失在房间里，林隐一脸纯良地收回视线，发现代表着高语的红点正快速地朝林未未的红点靠近。

繁华的商业街上人来人往，打扮得光鲜亮丽的林未未从大厦里出来，坐上了停在门口的高级小车里。

"待会儿我还要再赶一个通告，今天我先送你回去吧，下次我们再约。"咪咪一脸"好烦我好忙"的表情，看得林未未一阵妒忌，连连点头："我没意见。"

两个人都没有发现，车后不远不近地跟着一辆自行车，车上的高语紧紧地盯着那辆黑色的轿车，一副抓奸夫的表情，黑色的头发在空气迎风飘扬，身后的衬衫被风吹得鼓起了一个大包……

高语一路跟着小车到了家，看见林未未笑眯眯地跟车里的人说了什么话才进屋，他站在拐角的地方，扶着自行车以四十五度的忧伤仰望了天空十分钟，这才推着自行车进了仓库。

客厅里没有人，高语进了房间，果然看见了林未未。

林未未看着被翻得乱七八糟的衣柜，暗自疑惑："我明明记得我放在这里了，怎么没有了？"

一直被忽略的高语重重地咳了一声，试图吸引林未未的注意力。

让人欣慰的是，他成功了，林未未扭头看着他。

高语连忙觍着笑脸问道："老婆，这些天你都打扮得这么花枝招展的，去哪儿了？"

林未未边收拾床上堆放的乱七八糟的衣服，边耐心地解释："和咪咪逛街，你还记得咪咪吗？我在影视圈的姐妹，好几部电视剧都是她主演的。"

高语附和地点点头，继续追问："你们都去哪里逛啊？"

这下林未未不耐烦了，头一甩，双手叉腰，不耐烦地看着他："高语，你管我这么多？"

高语顿时有些委屈，欲言又止地看着林未未，见她一副彪悍样，于是他想说的话全部都只能往肚子里咽，最后可怜兮兮地拿出手机，点开画面，上面是林未未上豪车的画面。

这下林未未的脸色更难看了："高语，你说清楚你什么意思？你不仅怀疑我，你还跟踪我！"

"我不……"

"跪下！"

扑通一声，高语没有一丝犹豫地跪在地上。

林未未抱着胸看他一眼："我这几天去剧组面试了。"

高语一听，脸色大变，噌地从地上站起来："你去剧组了！你要重回娱乐圈？"

林未未对高语惊讶的反应翻了个白眼："这么惊讶干什么？我不是告诉过你？"

"我以为你在开玩笑。"

林未未气得拿衣服扔他："去你的开玩笑！"

高语烦躁地拿开罩在他头上的衣服，生气地问道："为什么，当初结婚的时候你不是答应了我不再演戏的吗？"

林未未看他一眼，没有说话。

　　高语意识到自己态度不对，一步一步地蹭到林未未的身边，抱着她说道："宝宝，我会养你的，我养你到天荒地老都不愿意你出去辛苦。"

　　"我愿意！"林未未下巴一抬，脸色有些倔强。

　　高语自动忽略这句话，猜测到："你是不是担心赔偿的事情？你放心，我一定会解决的。"

　　林未未的下巴抬得更高了，用鼻子哼了哼："那我也愿意，我就是还想当演员。"

　　高语顿时气得手都在颤抖……

　　两个人吵架的声音越来越大，其他人终于意识到不对劲，纷纷从房间里出来，极有默契地对视一眼，然后轻手轻脚地走到高语房间门口，四个人按着顺序叠罗汉一般，叠靠在门上听门内的动静。

　　林未未本来就倔强又骄傲，高语被她气得差点直接喷血，最后留下一句"不可理喻"就打开门要出去。

　　"啊——"躲在门外偷听的四个人随着打开的门，直接摔了进来。

　　"你们……"高语瞪目结舌。

　　"呵呵呵，爸我，我正好有道题不会写，想问问你呢。"高子枫摇了摇手上的试卷，表示自己的话是真的。

　　"我只是……路过。"林隐默默地隐身了。

　　"呃，我……我是来干吗的？哎呀，我忘了我是来干吗的……"林焱摇头晃脑地跑到了客厅。

　　高婷看看林未未，再看向高语，脸色极为严肃地说道："爸，看来这件事我们需要集体风暴一下！"

　　仓库内灯火通明，几只细小的飞蛾绕着昏黄的灯光飞转。

　　一家人围坐在客厅，五双眼睛全都一眨不眨地盯着林未未。

　　林未未实在被看得不自在了，这才清清嗓子，表明自己的态度："我现在只是重新工作，有什么问题？"

　　说完锐利的眼神朝五个人一一扫去，大家皆被看得身躯一震。

　　林焱最先表态："没有问题没有问题，未未，爸爸支持你的艺术事业，爸爸就是喜欢在电视上看到你！"

林未未回以最温柔的笑："谢谢爸爸。"然后用犀利的眼神看向林隐。

林隐手握成拳，一脸谄媚地看着林未未："姐，我支持你的梦想！"

话音刚落，一只脚狠狠地踩在他的脚上，林隐身子一震，面部扭曲地挤出一抹笑，咬着牙含混不清地说道："但是，姐夫的意见也是需要听听的，毕竟姐夫是如此地关心你爱护你。"

高语暗暗点头，这才不急不慢地收回了脚。

高子枫也暗暗喊可怜，眨着眼睛看着林未未："我赞同舅舅的话，妈妈去上班，我都见不到妈妈了。"

林未未一个眼神杀过去："还没人问你呢！"

高子枫幽怨地看着她，一脸委屈地缩在沙发里。

林未未看向高婷，高语也一脸期待地看着她。

高婷感受到两束视线同时落在自己身上，她颇为严肃地开口："爸爸，难道你都不相信自己的魅力吗？"

此话一出，全家人的视线又纷纷都落到了高语的身上。

高语撇撇嘴，拒绝回答这样的问题，他十分以及非常不情愿地翻出一张纸，上面写着几个加黑加粗的大字——"关于林未未复出演戏事件协议书"。

林隐惊呼："姐夫，原来你早就知道自己斗不过我姐，提前准备了这玩意。"

高语又狠狠地往他脚上踩了一脚，林隐痛得差点打滚，乖乖地闭上了嘴。

高语看着林未未，清清嗓子，拿起一只瓶子放在嘴巴下方充当话筒。

"老婆，我同意你去演戏，但是你要答应我三个条件。第一，要爱我。"

高子枫抱着手臂抖了抖，然后一脸天真地看着大家："你们看见我抖落在地上的鸡皮疙瘩了吗？"

林隐十分配合地笑出声，但是在感受到林未未抛过来的带有杀气的眼神后，硬是在一秒之内就收起了笑声。

林未未没怎么犹豫，果断地点头："好！"

高语对此颇为满意。

"第二，每天回家时间不能超过十二点。"

"好。"

"第三，不能因为拍戏在外面过夜。"

"好！"

　　高子枫见林未未毫不犹豫就答应了高语的条件，顿时两眼放光，想要浑水摸鱼："第四，要给高子枫买美国队长手办。"

　　林隐也合理利用资源："第五，要给林隐换一个电脑屏幕。"

　　林未未露出温柔的笑，手却慢慢地撸起了袖子，阴森森地说："你们两个过来，我现在就给你们买手办，换屏幕。"

　　林隐一看形势不对，立马隐身了，可怜的高子枫没有异能，撒腿就往房间跑，林未未紧追不舍。

　　安静的仓库里忽然传来高子枫叫闹和求饶的声音。

异能家庭

第四章

一家之"煮"

夕阳斜挂在天际，红霞将半边天照得通亮。

柏油马路上，三个勾肩搭背的影子被拉得老长。

郝爽一只手转了转手里的篮球，抬手抹了一把额头上的汗："今天玩得可真是痛快！这才叫人生得意须尽欢！"

戴劲晃了晃满头大汗的脑袋："莫使金樽空对月……后面月什么来着？"

高子枫抽回手，喊了一声："装逼需谨慎，且行且珍惜，你们有时间在这里发神经，还不如请我喝水去。"

说完就直接朝对面的超市走去，郝爽和戴劲对视一眼，立马跟了上去。

高子枫刚进超市，就看见了柜台后面的小美，顿时两眼冒星星地呆站在原地，刺眼的光芒从小美的身后照出来。

"今天你请客。"

"凭什么，你请！"

"我没钱！"

"那就卖身！"

郝爽和戴劲推搡着进了超市，就撞到已经失了魂魄的高子枫，两个人对视一眼，在他耳边大声喊道："喂？"

高子枫一脸痴相，毫无知觉。

小美被高子枫赤裸裸的眼神看得心底发毛，没好气地喊他："高子枫！"

高子枫迅速回过神，一张脸以迅雷不及掩耳之势红成了猴屁股。

"小……小美，你怎么会在这里？"

小美一脸无辜："这个超市就是我家的啊，我住在这里，他是我爸爸。"

高子枫看向小美指着的男人，一张脸更红了："叔叔？"

他在仓库里住了这么久，怎么没有见过他？

刘建国剃着小平头，笑呵呵地点头："你好啊，你就是高老师家的淘小子吧？"

高子枫挠挠头："你认识我？"

刘建国笑得更加灿烂了，意有所指地说道："你不认识我，我可认识你。"说完顿了顿，从冰箱里拿出三瓶水，递给他们，"这水算叔叔请你们喝了，拿去吧。"

高子枫看着刘建国的水，差点没感恩戴德地跪下来道谢，这可是未来岳父送的水啊，高子枫满脸羞涩地抱紧了怀里的三瓶水。

"你丫脑子没有病吧？"郝爽使出吃奶的力气才从高子枫的怀里抽出一瓶水，打开后仰头就灌下了大半瓶，"一瓶水而已，你怎么像是在抱老婆似的？"

郝爽还一脸坏笑。

高子枫羞愤着脸就要上去跟郝爽拼命，却及时被小美喊住。

"对了高子枫，今天课间你让我给你讲的公式，你学会了吗？"

高子枫这才想起今天课间的时候，为了能和小美有近距离的接触，他随便找了一道不会做的题目去问她，没有想到小美到现在都记得。

他心潮澎湃，小心脏里无数粉红色的爱心一个一个地往外冒："会……啊，不会不会，实在是太难了，我算了好久都没有算出来。"

小美朝他招手："那你过来，我再给你算算。"

高子枫觉得自己的魂儿都要被小美招去了。

高子枫兴高采烈地跟着小美往屋里走，刘建国却在身后喊住他："子枫，我店里刚进了一款鸭脖，我记得你爸就好这口，你给你爸拿点回去吧？"

"叔叔，学生应当以学业为重，这事儿待会儿再说吧！"高子枫一脸严肃地说出这句话，然后又屁颠屁颠地跟上了小美的脚步。

已经被高子枫忘在脑后的郝爽和戴劲连忙喊住他："子枫！"

再一次被叫住的高子枫不耐烦地回头朝两个人使了使眼色："子什么枫啊，你俩不是还有事儿吗，赶紧走吧，别耽误我好好学习。"

然后一脸痴迷地跟着小美进了屋。

郝爽和戴劲气呼呼地出了超市，两个人对视一眼，然后同时朝地上吐了口口水："呸，重色轻友！"

"色字头上一把刀啊，总有一天，他会知道我们两个人的重要性的！"

"嗯，你说得没错！那我们现在干什么去？"

"什么干什么去，回家啊！"

于是柏油马路上的影子由三条变成了两条。

"先把短公式代入进去，拆开就能得到……"

小美感觉到高子枫的视线一直在她的脸上转悠，手上的笔一顿，没好气地看着他："你不看课本，老看着我干什么？公式又不在我的脸上。"

高子枫眼睛一转，睁着眼睛说瞎话："我没有看你，我是看你后面的那堵墙壁。"

"我给你讲课你看墙壁干什么？"

"看着墙壁思考。"

小美无语地看了他一眼，低头收拾课本："好吧，今天就讲这么多，说多了我怕你记不住……"

高子枫今天还没看够，他连忙摆手摇头："没事没事，我记得住，要不你还是继续给我讲吧。"

小美更加无语地摸了摸肚子："不行，我肚子饿了，我要吃饭。"

门口的刘建国听到了，探头进来看着高子枫客气地说道："子枫，不如你也留下来吃吧？"

原本他也只是想客套一句，没有想到——

高子枫爽快地回答："好啊，本来我是不想留下来的，但是既然叔叔这么极力地留我，我就不客气了。"

刘建国暗暗翻了个白眼，提醒他："不过你是不是应该跟家里说一声，不然太晚回去，你爸妈肯定担心了，你有手机吗？没有的话叔叔借你。"

高子枫这才注意到时间已经很晚了，顿时如梦初醒，也顾不上什么吃饭了，收拾了东西就往外走："这个，我看今天时间也不早了，我还是……早点回去吧，小美再见。"

仓库里传来阵阵呛鼻的味道，伴随着锅铲挥动的声音，还有老男人的……哀号。

"啊，锅里怎么着火了？"

"油溅到我手上了！"

"怎么又焦了？"

……

厨房里，高语头上戴着一顶高高的厨师帽，身上系着围裙，脸上一块黑一块白的，此刻正生无可恋地看着锅里的一团黑炭。

"我不允许你用我的身体做出这么难吃的东西，这简直是对我的侮辱！"锅不满地抱怨。

高语把锅里烧得漆黑的鸡蛋倒入垃圾桶，没有理会锅，唉声叹气地重新开始做。

"你怎么不开心？"抽油烟机忍不住好奇地问道。

"连你都看出来我不开心了，我表现得有那么明显吗？"高语摸了摸脸，他以为他把情绪隐藏得很好。

抽油烟机无情地戳穿他："就只差在脸上写下'宝宝不开心'几个字了。"

高语深深地叹了口气，抽油烟机想了想，张口唱道："你的心情，现在好吗？你的脸上，还有微笑吗？人生自古，总有许多不平事……"

"打住打住，你就别给我添乱了。"高语觉得自己下一秒就要抓狂。

抽油烟机："多一点努力，少一点抱怨，未来才会更加美好。"

"我知道！"高语似乎重新燃起了斗志，开了火又继续做菜："而且未未也是为了这个家才复出的，跟她相比，我的这点苦又算得了什么？"

抽油烟机不屑地嘲笑："哟呵，说得还挺感人的，你的话让我想起了之前在商场的同伴，在同一个展区的粉红色抽油烟机，我很喜欢她，但是她总爱生气，而且很不好哄，现在想来，我当时真应该多点耐心。"

毕竟，现在就算有耐心也见不到她了。

高语手上的动作一顿，轻轻应了一声，也慢慢陷入回忆："当初我追未未也是这样的，她长得漂亮又是演员，我对她一见钟情二见倾心，三见恨不得就直接以身相许了……"

夜色渐渐降临，厨房里的对话在继续，炒菜声也在继续……

晚饭终于在高语的坚持不懈中完成，林未未刚回来就看到了桌子上摆着的三菜一汤，一阵欣慰，吃饭的时候对高语的态度不知道温柔了多少倍。

"老公，今天你辛苦了，来，我喂你。"

"唔，吸血老婆。"

两个人十分可耻地当着所有人的面前秀恩爱，林隐翻了个白眼，开始告状：

"姐，你今天一天都在剧组，可能不明白姐夫做了什么好事。"说着林隐看了对面的高语一眼，说道，"他今天除了一顿饭做了两三遍，其他真的没有什么贡献了。"

高子枫适时地夹起一块炒黑的肉："爸，第三遍你都只做成这样，你怎么这么人才？"

林隐哂笑："还不止这个呢，姐夫今天不仅弄坏了爸的画，洗坏了大家的衣服，他竟然还指挥我的音响！"

这个简直不能忍！

林隐和高子枫你一言我一语，左右夹击高语。

高语偷偷看了林未未一眼，长叹一声，痛定思痛，阴森森地看着林隐："对，我就是那个吃啥啥不剩，干啥啥不行的高语，既然小舅子你这么再行，不如家里的事情都交给你处理吧？"

林隐脸上的笑容一僵，慢慢地消失在空气中："当我什么也没说，但是刚才高子枫说了你。"

"舅舅，不带你这么欺负我的！"有异能了不起啊，不带这么欺负人的。

不过两三秒之后，刚刚隐身了的林隐又忽然一点一点地出现在椅子上，众人惊讶地看着他，发现他正流着鼻血，双眼呆滞又痴迷地看着电视机。

电视里正播放着电视剧，正好到了接吻的镜头。

林隐红着脸，抬手捂住着胸口，双眼仍旧没有离开电视："怎么办，我感觉我的小心脏已经无力承受了。"

高语和林未未你看看我，我看看你，忽然明白过来："林隐，原来只要让你心跳加速，你的隐形术就完蛋了！"

林隐擦着鼻血，依旧没有反应地盯着电视。

第五章

三个火枪手没有火没有枪只有手

放学后，偌大的学校里很快就安静下来，没有了学生们嘈杂的闹声，显得有些死气沉沉。

余晖透过玻璃窗照进来，小美做完值日，这才背着书包离开。

走廊上一个人都没有，小美看了看时间，加快了脚下的步子。

走到转角的时候，忽然一个肥胖的身躯堵住了小美的去路。

"哟，你还没回去啊。"陈胖子摸着下巴慢慢靠近她，一脸淫笑地看着她。

"你……你要干什么？"小美知道陈胖子没安好心，顿时紧张起来，手里捏着书包带子。陈胖子往前靠近一步，她就后退一步。

"拿来！"陈胖子伸出手，大拇指和食指搓了搓，意思很明显。

小美下巴一抬，并不配合："我没钱！"

"别骗人了，下课的时候我还看见你拿着一张"毛爷爷"进了小卖部，现在就没钱了？"陈胖子凶神恶煞地看着她，一双眼睛瞪得老大，"快点！不然的话我就直接搜身了！"

"那是我帮别人买的。"

"那好啊。"陈胖子冷哼，"你帮谁买的？我去问问，如果你骗我的话，你就吃不了兜着走！"

小美支支吾吾了半天都说不出个名字，陈胖子得寸进尺，蹦到她面前，恶狠狠地摊开手："快给我，不然我揍你！"

小美害怕地看了他一眼，犹豫地从书包里掏出钱包："你……你要多少？"

陈胖子一把抢过她手上的钱包，打开一看，发现里面放着零散的纸币，数了数，竟然有一百多。

"都要了，这些钱先借我。"陈胖子嘴角叼着个牙签儿，说话的时候跟个混混似的。

小美接过他扔回来的钱包，怯弱地问道："那你什么时候还给我？"

"你丫的还真想拿回去！"正打算要走的陈胖子听见小美的话，回头威胁地挥了挥拳头，吓得小美连忙往后缩，陈胖子这才心满意足地走了。

站在走廊尽头的高婷若有所思地看着小美，以及趾高气扬地离开的陈胖子。

晚上做作业的时候，高子枫抱着篮球满头大汗地回来了，高婷看了他一眼，疑惑地问道："我记得小美跟你是一个班的吧？"

高子枫听见小美的名字就两眼放光，连忙穿上已经脱了一半的衣服，跑到高婷的身边看着她："姐，难道连你也被她美丽动人温柔贤淑的气质所吸引了吗？"

高婷翻了个白眼，呵呵笑一声："不好意思，我没有被她打动。"

高子枫耸耸肩，表示很遗憾："那你怎么忽然问起她了？"

"我今天看见她了……"

"嗨，那有什么！"高子枫得意地打断高婷的话，"我还能天天看见她呢！"

"高子枫！"高婷咬牙切齿，"你就不能让我把话说完吗？"

"得嘞，您说。"高子枫拖了把椅子，在高婷的身边坐下，一副洗耳恭听的模样。

高婷这才傲娇地哼了一声，继续说道："我今天看见她被陈胖子敲诈了。"

"我靠，这个陈胖子，竟然敢动我的女人……"高子枫忽然激动地站起来，吓得高婷往后一仰，差点摔到地上。

"什么你的女人？"林未未拿着两个人晒干的衣服进来，没好气地盯着高子枫看。

"妈，我在背电视台词呢，怎么样？您有没有觉得刚才那话我说得特霸气？"高子枫呵呵地笑，朝高婷眨了眨眼睛，只可惜高婷只顾着低头写作业，压根没理他。

林未未懒得理他，放下衣服就出了房间。

高子枫顿时又恢复了刚才那副雄赳赳气昂昂的模样："我一定会帮小美报仇的！"

高婷顿时狐疑地看着他："就你？还想英雄救美？"

"姐，别以为我没异能就看不起我！"高子枫不高兴地回了一句，掀开帘子进了自己的房间。

高婷看着他失落的背影，皱了皱眉头。

高子枫鬼鬼祟祟地站在校门口，对郝爽和戴劲说道："一会儿就按照咱们之前商量好的做，知道了吗？"

郝爽十分配合地点头："子枫，你放心，我们都记着你，你的女人就是我的女人……"

高子枫一掌拍去："你说什么？"

"错了错了，你女人的事就是你的事。"郝爽连忙改口。

戴劲帮他说完后一句："你的事儿，就是我们的事儿。"

"很好！"高子枫一脸严肃地点点头，伸出手掌，一鼓作气地喊道，"后排男孩儿——"

郝爽和戴劲立马会意，跟他击掌，三个人齐声喊道："加油！"

正在看电视的门卫大叔被三个人的喊声吓了一跳，探头看了一眼，暗自嘀咕："现在的学生啊，就是作业太少了，整天瞎玩……"

戴劲蹲在花坛后面半天，直到脚都发麻了才看见目标人物出现，连忙往回跑，向其他两个人汇报："出来了出来了！"

三个人立即做好准备，靠着墙壁站着，等陈胖子慢慢悠悠地从学校出来的时候，后排男孩立即并列成一排，站在陈胖子的身后，异口同声地喊道："站住！"

陈胖子听见声音，回头看了一眼，不屑地问道："你们叫我？"

高子枫暗暗在心里给自己打气，双手叉腰嚣张地说道："没错！就是你。"

陈胖子更加不屑地笑起来，慢慢地朝后排男孩靠近，吊儿郎当地问道："什么事啊？皮痒了？想打架？"

"你……你别过来！我们今天就是想打架，怎么样？"高子枫隐隐觉得自己的脚在抖。

郝爽和戴劲两个人对视一眼，硬着头皮跟高子枫统一战线："对，打……打架！"

校门口的停车处，小美坐在车里，疑惑地看着站在门口的四个人，心里有些疑惑。

高子枫怎么和陈胖子玩在一起？

想起陈胖子对自己的勒索，小美皱起眉头，若有所思地升上车窗。

陈胖子就差仰天大笑了："就你们，还想跟我打？放马过来啊。"

高子枫怒气冲冲地把书包往地上一甩，喊道："关门，放郝爽！"

郝爽一时没反应过来，怔怔地看了高子枫一眼，这才汪汪地叫了两声，然后像条疯狗一样朝陈胖子冲去。

不到一分钟，半空中就传来郝爽的呼救声："SOS，我需要支援！"

高子枫和戴劲对视一眼，哇哇叫着冲了上去，四个人瞬间混战起来，所到之处硝烟四起灰尘乱飞，没多大工夫陈胖子就扛不住了，迫不得已大喊饶命。

纷飞的灰尘中，只听见高子枫大喊了一句停，大家手上的动作都停了下来，灰尘慢慢散开，终于看清了状况。

陈胖子再壮，终究是双拳难敌六手，此刻正苦着脸被高子枫压在身下，而高子枫身上压着郝爽和戴劲，他动弹不得。

"怎么样？服不服输？"高子枫难得扬眉吐气了一次，压在陈胖子的身上一阵得意，用力地捏着他的脸，"我警告你，以后我什么事情冲着我来，是男人就不要欺负小美！"

陈胖子这才知道高子枫是因为小美才来叫嚣的，正好现在他只身一人，给他们钻了空子。

"你听到没有？"高子枫见陈胖子不理自己，心中不解气，狠狠地在他的屁股上拍了一下！

陈胖子仰头发出一声凄厉的喊声，将刚走出教学楼的几个小混混吓了一跳。

"我去，怎么回事，谁叫得这么凄惨？"绿毛毛骨悚然地搓了搓手上的鸡皮疙瘩，"活生生像是被强了一样。"

"绿毛哥，我怎么觉得这声音有一点耳熟啊？"旁边的小弟有些疑惑。

"我也觉得。"

"哦，我想起来了，这好像是老大的声音。"

绿毛不走心地点点头："老大的声音，听着是有那么点……老大？！"

绿毛忽然反应过来，眼睛一瞪，领着兄弟们就朝门口跑去。

郝爽和戴劲一人抓着陈胖子的一只脚往后拖，看了一眼坐在陈胖子身上优哉游哉的高子枫，郝爽抬手抹了抹汗，不乐意了。

"高子枫，你能不能先下来，这胖子本来就重，再加上你，我们俩根本就hold不住。"

"要怪就怪这……"

"老大！"

高子枫的话还没有说完，就被身后痛心疾首的惊呼声吓了一跳，回头看到绿毛等人，吓得脸色一变，以迅雷不及掩耳之势站起身，捡起书包就跑："快撤！"

陈胖子咬牙切齿地看着逃跑的三个人，狠狠地下命令："追——"

安静的校园里响起了一阵阵惊呼声，惊起了一树的鸟儿。

"啊，往教室跑。"

"锁门啊！"

"躲起来！"

"他们追上来了……"

以高子枫带头，一群人围着不大的花坛转圈，跑得不亦乐乎。跑在最后的陈胖子忽然头一转，往相反的方向跑。

高子枫撞到对面的人，整个人往后一弹，身后的郝爽和戴劲都被他撞到了地上。

"啊——"

"啊……"

"啊！"

三声抑扬顿挫的惊呼声同时响起，后排男孩们脸色痛苦地摸着屁股。

"给我打！"陈胖子招呼身后的几个混混，将后排男孩们围了起来，接下来就是一顿暴打，又是一阵烟尘四起，惊呼哀号声不断。

陈胖子看得满意了，这才让几个混混停手，看着脸上后排男孩脸上都挂了彩，抱着手臂得意地看着三个人，伸出中指："你们就是 loser！"

"以多欺少算什么本事，有本事你跟我们三个人单挑啊！"

高子枫眼睛都被打肿了，不服气地想要站起来，陈胖子抬腿就往他受了伤的脚上重重踢了一下，高子枫惨叫一声，痛得脸都白了。

郝爽和戴劲连忙挡在高子枫的面前，弱弱地喊道："就是，以胖欺瘦算什么本事，有本事跟我们三个人单挑啊。"

"谁要跟你们单挑！"陈胖子想到刚才吃了败仗，没好气地瞪了郝爽一眼，然后冷笑着靠近高子枫，挑衅道，"你不是想英雄救美吗？来啊，来英雄救美啊，我打得你连姓什么都不知道！"

高子枫不甘心，又要站起来，郝爽连忙拉住他的手，附在他耳边低声交代："切莫冲动行事啊，我们先回去，从长再议。"

"对，留得青山在，不怕没柴烧。"戴劲也附和。

陈胖子天不怕地不怕地看着高子枫，继续嘲笑他："就你这点本事还想在这里装英雄？我呸，也不撒泡尿照照，你有那个能耐嘛你。"

说完陈胖子又得意地哈哈大笑了起来，身后的一群混混也跟着他笑。

高子枫气呼呼地捏紧了拳头，郝爽担心他冲动行事，连忙安慰他："兄弟，先忍忍，以后我们一定能把他打得屁滚尿流。"

"哟呵，三个人还挺有骨气得，怎么，都快被打残了还不服？"说着陈胖子又朝身后的小混混挥手，"兄弟们……"

"喂，你们在干什么？都给我住手！"忽然不远处响起一阵爆呵声，陈胖子看见了往这边跑来的陈老师，转身就跑了。

"完了完了，被抓到肯定又要叫家长了，我们快走！"

后排男孩也艰难地从地上站起来，互相搀扶着，一瘸一跛地逃走了。

高子枫拖着受伤的身体回到家，看见林未未在沙发上认真地看剧本，一阵心虚，连忙低下头，抬起手挡住了自己的脸，想悄无声息地从林未未面前经过。

高子枫无比渴望地想，如果这个时候他能有舅舅的隐身术就好了。

"你爸呢？"林未未头也不要抬，翻了一页，继续认真地看剧本。

高子枫脚步倏地一顿，保持着动作不变："爸在开会。"

林未未眉头一皱，不满地抱怨："开会也不提前打个电话回来说一声。"

高子枫紧张地吞了吞口水，透过指缝偷偷地看了林未未一眼："他让我回家跟你说一声。"

沙发上的林未未却突然暴怒地跳起来，脸上的表情因为生气有些狰狞："他以为让你跟我说一声就行了吗？为什么不能亲自给我打一个电话，我在他的心里就那么不被重视吗？"

高子枫本来就心虚，被林未未忽然拔高的声音吓得整个人一抖，往后退了一步，然后一屁股坐在了地上。

高子枫紧紧地抿着嘴，脸色痛苦地闷哼一声，屁股……真的好疼啊！

"儿子，你觉得我这段台词怎么样？"还没有发现任何不对劲的林未未放下剧本，兴奋地冲到高子枫的面前，脸上明显地写着"求夸奖"。

高子枫头大地反应过来："……妈，刚才你是在……"

"啊，子枫啊！"林未未看到高子枫脸上的伤口，尖叫一声，捧着他的脸担心地问道，"你脸上怎么回事？"

青一块紫一块的就算了，两只眼睛还被打成了熊猫眼。

正在房间里写作业的高婷听见声音，偷偷地打开门，透过门缝往外看。

高子枫眼睛转了转，一本正经地胡说八道："妈，事情是这样的，刚才我在路上摔了一脚，然后就成了这个样子。"

林未未冷笑一声，用力地捏了捏他的脸："摔一跤能摔出熊猫眼？"

"啊痛痛痛，妈，您轻点儿！"高子枫求饶。

"说实话！"

"反正我没打架！"

"没打架你的脸是自己变成这样的？"

……

高婷看着客厅里的情况，犹豫了一下，走出房间，看着两个人说道："妈，我知道是怎么回事。"

两个人瞬间闭嘴，纷纷转头看着高婷。

高子枫紧张地看着高婷，她不会真的跟妈说他打架吧？

不管，反正她也没亲眼看到，她要是真这么说，他就打死不认！

高子枫用力地朝高婷眨了眨眼睛，林未未的声音冷冷地传过来："干吗？眼睛抽筋啊你。"

高子枫默默地转过头，时运不济啊。

高婷看着高子枫说道："今天中午子枫打篮球的时候，耍帅要去够篮球筐，手没抓稳，直接摔了下来。"

林未未不信："摔下来能摔成这样？"

"摔下来的时候被球砸到了。"高婷解释道。

林未未顿时心疼了，抱着高子枫的头大喊："哎哟儿子，咱们又不当灌篮高手，以后打球别没事耍帅，只要不被砸就行了。"

高婷嘴角抽了抽，妈，您要求还真低。

高子枫没有想到高婷竟然是来帮他解围的，心里松了口气，看向高婷，两个人对视一笑。

林未未心疼地去找了药帮高子枫涂上，晚上吃饭的时候还特意给他夹了个大鸡腿，第二天早上还特意给他多煮了个水煮蛋。

去学校的路上，高子枫吃着手里的水煮蛋，一脸嫌弃地看着身边的高婷：

"姐，你到底要干吗？"

高婷啃了一口馒头，莫名其妙地看着他："什么我要干吗？"

"平时在学校都不搭理我一下，今天早上怎么特意等我上学？哦，我懂了，是不是因为昨晚的事情我还没道谢？好好好，我谢谢你，行了吧？"

高婷继续啃着馒头："不用谢。"

高子枫气急败坏地看着她，忽然想到了什么，凑到高婷的身边问道："你知道我昨天是因为什么受伤的？"

"我又不傻。"高婷瞥他一眼，补充道，"我知道你是被陈胖子打的。"

高子枫摸了摸脸上的伤，顿时有些闷闷不乐："老实说，你是不是觉得我弱爆了，家里就我一个人没有异能，你是不是瞧不起我？"

高婷看了他一眼："当你觉得自己没有异能弱爆了的时候，不要悲伤，至少……"

"至少还有你？"高子枫吞下嘴里的鸡蛋，找不着调的哼唱，"我怕来不及，我要抱着你……"

犹如狼嚎般的歌声传入高婷的耳里，高婷不给面子地翻了个白眼，竖起手指："停！不要污染我的耳朵，我只是想说——你的直觉是对的。"

高子枫顿时拉耷着脸，没了刚才的兴致，高婷看了他一眼，两个人继续往前走。

"高子枫！"忽然，有个狠厉的声音从前方传来，高子枫不耐烦地看了一眼，顿时吓得脸都白了。

"陈胖子，你想干什么？"高子枫捏了捏拳，暗暗地在心里给自己打气——你是超能英雄，不要怕，不能怕！

"咱俩的账还没算完吧？"陈胖子晃晃悠悠地走到高子枫的身边，那大身板，能够抵得上两个高子枫。

"你……你想怎么算？"高子枫慢慢地往后退。

"你说呢？"陈胖子笑得一脸邪恶，看上去有点像古代的恶霸，"昨天不是还要帮小美出气吗？今天我让你继续出啊。"

高婷顿时明白过来，原来子枫是为了帮小美拿回钱，才会和陈胖子杠上的。

两个人一进一退，谁强谁弱一眼就看出来了。

高婷站在不远处看着两个人，眉头一皱，抬手打了个响指，周遭的一切应声停止，万物静止。

高婷快速走到陈胖子身边，拽下他的书包，把里面的东西全部都倒出来，然后往陈胖子头上一套！

做完这一切，高婷得意地拍了拍手，余光瞥见掉落在地上的钱包，犹豫了一下，然后捡起来，将里面的钱都拿了出来。

十秒钟过去了，高婷拉着高子枫的手就跑。

陈胖子反应过来的时候眼前一片黑，他用力地拽下套在头上的书包，想要将两个人痛揍一顿，但高子枫和高婷早就已经跑远了！

"高子枫，有本事你别跑！"陈胖子不服气地叫嚣着，却暗暗觉得奇怪，刚才发生什么了，怎么他们跑得这么快？

两个人气喘吁吁地跑到花坛后，高婷把手里的钱给高子枫："就你这小身板，你是哪里来的勇气做出英雄救美这种事情的？"

高子枫两眼放光地接过钱，听见高婷的话，顿时挺起胸膛，用力地捶了捶："我可是异能英雄，我要保护这个地球！"

高婷翻了个白眼，转身就走："你还是先保护好自己再说吧！"

烈日高挂，太阳火辣辣地烤着地面，不过这影响不了高语的好心情。

他哼着歌儿进了办公室，见大家纷纷用异样的眼神看着自己，他尴尬地点点头："早上好。"

怎么回事，大早上的干吗用这种眼神看着他？

高语正觉得莫名其妙，陈老师犹豫着说道："高老师啊，高子枫又跟人打架了，你知道吗？"

"啊？"高语一脸茫然。

"那看来是不知道了？高老师啊，我觉得你有空还是要多管管他，你看看你们家高婷多乖啊，高子枫就跟猴子似的每天上蹿下跳地惹事，这两个孩子真的都是你亲生的？"

高语更加尴尬了，激动地拍了拍桌子："当然了！"

难不成还是煮的？

"他现在也初三了，很快就要中考了，作为子枫的老师和你的同事，我还是希望你平时能够管管他，手心手背都是肉，可不能放任高子枫不管啊。"

"是是是，陈老师说得对。"高语谄媚地笑着，连连点头，见大家的视线依旧盯着他，高语更加愧疚地低下了头。一个上午，高语硬是连头都没好意思抬，原本的好心情早已经烟消云散。

开完会回到家，看见高子枫和林隐在沙发上热火朝天地打游戏，高语在两个人身后怒喊道："高子枫！"

高子枫正兴致勃勃地杀着怪，忽然被高语这么一喊，手上一抖，下一秒，他就被怪杀了。

"我靠，爸，人吓人吓死人啊知不知道？"高子枫恨不得直接将手上的手机砸到高语头上，不过想了想，他还是放弃了。

他现在还不想死。

高语头上有一团火在烧："你最近在学校是不是惹了什么事？"

高子枫心里咯噔一声，连忙否认："当然没有！我现在每天都谨记您的教诲，好好学习天天向上，怎么会惹事儿呢？"

高语无视高子枫一脸谄媚的笑："那为什么今天陈老师告诉我你跟别人打架了？还是你主动挑的事儿！"

高子枫一脸郁闷，一边偷偷地去拿茶几上的书包，一边可怜兮兮地解释："事情不是您听到的那样。"

高语动了动手指，朝高子枫靠近："那你告诉我是哪样？"

高子枫眼睛转了转，飞快地操起书包，踩在茶几上，越过沙发就往外面跑："爸，我忽然想起来还有题目不会做，我去问问小美我先走了。"

说话间人已经不见了。

林隐看了一眼脸上依旧有怒气得高语，默默地拿起自己的电脑和手机回了房间。

高语气呼呼地在沙发上坐下："迟早得找时间收拾你！"

太阳已经落山，巨大的天空像是拉上了帷幕，几颗星星点缀其中。

高子枫跑得满头大汗，终于到了小美家的超市。

"小美！"高子枫大老远地就兴奋地朝小美挥手。

小美探头看了高子枫一眼，抬起下巴哼了一声，扭头看向别处。

高子枫压根不在意小美的态度，在他的眼里，小美不管做什么都是美的，他一双眼睛亮晶晶地看着小美，献宝似的从书包里拿出几张钱："小美，我来是特意把这个给你的。"

"你给我钱干什么？"小美眉头一皱，不解地看着手中的钱。

"这本来就是你的钱啊！"高子枫见小美终于看向自己了，脸又不可抑制地红了起来，捏着拳头说道，"我帮你从陈胖子那里要回来了！"

"你帮我要回来的？"小美狐疑地看着高子枫，上下打量了他一眼，"你怎么知道陈胖子向我借钱了？你们俩是一伙儿的？"

"呸，我才不跟他是一伙儿的呢，为了这钱，我还和他……"

高子枫本想说跟陈胖子打了一架，但是想到自己输得那叫一个惨，最后又硬生生地吞下了嘴边的话，胡乱解释道："反正钱我已经帮你要回来了，以后他要是还敢欺负你，你告诉我，我一定帮你狠狠揍他！"

小美见高子枫捏着拳头，故意做出一脸凶狠的模样，忍不住笑了下，她看着手中的钱，态度比刚才好了不止一星半点："好吧，看来是我误会你了。"

高子枫被小美的笑惊艳了，双眼快要被她的美射瞎，他挠了挠头，笑得一脸痴呆："不客气。"

他好像进入了另一个世界，那个世界里只有他和小美，而且小美在对他笑。

高子枫傻傻地沉浸在自己的世界里，殊不知对面的小美早就走了。

正午十二点，太阳火辣辣地照着地面。

正是放学时间，大批大批的同学往外涌，高语鬼鬼祟祟地走到高子枫教室的门口，左右看了看，没人，连忙走进去，在高子枫的座位上坐下。

他拿出书包，还没开口，书包就不满地抱怨："大白天的你来干什么？不是说好了晚上再汇报情况吗？"

"今天情况特殊。"高语看着书包问道，"你快和我说说高子枫和陈胖子是怎么回事？他干吗主动挑事儿打人？"

"陈胖子欺负小美，高子枫帮小美报仇啊，但是最后反过来被陈胖子欺负了，不过最后被高婷救了。"

"这事儿婷婷也参与了？"高语惊讶。

"是啊，多亏了有她，不然你现在就见不到我了。"书包委屈地哭了起来。

高语像是没有听见一般，胡乱地将书包往抽屉里一塞："看来是我错怪儿子了。"

郝爽躲在教室门口，看着高语坐在高子枫的位子上，拿着他的书包自言自语，连进都不敢进去了。下午见到高子枫后，郝爽连忙拉着他的手告状。

"子枫，我今天中午看见你爸了。"

高子枫看了他一眼："我相信能看见我爸的人不止你一个。"

"哎哟不是，我是说今天中午我在我们教室里看见你爸了，他拿着你的书包自言自语……"郝爽一脸警惕地问道，"你爸不会这里不行了吧？"

郝爽一脸担心地指了指脑袋。

高子枫一听，立马抓住郝爽的手："我爸说什么了？"

"好像是什么，问你为什么要和陈胖子打架？"

高子枫没好气地抽出书包，用力地拍了两下："叛徒！竟然敢背叛我。"

"你干吗啊？"郝爽蒙了。

"我告诉你啊。"高子枫神秘地凑近郝爽，悄悄地说道，"我爸有异能，他今天中午在和我的书包对话呢！"

郝爽眨了两下眼睛，然后扑哧笑出声："高子枫你越来越幽默了，这个笑话我可以笑一年哈哈哈哈。"

高子枫："……"

"哎，咱们俩换个书包。"高子枫抽出书包往郝爽手上放，免得老爸又从他的书包这里盗取情报。

郝爽以为高子枫还在玩，没有任何异议地把自己的书包递给他。

放学之后高子枫就往家里跑，郝爽背着书包想追上去，却被刚出办公室的高语喊住了："哎，郝爽？"

"高老师好。"郝爽乖乖地问了声好。

"你这孩子，读书都读傻了，怎么还拿错书包了？"高语从郝爽肩上取下高子枫的书包，"这不是子枫的吗？"

郝爽一阵尴尬，干笑着拍拍脑袋："呵呵是啊，这不是高子枫的书包吗？我怎么就拿错了呢，呵呵呵……"

高语今天问清楚了情况，心情自然好了不少，回到家看到高子枫在沙发上看电视，一脸慈祥地把书包递给他："你这傻孩子，书包被别人拿走了都不知道。"

高子枫一脸茫然地看着面前的书包，再看看高语，顿时生无可恋。

因为跟陈胖子打架的事，后排男孩三人组不仅被统统请了家长，老师还要求每人写一份检讨。

"这事儿咱们又没错，挨打的是我们，为什么最后受罚的还是我们？"高子枫扔下手上的笔，为自己抱不平。

"可能老师也怕陈胖子吧。"郝爽挠了挠头，"不如我们回去百度吧？平时连作文都写不出来，还写什么检讨啊。"

"你不说我还忘了这茬，走走走，回家去。"

三个人收拾好书包，手挽着手出了学校，高语大老远看见三个人远远地走出来，站在原地等着。

郝爽视力最好，一眼就瞄到了前面的高语："哎哎哎，那不是高老师吗？"

高子枫一听，连忙抬起头，眯着眼睛张望了会儿："在哪儿呢？"

"哎呀，就在那儿啊，好像在等你。"戴劲也看到了。

"快，掩护我！"高子枫快速地退到郝爽和戴劲身后。

"你们俩好好地盯着他，所谓敌不动我不动，他要是不走，咱们今儿就在这儿等着！"

"好！"郝爽和戴劲不约而同地点头。

高语本来就有近视，等了半天都没有等到三个人走近，眯着眼睛看了半天才看清那三个人也站着没动，顿时额头滑下三根黑线，拎着公文包朝三个人走去。

"完了完了，你爸朝这边走过来了。"

"敌动了，咱们现在怎么动？"

高子枫也急了，眼睛骨碌碌乱转，然后一声令下："跑！"

三个人刚抬腿，高语的声音就在身后响起："跑去哪儿？"

高子枫默默地收回脚，慢动作地回头，见到高语，露出一脸惊讶："哎呀，爸，你怎么在这里？"

郝爽十分配合地点头，指了指刚才高语站着的地方："对啊，刚才我都没有看见你在那里呢。"

高子枫没好气地瞪了郝爽一眼，自知说错话的郝爽连忙堵住嘴。

高语看了三个人一眼，他发现这三个孩子最近总是凑在一起，好事没有，坏事一堆。

"你们又要去干什么？"

高子枫双手握拳，做出 superman 的动作："我们是——"

"Hpman！"三个人异口同声地喊道。

"我们的心愿是——"

"世界和平！"

"我们现在要去——"

"保家卫国！"

高语一脸黑线，把高子枫从郝爽和戴劲的身后拉出来："回家！"

高子枫拒绝："爸，你这是在扰乱我们的工作，我们需要保家卫国。"

高语冷笑一声："信不信我现在就抽你。"

高子枫顿时苦着脸看着郝爽和戴劲："为了完成我们的使命，我已经牺牲了，剩下的，就交给你们了……"

"你们也赶紧给我回去做作业去！"

郝爽和戴劲一看高语那脸色，不等高子枫把话说完就一溜烟地跑了。

"哎哟，爸，你先放手成不成啊，这衣服都快要被你给拽坏了！"

高子枫和高语两个人推推搡搡地回了仓库，林未未见两个人脸色都不太好看，狐疑地问道："怎么了？"

"哎哟，妈，我跟你说……"

高子枫还没走到林未未身边，就被高语往后拉去。

"老婆，有件事我得和你商量一下。"高语看了高子枫一眼，脸色极为严肃。

"什么事啊？"林未未认真地看着手上的剧本，头也没抬。

"我觉得子枫最近……"

高语话还没说完，林未未的手机就响了，她抬手打断高语的话，接听电话："喂，咪咪呀？"

"未未姐，剧组里面有个角色没人演，你来不来？"

"来来来，你待会儿把地址给我，我一定准时到，啊。"林未未一听又有戏可以演了，顿时眉开眼笑的，挂了电话就进房间去选明天要穿的衣服。

"老婆……"高语一脸委屈地看着林未未的背影，"我的话还没有说完呢。"

林未未不耐烦地朝他挥挥手："哎哟这都什么时候了，以后再说。"

"以后以后，谁知道得多久以后啊。"高语一脸不悦。

高子枫趁高语不注意，连忙逃回了房间。

凌晨的天将亮未亮，天际隐隐透出一道亮光，林未未迷迷糊糊地看了看时间，见不早了，穿衣起床。

高语听见身边的动静，皱着眉头翻个身，一把抱住了林未未的腰："老婆，怎么就起来了，接着睡会儿。"

"走开！"林未未没好气地挥开高语的手，穿好衣服就下了床。

剧组离这里有点远，她必须早点起来赶公交才能不迟到。

时间还早，街道上几乎没有什么路人，路边已经陆陆续续地摆了一些卖早餐的小摊，林未未买了两个包子，坐着公交赶去了剧组。

明明五六点就起来了，到剧组的时候硬是到了八点多。

"哎哟，未未姐，你怎么才来啊？"咪咪踩着细高跟，扭着屁股走到林未未身边数落，"我昨天不是跟你说了要早点到的吗？角色差点就被别人抢了，还好有我在。"

林未未来不及解释，连忙道谢："咪咪，谢谢你啊。"

"哎哟，没事，咱们俩什么关系啊，以前你不也经常帮我吗？走，我带你去见导演。"

两个人进了片场，走到长着大胡子的导演面前，咪咪把林未未往前一推："导演，我给您推荐的演员来了。"

林未未露出八颗牙齿，脸上是标准的微笑："导演好。"

大胡子导演上下打量了林未未一眼，大手一挥："去换衣服。"

林未未心中狂喜，连戏都不用试，就选中了？

"哎，导演导演，我的台词本在哪里啊？"林未未一脸激动。

"没有台词。"

"没有台词？"

林未未着急了，拉住要走的导演不解地问："为什么没有台词啊？"

"一个死人能有什么台词，你想演诈尸啊！"导演不耐烦了，皱着眉头对林未未喊道。

咪咪见状，连忙把林未未拉到一边："未未姐，我忘了告诉你了，你演的是尸体。"

"尸体？"林未未大惊。

"哎，你这是什么表情啊？"咪咪见林未未一脸嫌弃，顿时不高兴了，抱着手臂说道，"你还别嫌弃，就光是演尸体本来都轮不到你，要不是我在导演那里费尽了力气，你以为导演能那么容易同意让你演啊。"

林未未被咪咪说得脸一阵白一阵红，她以前虽然不是什么一线明星，但好歹也有点名气在，现在演个尸体竟然还要看别人的脸色。

林未未咬咬牙，觉得尽管现在生活在底层，也还是要给自己留个面子。

她抬头挺胸，看着咪咪说："咪咪，这个戏……"我不演了。

话还没说完，手机就响了，铃声打断了她的话。

是林隐。

"林隐，什么事啊？"林未未有些烦躁，说话的态度自然也不怎么好。

林隐毕竟是林未未的弟弟，这个又怎么听不出来，他顿了顿，忽然笑得一脸谄媚："姐，您最近好像越来越漂亮了。"

"是吗？"林未未笑眯眯地摸了摸自己的脸，"我也感觉到了。"

"不止啊，我觉得你的身材也好了不少，整个人看上去年轻了十岁不止呢。"

林未未一脸灿烂地笑了笑，下一秒，脸上的笑容就消失得无影无踪："有话就说，别瞎扯。"

"嘿嘿。"林隐讨好地笑着，说出了打这个电话的目的，"姐，我的游戏币没了，你帮我充点儿吧。"

林未未本想训斥林隐，作为一个二十五岁的成年人，不应该这么不知廉耻地在家里啃老，但是……想到他的场所恐惧症，她还是吞下了嘴里的话。

林未未一脸无奈地挂了电话，放好手机，脸上挤出一抹灿烂的笑容："咪咪，这次多谢你了，以后我请你吃饭！"

说完一面为自己加油打气，一边去化妆。

"林未未，你可以的！加油！"

第六章

三分天注定，九十七分靠人拼

上课铃刚响，高子枫和郝爽两个人就一起冲进教室，却同时被门框卡住。

"我先走！"高子枫不服输。

"凭什么，我要先走！"

两个人你挤我我挤你地挡在教室门口，就是没有人愿意退后，身后已经挡了不少的同学。

戴劲坐在位子上为两个人加油打气："加油，看谁最先进来！"

"你们在干什么？"

门口忽然传来老师的一声暴喝，郝爽和高子枫吓得一抖，同时下意识地往教室里走，依旧被卡住。

"让我先走！"高子枫生气地喊道。

"我先走！"郝爽不服。

"你们两个谁也别走！"老师拿着一大沓试卷，从后面进来，头上有两团火苗在跳跃。

高子枫和郝爽顿时郁闷地对视一眼，后悔不及。

"其他的同学都从后门进啊，教室只有这一个门是吧？"

英语老师这一声吼，被堵在教室外面的人连忙从后门进了教室。

等所有的同学都坐好了，英语老师这才用诡异的方言公布小考的成绩。

"我先念一下上次小考的成绩，王天阳，九十七分；吴磊，九十分；刘小美，九十六分，这成绩不错，值得表扬啊，继续努力。"

门口的高子枫听到老师表扬刘小美，心里比小美还要高兴，高兴地朝小美的侧脸看去，心里一阵惊叹，小美真是360度无死角美女，不论从哪个角度看过去，都这么美。

"高子枫！"英语老师的声音响彻了整个教室，吓得高子枫小心脏一抖，连忙收回视线。

"这回你的分数有进步啊。"英语老师赞赏地看着高子枫，"这回59，上回58，进步一分，你倒是说说你是怎么考的，尺寸拿捏得这么到位？"

高子枫尴尬地看了老师一眼，感觉到小美也朝自己看来，高子枫顿时羞愧地低下了头。

老师继续翻了翻试卷："还有你的两个小伙伴，郝爽，46，戴劲，47，你们三个还真是团结一致啊。"

学生们听了，都哄堂大笑，高子枫更加羞愧，没好气地瞪了身边的郝爽一眼，根本就不敢抬头看小美。

他默默地垂着头，心里在泪奔，实在是太丢人了。

"这次的月考成绩出来了，座位会按照成绩排名重新安排。"老师拍了拍桌子，让小美把试卷发下去。

"你们两个人还不进来。"老师回头看了卡在门口的两个人，隐隐觉得额头上的怒火又烧起来了。

郝爽和高子枫这会儿也不敢挤了，两个人纷纷侧过身子，从门口挤进来，屁颠屁颠地跑到位子上坐好。

小美真漂亮！

高子枫双手撑着下巴，两眼发光，视线跟着小美的身影移动。

戴劲抬手在高子枫的眼前晃了晃，摇头晃脑地说道："哎，可惜啊，美人虽美，只可远观而不可亵玩也。"

"她是我女神，能亵玩我也不会亵玩的。"高子枫呸了一声，目光继续跟着小美游离。

"喊！你就别想了，你们两个人是不会有结果的。"戴劲一脸严肃，语重心长地说道。

"为什么？"

"刚才老师不是说了吗？要按照成绩排位子。"戴劲看了刘小美一眼，笑眯眯地回头，"她坐在第一排，而你只有坐在倒数第一排。"

郝爽不赞同地反驳："距离产生美啊，也没什么不好的。"

"你懂什么。"戴劲瞥了郝爽一眼，"距离太远，小美只能和子枫产生美，却能和别人产生感情，到时候子枫哭都没地方哭去。"

高子枫觉得戴劲说的话很有道理，顿时心情更加失落了，郁郁寡欢地看着小美的背影，下一秒，她却转身朝自己走过来。

"喂，她过来了过来了！"郝爽狠狠地在高子枫的背上拍了拍。

高子枫痛得内出血，但是为了维持自己在小美心中帅气而美好的形象，他隐忍着，脸上露出一抹恰到好处的微笑。

小美把试卷放到高子枫的桌子上，看了他一眼，说了两个字："加油。"

高子枫顿时觉得春暖花开心花怒放，他捧着下巴，两只眼睛里不停地飞出爱心："你们听到没有，她刚才跟我说话了！"

郝爽挠了挠头："不就是加油吗？至于这么激动？"

"你不懂！"高子枫瞪了郝爽一眼，解释道，"虽然只有两个字，但是里面蕴含了小美千万种感情，她看我的眼神，让我内心忽然生出一股力量！"

郝爽和戴劲对视一眼，虽然依旧茫然但是十分配合地应了一句——哦。

高子枫不想和如此没有内涵没有风度的两个人说话，一节课全程都在盯着小美发呆。

时间飞逝，一转眼就下课了，郝爽和戴劲听见铃声，还没等老师走出教室，就腾地站起来收拾书包。

"今天晚上去打球吗？"

"我看还是踢足球吧？"

"打球！"

"踢球！"

两个人争执不下，最后只能找高子枫做决定。

郝爽和戴劲紧紧地盯着高子枫，异口同声地说道："你说！"

高子枫像是忽然回神，看了两个人一眼，用力地拍了拍桌子，大声说道："我决定了……"

"什么？"郝爽和戴劲更加激动，连眼神都在互相厮杀。

"我要好好学习！"高子枫一脸坚毅，像是下一秒就要为国捐躯。

郝爽和戴劲怔怔地对视一眼，然后捧腹大笑。

"哈哈哈，你要好好学习？"

"这是我今年听过的最好笑的笑话了。"

"我是认真的。"高子枫没好气地看了两个人一眼，捏了捏拳头，"我要给我爸争光！"

"你爸有你姐争光就够了。"戴劲十分不给面子，"何况你让你爸丢的脸也不少了，你爸应该已经习惯了。"

"难道你们就甘愿天天被当成捣蛋分子吗？你们就不想考出一个好成绩？"高子枫无视戴劲的嘲讽，苦口婆心语重心长地说，"我们妈妈，怀胎十月，辛辛苦苦把我们生下来，一把屎一把尿地把我们养大，容易吗？我们爸爸，为了养家兢兢业业，而我们，却用最差的成绩回报他，你们知道他会有多难过吗？"

高子枫抑扬顿挫的声音让郝爽忍不住掏了掏耳朵："你要学就学呗，我们又不阻止你，跟我们说这么多干什么？"

"就是。"戴劲附和一声，背起书包就要跟郝爽一起离开。

"等一下！"高子枫连忙抓住两个人的手，"我觉得作为 Hpman，我们应该共进退。"

两个人毫不犹豫地拒绝："不好意思，我们对学习没有什么……"

高子枫再次抑扬顿挫地打断他们的话："我们妈妈，怀胎十月，辛辛苦苦把我们……"

"停！"戴劲翻了个白眼，做了个停的姿势，"我们认输。"

高子枫这才高兴地拍了拍他的肩膀："这才是好兄弟。"

仓库大门敞开，门口的大树上传来小鸟叽叽喳喳的叫声，高婷正低头认真写作业，房间里鸦雀无声。

林隐和林焱正坐在客厅里看电视，混着烧焦味的浓烟从厨房里飘出来，两个人见怪不怪，脸色不变。

"姥爷，舅舅，我回来了！"高子枫背着书包跑进来，一脸兴奋。

林焱朝他招手："哟，看这满头大汗的，过来擦擦。"

高子枫无所谓地摆摆手，往周围张望了一眼："我姐呢？"

"在房间写作业。"高语端着烧得漆黑的菜出来，没好气地看着他，"你别进去打扰她。"

"谁打扰她了，我找她有正事儿！"高子枫不乐意了，想要往房间走，一转身就看见高婷站在房间门口。

"你找我什么事儿？"高婷皱着眉头，看上去很严肃。

"姐，你帮我补习吧？"高子枫扑到高婷身边，笑得一脸谄媚。

其他几个人听了像是见了鬼似的。

"今天太阳是从西边出来的？"高语忍不住看了看窗外，默默收回视线，是不是从西边出来的他不知道，但是一定是从西边落下的。

林隐："我似乎感觉到了有一个预谋在慢慢形成。"

林焱责怪地看了一眼自己的儿子，然后老泪纵横地看着高子枫，一脸欣慰，"子枫啊，你终于长大了。"

高婷也有些意外，她看着高子枫，觉得他不像是在开玩笑，这才点头："那好吧，我先给你划重点。"

"好嘞！"高子枫一脸兴奋地跟在高婷的身后进了房间，高语忍不住放下手中的盘子过去凑热闹，"子枫啊，你也可以让爸爸给你补习啊，这样不仅成绩进步了，也不耽误婷婷的学习，多好啊。"

高子枫一脸郁闷地看着高语："爸，您还是放过我吧？看见您我有童年阴影。"

高语："……"

早上林未未脸色苍白地躺在沙发上，高子枫窜到她身边："妈，你脸色好像不太好，是不是早饭吃多了，撑的？"

林未未摇摇头，虚弱得说不出话。

经过的林焱看到了，上前摸了摸林未未的额头，惊叹道："哎哟，未未啊，你额头怎么这么烫，不会是发烧了吧？"

"快去把你爸喊来，我先扶她进房间休息。"

高子枫连忙朝厨房跑去，林焱刚把林未未扶起来，她就头一歪，彻底晕了过去，林焱吓得手一抖，林未未摔在了沙发上。

"高语！"仓库里传来林焱惊天动地的叫声。

闻讯赶来的高语连忙把林未未扶到了床上躺好，过了几分钟，大家见到林未未醒了，都松了口气。

"未未，你没事儿了吧？"林焱一脸担心地看着林未未，然后瞥了高语一眼，冷嘲热讽，"你看看你平时是怎么照顾未未的，连她生病了都不知道，当初结婚的时候你是怎么说的，这才多久啊，男人都靠不住！"

高语一脸憋屈，心里又心虚，站着没说话。

林隐淡淡地提醒了一句："爸，你不也是男的。"

林焱："……"

"姥爷，先照顾我妈，回头您有空了再训我爸。"高婷拿了药箱进来，递给高语，又冲高子枫喊："去拿个凉毛巾来。"

林焱看了高婷一眼，气鼓鼓地坐在一边的椅子上。

高子枫拿了毛巾过来，递给高语："妈，你刚才吓死我了。"高子枫挤在最前面，"我还以为你怀孕了呢。"

林未未虽然有些虚弱，但更多的是尴尬："昏倒和怀孕有什么关系？"

"电视都是这么演的啊，女的昏倒了，送医院，然后医生告诉她'恭喜你，你怀孕了'。"

集体沉默……

高婷没好气地拍了拍高子枫的脑袋，拉着他回房间："以后少看这些没营养的偶像剧！"

林隐抓了抓头："我还有游戏没打完。"

林焱没好气地看了高语一眼，重重地哼了一声，也背着手出了房间。

房间里只剩下高语和林未未。

"老婆。"高语抓着林未未的手，一脸心疼地扶着她坐起来，喂她吃药，"把药吃了。"

林未未靠在他怀里，配合着吃下药，脸颊在他胸膛上蹭了蹭："老公，我难受。"

高语叹了口气，把林未未抱得紧了一些："乖，吃了药就不难受了。"

高语给林未未吃了药，陪了她一会儿，见时间不早了，开始整理公文包。

林未未眯着眼睛虚弱地喊："老公，渴。"

高语连忙放下公文包，给她倒了一杯水，喂她喝下之后才说道："你不舒服就好好在家休息，要是今天还发烧，我下班回来就带你去医院打针。"

林未未一听，立时就不满了。

"我现在都这样了，你还要去上班？请个假不行吗？"

"提干的结果还没出来呢，我现在请假，肯定会对提干有影响。"高语一脸为难。

"要我说提干这事儿肯定就没你的份，要下来早就下来了。"林未未气得不轻，"每天早出晚归做牛做马的，申请了这么多次都不给你，现在不请假好好休息，更待何时啊？"

高语一脸郁闷地叹口气："哎，那不也得干嘛，要是领导觉得我是因为这个有脾气，以后也别想有提干了。"

"那你就不管我了，我现在还……"

一阵手机铃声打断了林未未的不满，她没好气地看了高语一眼，下意识地接听了电话。

"喂？"林未未气势汹汹。

对方也不知道说了句什么，林未未立即变得精神多了，连说话的声音都大了不少："是王导啊，我今天有空啊，试戏？没问题没问题。下午三点是吧？好的王导，我下午一定准时到。"

想到今天的工作终于有了着落，林未未的心情顿时又好了不少，这下轮到高语不高兴了。

见林未未现在就要起床找衣服，高语的表情更加难看了。

"刚才还说发烧呢，这个什么王导的电话一来，我看你精神也好了，一口气上五楼估计也不喘气了吧？以后生病也别吃什么药了，直接让人给你打个电话就药到病除了！"

林未未瞪了高语一眼，看在今天运气不错的分儿上，决定不跟他计较："这可是大导演，好不容易才能想起我来。"

"可是你生病了！"高语皱着眉头重新把林未未按在床上，"你现在这个状态也演不了戏，听话，今天就在家里好好休息，好不好？"

林未未没好气地拍开高语的手："高语，你自己也说了，你提干的事儿还没出来，估计是没什么指望了，这一大家子都等着钱用你不知道啊？你要是每个月能多拿点钱回来，我哪里还会这么拼命。"

高语心里憋着气，脸都憋红了，最后阴沉着脸，没好气地喊道："行，我没用，你是大腕儿你牛逼，行了吧？"

说完高语就拿起公文包，摔门而去。林未未心里更加委屈，要不是为了这个家，她才不会出去看尽别人的脸色，偏偏他还不领情。

"高语，你就是存心要跟我吵！"林未未朝门口喊，气得眼睛都红了！

话音一落，高语又回来了，脸上已经没有了刚才的怒气，可怜兮兮地蹲在林未未身边："老婆，刚才是我冲动了，对不起。"

林未未抬起下巴哼了一声："对不起有用的话，要警察干吗？"

高语一噎，连忙蹭到林未未身边，帮她捶背："老婆，我也是关心你嘛，有句话不是说，关心则乱嘛。"

"有你这么乱的吗？我这么拼命都是为了什么你不知道？"

高语擦了擦额头上的汗："知道知道，老婆你辛苦了。"

林未未这才消了气。

仓库里的隔音效果差得……哦，不对，这个仓库压根就没有隔音的效果，虽然有几块木板把这个仓库隔成了几个房间，但是每个房间发出什么声音，大家都能听得一清二楚。

于是在光明正大地偷听了这样的一场世纪大战之后，高子枫忧伤了。

他捏着手里的手办，扭来扭去，最后走到正坐在床上发呆的高婷面前，颇为严肃地说道："姐，我们说说话吧。"

高婷抬起眼皮看他："从你懂事起，这好像是第一次。"

高子枫撇嘴，继续玩着手里的手办："姐，就你这张嘴，以后还能不能给我找到姐夫啊。"

高婷喊了一声，认为他的担心纯属杞人忧天："我能有咱妈的嘴厉害吗？"

高子枫坚决摇头："绝对没有！"

"那不就行……"

"可是你也没咱妈漂亮啊。"高子枫不识时务地打断高婷的话，一脸真诚地看着她。

高婷眉头一直："你丫皮痒了是不是？"

高婷伸手就要去拧高子枫的耳朵，高子枫连忙笑着躲开，拼命认错："哎呀好了好了，我知道错了。"

"这招在我这里行不通。"高婷不放手。

"姐，我还有正事儿要说呢，你先放手！"高子枫暗暗在心里翻了个白眼，要是这会儿他手上拿着的是砖头而不是手办，他早就直接砸过去了。

高婷看了他一眼，不急不慢地收回了手。

高子枫可怜兮兮地摸了摸被拧得发红发热的耳朵："我这耳朵都差点被你给拧下来了。"

"说正事儿。"高婷看了一眼摊在课桌上的练习册，不打算继续跟他浪费时间。

高子枫清了清嗓子，一本正经地看着高婷说道："姐，你觉不觉得最近爸妈的关系有点紧张？"

高婷瞥了他一眼："连你这种智商的人都看出来了，你认为家里还会有谁不知道？"

高子枫装作没听懂高婷的嘲笑，继续问道："那爸爸妈妈会离婚吗？我们班有好几个同学可都是单亲家庭。"

高婷忽然沉默了，她低着头想了想，最后摇摇头："我觉得不会，他们俩吵归吵，但是咱爸对咱妈那绝对是一颗红心向太阳。"

高子枫认同地点点头，原本紧张的情绪瞬间轻松了许多，不过……

"但是妈最近都早出晚归的，我都没怎么见过她了。"

高婷顿时沉默下来，眼神也有些暗淡。

她也没怎么见过妈了。

高子枫想了想，有气无力地玩着手上的手办，继续说道："我不喜欢妈去拍戏，我知道你不同意，可我还是不喜欢。"

再这么下去，他肯定连妈长什么样都不记得了。

高婷轻轻叹了口气，情绪低落："其实，我现在也不知道了，爸打从心底里就不喜欢妈去拍戏，但是为了让妈开心，所以才支持她的，而且姥爷一直对爸有意见，爸最近的工作好像也遇到了一些问题，你知道吧，书上说，女强男弱的家庭容易解体，要是最后爸妈真的离婚了，咱们俩就只能被他俩 AA 制分开，选谁不选谁都是很痛苦的事情……"

"等等……"高子枫一脸迷茫地打断高婷的话，"姐，你说慢点，我根本抓不到重点。"

高婷翻了个白眼，在桌子前坐下："千言万语汇成一句话，我现在也觉得，咱妈还是不拍戏比较好。"

高子枫惊讶地拍手："你竟然同意我的观点！"

高婷低头做作业，回了一句："如有雷同，纯属巧合。"

蝉鸣不断的操场上，穿着球服的同学来回奔跑，球场周围围着不少发花痴的女同学。

郝爽抱着篮球依依不舍："球球，我会想念你的。"

站在他对面的男孩子一脸黑线："喂，你到底打不打啊，不打就把球给我扔过来。"

郝爽抱着球没有动静。

"啧啧，你看看你那点出息！"高子枫趁郝爽不注意，一把抢过他抱在怀里的球，给那个男孩子扔过去，然后手搭着郝爽的肩膀往回走。

"难道你不觉得打篮球的人都有点神经不正常吗？那么多人围着一个球打转，简直是笑话！我们可是 Hpman，不仅要做正常的事情，还要做积极向上的事情！"

戴劲没劲儿地看着高子枫："你所说的积极向上的事情，就是补习？"

"当然了！"高子枫一脸赞赏地看着戴劲，好像在为他的智商点赞，"我们现在还小，要好好学习，然后考上高中、大学，毕业之后进入好的公司，很快我们就会升职加薪，当上总经理，出任 CEO，迎娶白富美，最后走上人生巅峰！"

"梦想很丰满。"戴劲摇摇头。

郝爽叹口气："现实很骨感。"

"你们俩能不能不要这么自暴自弃？"高子枫嫌弃地看着两个人，"就算你们对自己没兴趣，也应该对我姐有信心吧？我已经和我姐说好了，她帮我们复习。"

郝爽和戴劲对视一眼同时哀叹一声，认命地跟在高子枫的身边，三个人一起回去。

夕阳将并肩走在一起的三个影子拉长，天空中白色的云彩形成各种形状，紧贴着天空，暮色悄悄降临。

高子枫带着郝爽和戴劲回到仓库，边换鞋边探头往里喊："姐，我回来了！"

"哎哟，还要换鞋啊？"戴劲站在门口有些犹豫。

"哎呀你快点儿啊，别扭扭捏捏的，就当是在你家。"高子枫一回头，看见戴劲一脸为难地站在门口，大手一挥，豪迈地说道。

"这可是你说的啊。"戴劲一脸无辜地看着高子枫，毫不犹豫地脱了鞋。

高婷听见高子枫的声音，从房间里出来："今天回来得挺早……"

还未说完的话倏地一顿，高婷捏着鼻子，一脸嫌弃地看着三个人："你们仨谁的鞋子踩着狗屎了吧？"

这么臭！

高子枫回头看着郝爽和戴劲，正想说话，林隐和林焱的房间门开了。

"今天好像……哎哟我去，有毒气！"林隐动作迅速地捏着鼻子，然后又一头钻回了房间。

林焱脚步不稳地往后退了好几步，一脸紧张地在客厅厨房里转："什么东西这么臭，是谁往我们家扔臭鸡蛋了吗？还是什么东西烧了？"

戴劲一脸无辜地举起手，看着正满屋乱窜的林焱，默默地说道："姥爷，是我的脚。"

林焱差点没晕过去，盯着戴劲的脚看了半天，最后呼吸困难地说道："你……把袜子脱了，扔出去！"

戴劲看了看离自己老远的郝爽和高子枫，乖乖地把袜子脱下，还没扔出去，高婷就捏着鼻子大喊："啊……快！快穿上！"

这袜子一脱，就更臭了！

戴劲看看林焱，再看看高婷，最后欲哭无泪地看着高子枫："子枫，我到底是应该穿上啊，还是应该脱了啊？"

高子枫屏住呼吸，一张脸涨得通红："咳咳，你……你看着办吧。"

反正脱不脱都臭。

于是戴劲又重新将袜子穿上。

林隐戴着氧气罩，重新开了门，他站在门口深深地吸了吸鼻子，确定空气依旧纯净如昨天，这才放心地走了出来。

他走到戴劲的身边，一脸赞赏地看着他，用力地拍了拍他的肩膀，看着高子枫赞赏地说道："子枫，你这同学前途真是不可限量啊，竟然还自带核武器。"

高子枫倒是很赞同这一点："杀伤力确实很大，戴劲，以后我有什么仇人就全靠你的核武器了。"

只要鞋一脱，看谁还能撑得住。

戴劲一脸得意，却又故作谦虚地摆摆手："小意思小意思。"

高婷受不了地翻了个白眼："不是说补习吗？快点，我只给你们补习一个小时。"

"快快快，我姐忙着呢。"高子枫连忙招呼郝爽和戴劲进了房间。

戴劲走在最后，正想关门，被高婷激动地喝止了动作："别关门！"

声音大得三个人都被吓了一跳，高婷清了清嗓子解释："我觉得，有必要让空气均衡一下。"

晚上高语回来，刚进家门，就被仓库里的味道又熏了出去，站在门口莫名其妙地喊："爸，咱们家这是怎么了？"

难道厕所堵塞了？

林焱戴着口罩出来，一脸忧伤地叹口气，摇摇头没有说话。

高语一头雾水，捏着鼻子进去，看见高婷的房间里多出了三个人。

"哟，补习呢。"

"爸，别烦我们，忙着呢。"高子枫低头做作业，半个小时过去了，一道数学题都没做完。

高语淡淡地微笑着，一脸欣慰："儿子长大了，知道乖乖读书了。"

下一秒，浓郁的臭味将他熏回现实："咱们家到底是怎么了，这味儿能把我的隔夜饭都熏出来！"

坐在戴劲身后的高婷看着高语，默默地指了指戴劲。

高语一噎，转身就去厨房了。

晚上吃饭的时候，家里的味儿还没散，郝爽和戴劲补完习就跑了。

林焱鼻子里塞着两团纸，看着桌子上的菜唉声叹气："本来这饭就做得让人没胃口，再加上这味道，我……"

林焱欲言又止。

"这饭菜很好吃啊。"高语心中不服，自从未未复出后，他又要上班，又要顾家，他们竟然还嫌弃。

高婷默默地放下筷子："我还是继续做题吧。"

"我也是。"高子枫放下筷子就跑，被高语拉回来。

高语一脸沉重地看着他："子枫，我觉得我们必须好好谈谈。"

高子枫无辜地看着他："谈什么？"

"爸知道你现在懂事了，长大了，只有有知识才能走遍天下，爸感到很欣慰，但是……"高语语气一变，"你以后补习能不能不要把戴劲带回来？"

再这样下去，这屋子还能住人吗？

"爸，我没有想到你是这样的人！"高子枫的脸比高语还要沉重，"我是不会丢下我的 Hpman 的，我们有习一起补，有臭味也要一起闻！"

高语："……"

高语拎着公文包，不着调地哼着歌，推开了办公室的门，一眼就看见几个老师围在一起，也不知道是在说些什么。

他好奇地走过去，问道："你们这老扎堆在一起干什么？"

老师们听见声音，纷纷回头看了他一眼，然后散开了一些，高语这才看到人群中间坐着校长和一个面生的男人。

校长黄河看见高语，眯起眼睛笑了笑："这是咱们学校新来的教务主任，Lee。"

高语一愣，忽然想到提干的事，难怪这么久都没有出来，看来这回又没戏了。

"你好。"Lee 站起身，礼貌地朝高语伸出手。

高语连忙握住："您好您好，Lee 主任，您真是年轻有为啊。"

Lee 谦虚地笑了笑，没有说话。

校长看了高语一眼，扭头对 Lee 说道："之前我们学校主任空缺，高语帮着处理了不少事情，你有什么不明白的要多向高语请教。"

Lee 听得眼前一亮，两眼冒光地看着高语："高老师一定要多多指教，以后我问问题的话，可千万不要嫌我烦啊。"

高语觉得 Lee 看自己的眼神像是在看猎物似的，心里莫名地抖了抖，然后摇头笑了笑，心里却也直叹气。

原本还在指望提干的事儿，现在连个盼头都没有了。

"Lee 主任客气了，都是工作，这些都是我应该做的，您有事叫我就行。"

校长见两个人相处融洽，满意地点了点头："高语啊，Lee 呢，还是兼职化学客座教授，刚开始肯定会挺忙的，你有空还是得多帮衬着点啊。"

高语连连点头，脸上虽然在微笑，心里却在流血："我能做的肯定会尽力，校长您放心。"

校长满意地点点头，看了 Lee 一眼："你下面不是还有课吗？你先去吧，我还有点事儿要找高语。"

"那我就先去忙了。"Lee 朝校长笑了笑，起身走到门口，忽然想起什么，回头看着高语说道："高老师，下了课您等等我，有些交接的工作，我需要和您对接一下。"

"好的。"高语默默地在心里流泪。

Lee 一走，校长就站起身，拍了拍高语的肩膀："小高啊，Lee 虽然是我堂弟，但是举贤不避亲，我对他的专业很欣赏，但是他毕竟还比较年轻，管理经验非常有限，需要你多批评多带领多帮助。"

原来是堂弟，难怪一来就占了教务主任的位置。

高语在心里替自己扼腕叹息，表面上却是不动声色："校长您放心。"

但是很显然，校长并不放心。

他又拍了拍高语的肩膀，继续交代："你可千万不要因为他是我的堂弟，就放松了对他的帮助哟。"

"不会不会。"高语挤出一抹比哭还要难看的笑，殷勤地应着。

"好，那你们先忙吧。"

校长走出办公室后，高语才重重地叹了口气。

他盼了这么久的提干啊，最后竟然只是一场空。

放学铃刚响起，教室里立马就嘈杂起来，老师拍了拍黑板，说道："很快就要开运动会了，报名表我已经给了体育委员，大家想要参加什么比赛，记得去体育委员那里报名。"

高子枫听得两眼一亮，扔下手里的书就要跑去找体育委员。

"哎哎哎，你干吗去啊，跑得跟尿急尿频尿不尽似的。"戴劲拉住高子枫，见他一脸兴奋，好奇地问道。

"今年的运动会，我要参加足球赛！"高子枫看了戴劲一眼，得意地说道。

"你今天怎么有这个心思了？"郝爽凑了过来，上下看了他一眼，显然很意外。

"嘁，你不懂吧？我这叫一展所长，这些年我一直很低调，现在初三了，我应该把我的实力发挥出来！"高子枫捏着拳，似乎已经做好了全力以赴的准备。

戴劲不屑地拍了拍他的脑袋："你确定不是为了在小美面前出风头？"

一听到小美的名字，高子枫立马害羞地低下了头："这个原因也有一点啦。"

"我才不信只有一点！"郝爽和戴劲看着高子枫兴冲冲地去报名的模样，同时摇头。

高子枫报完名就往家里冲。

仓库里，林隐和林焱坐在沙发上看足球赛，高子枫在两个人面前转来转去。

林隐和林焱躲着高子枫的身体，着急看电视，最后高子枫索性站在他们眼前不动了，林焱把手上的遥控器一扔，着急地说道："哎呀，我的大外孙子，你在这里瞎转悠什么啊？"

"拉磨也别在这里啊，挡得我什么都看不到了。"林隐也着急。

高子枫回头看了一眼电视，这才走到林焱身边坐下："我爸妈还没回来呢？"

林隐一双眼睛紧紧盯着电视，听到他的话，抽空回了一句："你爸有应酬，你妈有工作，都没回来呢。"

高子枫这么一听，顿时露出小白菜的表情："我还是个孩子，爸妈不陪着我，就像是一个留守儿童，我需要爱，需要很多很多的爱。"

林隐瞥他一眼："最近缺爱缺疯了？"

"哎呀，舅舅！"高子枫脸上的表情更加郁闷了。

"当我什么都没说。"林隐收回视线，继续看电视。

林焱见高子枫一脸惆怅，关心地问道："子枫啊，你爸你妈不管你，你还有姥爷，有什么事儿，尽管和姥爷说，你最近是不是又缺钱花了？"

"哎呀不是！"高子枫依旧不高兴，有姥爷没有爸妈，他依旧是个留守儿童。

林隐凑近他凑热闹，一脸笃定地说："那肯定是又闯什么祸了。"

高子枫满脸黑线："舅舅，您就不能盼我点儿好？"

林隐和林焱见猜了半天都没猜到，这下是真好奇了，两个人对视一眼，一脸疑惑地问："那到底是什么事儿？"

高子枫十分以及非常严肃地宣布："我们学校要开运动会了！"

林焱和林隐保持着原来的动作没有动，三秒钟后，两个人继续面无表情地看电视："哦。"

"你们！"高子枫见两个人对这件事完全不上心，更加不高兴了，焦急地说道："我跟你们说，我报名了其中的足球比赛，就跟你们看这电视上的一样，到时候肯定特别拉风！"

"你也能上电视吗？"林焱一脸期待。

高子枫觉得自己要被气得头顶冒烟了："不能。"

林焱："……噢。"

"哎呀，姥爷！"高子枫对林焱的态度很不满意，拉着他的手就是一顿晃。

林焱想了想，为了表示自己对他的上心，他决定多问两句。

"咳咳，子枫啊，足球赛运动量那么大，你的身体能受得了吗？"

林隐附和："对呀，到时候你万一比赛摔倒了，或者被撞伤了怎么办，你们有急救措施吗？"

高子枫一脸帅气地站起来，双手握着拳，坚定地说道："为学校争光，为我们班级争光，受点伤，又算得了什么……哎，对……"高子枫忽然想到什么，脸上的表情一变，没好气地看着林焱和林隐，"咱们还能不能聊到同一个话题了？我要代表班级参赛，而且还是帅气逼人的前锋，你们难道都不为我感到高兴吗？"

林焱想了想，为了不想让心爱的大外孙子失望，他必须说点什么……

说点什么呢……

"子枫啊，最近你的口才越来越好了。"林焱一脸赞赏地看着高子枫，轻轻拍手。

林隐想了想，十分认真地点头："其实还好，不会有那么危险，毕竟前锋只需要全场乱跑就好了。"

"你们……"太过分了！

高子枫一脸颓废地坐在沙发上，脸上写着"我不高兴"四个字。

林焱心疼他，只能安慰道："子枫啊，可能……是姥爷没搞明白，这比赛还有什么特殊性吗？"

刚出房间的高婷听见林焱的话，脚步一顿，一脸奸诈地看着他："姥爷英明，这当然是有特殊的地方啊，特殊的地方就是……"

"姐！"高子枫冲着高婷大喊一声，打断她的话后一个箭步上前，捂住高婷的嘴，不停地冲着她使眼色。

林隐终于将注意力放在高子枫和高婷身上："子枫，让你姐说，我姐说你踢球水平很一般啊，为什么要报名参加足球赛啊？"

高子枫不服气："你才一般呢。"

刚到家的高语听见两个人的话，不高兴了，一脸严肃地看着高子枫："都初三了，还参加什么足球赛？"

高子枫决定大人有大量，宰相肚里能撑船，不跟他这个没见识的老爸一般计较。

"爸，妈什么时候回来？"

这一问高语脸上的表情就更加惆怅了："我也想知道。"

高子枫和高婷对视一眼，苦着脸回了房间。

高子枫最近热爱学习，早出晚归，回来之后再也不抱着篮球跟 Hpman 到处乱跑了，而是乖乖地躲在家里做作业，这让高语很是欣慰。

但是……

这三个人打算补习到什么时候？

高语鼻子里塞着两团棉花，坐在沙发上等着高子枫回来，决定和他促膝长谈，来个男人之间的谈话。

夜幕降临，直到夜空都披上了黑色的外衣，高子枫和郝爽、戴劲才回来，三个人说说笑笑地走到门口准备脱鞋。

高语下意识地屏住呼吸。

"咦，爸，你一个人坐在这里干什么？"高子枫看见高语，好奇地看着他。

"子枫，你过来。"高语一脸痛不欲生地看着高子枫。

高子枫以最快的速度冲到高语身边坐下："爸，怎么了，是不是妈出什么事了？"

高语让正要靠近他的郝爽和戴劲先回房间，这才低头沉思着问道："子枫啊，你们准备补课到什么时候？"

再这么下去，这个家都待不下去了。

高子枫认真地想了想："下一次月考。"

高语算了算，距离下一次还有大半个月，也就是说，他们还需要闻半个月的脚臭味。

这么一算，高语脸上的表情更加生无可恋了。

"子枫啊，爸爸最近很忙，学校里不仅有很多事情需要处理，连家里也要爸爸照顾，你能知道爸爸的辛苦吗？"高语诉说着自己的心酸，就差一把鼻涕一把泪了。

高子枫摇了摇头："爸，这事儿你是不是应该跟妈说？"

高语："……"

"其实我是觉得……"高语结结巴巴支支吾吾犹犹豫豫。

"嗯？"高子枫依旧一脸不解。

"咳咳，你舅舅和姥爷都已经离家出走了，他们到现在都没有回来。"高语决定换个方向入手。

"哦。"高子枫恍然大悟地点点头，"爸，是被你气得吗？"

"不是。"高语面无表情。

"那是为什么？"

"被戴劲的脚臭熏的。"

"……"高子枫默默地咽了咽口水，一脸坚决地看着高语，"爸，你不用劝我，我是无论如何都不会抛下兄弟不管的。"

高语决定认输："那好吧，那以后你们都不要脱鞋了。"

他宁愿每天拖一次地。

高子枫立马就高兴了，扑到高语的身边，抱着他的手一脸真诚："爸，难怪我妈会看上你，你真有做家庭主夫的潜质。"

高语推开他："我可没听出你这句话里有夸奖的意思。"

高子枫嘿嘿地笑："爸，你继续加油，我进屋写作业去了。"

三个人的补习依旧如火如荼地进行着，转眼就要月考了，高子枫看着小美发呆，心里还有紧张。

"你说我们仨补习了这么久，这次考试肯定会有进步吧？"郝爽拉着戴劲的手，似乎在求安慰。

"那可说不定，昨天子枫的姐姐不还说你烂泥扶不上墙吗？"戴劲抽回手，打算跟他保持距离。

"不要提她！"郝爽眉头一拧，觉得心口都在滴血，"她那些补习的要求也太变态了，谁还能在十分钟之内解出那么多道题啊。"

戴劲认同地点点头："学霸的世界，并非我等常人可以理解的啊。"

郝爽和戴劲对视一眼，见高子枫又在看着小美发呆，用力撞了撞他的胳膊。

戴劲拿起本子，卷成圆筒当作话筒："请问高子枫同学，你对明天的月考有什么想法？"

高子枫双手握拳，雄心壮志："我要考第一。"

"喊。"戴劲都不想听他说话，"我们可是认真的。"

高子枫想了想，然后无比认真地看着他们俩："我也是认真的。"

"万事急不得，我觉得相比于考第一，你可以重新树立一个小目标。"戴劲开始整理书包回家。

高子枫和郝爽却因为他的话同时来了兴趣："什么小目标？"

"比如先考个及格。"戴劲见高子枫的脸又要拉下来，喊了一声，"不就是补习了几天吗，你还想一口气吃成胖子？"

"这么说来，我又不能和小美坐在一起了？"高子枫很失望。

"这种问题还需要问吗？"

高子枫回头看了小美一眼，人已经背着书包走了，高子枫咬咬牙，忽然猛地一拍课桌，吓得戴劲差点直接从凳子上摔下去。

"你又要干什么？"郝爽一脸惊恐地看着高子枫。

"我觉得我需要一个助力。"高子枫嘿嘿一笑，拿起书包就迫不及待地跑了出去。

　　戴劲一脸茫然地看着郝爽，郝爽无辜地摇摇头。

第七章

恋爱要看脸，作弊也要看脸

仓库里，几个人正在吃晚饭。

今天林未未难得回来吃晚饭，高语给她夹了个鸡腿："未未啊，最近你都瘦了，是不是太……"

啪!

高语的话还没说完，高子枫就重重地放下了碗，正夹着鸡腿打算放到林未未碗里的高语吓得手一抖，鸡腿直接掉到了林未未的裙子上。

"高语! 你干什么? 这可是我最贵的一条裙子! "林未未瞬间就炸毛了。

"这……我……"高语一脸无辜，急得连解释都忘记了，面对林未未怒气冲冲的眼神，高语也用力地一拍桌子，看着高子枫："高子枫，你干什么? 这可是你妈最贵的一条裙子! "

高婷默默地吃着饭，有些无语地看了高语一眼。

"我吃饱了，我去写作业了! "高子枫像是完全没有感觉到饭桌上紧张的气氛，撒腿就往房间里跑。

林未未看着高子枫的背影，以为自己听错了："刚才子枫说什么? "

"他说要去写作业。"高婷提醒她。

"哎哟，我这宝贝儿子怎么忽然这么乖了? "林未未笑得一脸欣慰。

"还不是因为我。"高语默默地往脸上贴金，"老婆，你可不知道，最近子枫天天带着郝爽和戴劲一起补习，三个人学得可认真了。"

林未未抱着高语的脸亲了一口，顿时也不计较裙子的事了："老公真棒! "

"妈，这是在公共场合! "高婷皱眉瞥了两个人一眼。

"就是，也不注意点形象。"林隐默默地吃着"狗粮"。

林焱叹口气："哎，老了。"

说完往碗里夹了点菜，端着碗回了房间。

高子枫撕下一张纸，把所有的数学公式都抄上去，抄完了觉得还不够，又默默地去抄语文古诗。

林未未拿着干净的衣服进来，看着高子枫认真写作业的背影，笑眯眯地走过去："在写作业啊？"

高子枫吓得直接扑在桌子上，直接拿身体压住小纸条，生怕林未未发现。

"妈，你怎么能这样？进男人的房间要敲门！"高子枫趴在桌子上，控诉林未未的行为。

"什么男人，你是我儿子！"林未未把干净的衣服折叠好，放在衣柜里。

"那也是男人啊。"

林未未对这个话题没兴趣，她有些好奇地看着高子枫："儿子啊，你怎么忽然就知道要学习了？"

"好好学习，天天向上才是对自己的人生负责！"高子枫严肃而又沉重地看着林未未，"将来，我要做一个对社会有用的人！"

"就是这样？"

"妈，你质疑我！"高子枫趴在课桌上的姿势看上去很奇怪，林未未像是看傻子一样看了他一眼，然后摸了摸他的头，欣慰地叹口气："儿子，妈以后就靠你了。"

"为什么不靠老爸？"

"他没有你靠谱。"

"这话我爱听，妈，虽然现在我还小，但是你不能亏待我，你要为我付出所有的爱，我想要的东西你都应该买给我，要满足我所有的条件，我说一，你不能说二，我说吃饭，你不能让我喝粥，这样以后我才会对你好。"

林未未默默地离开："我还是靠你爸吧。"

第二天早上，阳光明媚，天朗气清，高子枫的心情很好。

郝爽和戴劲跟在他身后议论。

"为什么我会在高子枫身上看到了自信这种东西？"戴劲用力地擦了擦眼睛，发现自己并没看错。

"是的。"郝爽盯着高子枫的背影点头，"你没有看错。"

"昨天晚上到底发生了什么？"戴劲做出手里拿着烟斗的样子，吸了一口，昨天放学的时候他明明还像只斗败的公鸡。

"你们两个走那么慢，还考不考试啊？"高子枫回头看了两个人一眼，不耐烦地说道。

"哎哎哎，子枫，你不担心今天的考试了？"戴劲追上来，凑着脑袋问。

高子枫一脸深沉地叹口气："船到桥头自然直，我担心有什么用。"

"可是……"

"哎呀快走吧，再不走时间来不及了。"

高子枫拔腿就往学校跑，戴劲连忙追上去："你等等我啊，高子枫……"

第一场是语文，高子枫顺利地抄到了小抄，把古诗填得满满的。纸条虽然不大，但是每一科他都抄了一些上去，原本事事顺利，没有想到最后在阴沟里翻了船。

数学考试是姜浩监考，在学校里，高语和姜浩的关系最好，所以姜浩没少去高家吃饭，高子枫笑嘻嘻地上去装亲热。

"姜老师，数学是你监考啊。"

正在分卷子的姜老师看了高子枫一眼，点点头，鼓励他："好好考。"

"嘿嘿，我知……"

"哎，你干什么？"一个女老师凶神恶煞地走过来，"现在是考试时间，能随便下位子吗？快回去！"

"哦。"高子枫还没跟姜浩说上两句话，就被另一个监考老师给赶下来了，他偷偷地瞪了女老师一眼，"女人真是麻烦。"

女老师大概是感觉到了高子枫不满的视线，朝他看过来，高子枫像是换脸一样，一秒之内，脸上就露出了一抹谄媚的笑。

这场考试是高子枫最不安分的一场考试，他每隔一分钟就会偷偷地观察两个老师的动态，见两个人都没注意这边，就想去拿小抄，然而下一秒，女老师的眼光又扫了过来。

如此重复几十次之后，高子枫决定，人生需要一场拼搏。

最后他大着胆子将小抄压在试卷底下，然后飞快地抄了起来。

咚咚咚。

忽然有人在他的课桌上敲了三下，高子枫手上的笔一顿，缓缓抬头，看见女老师那张巨大如圆饼的脸。

"老师，怎么了？"他眨了眨眼睛，一脸的纯良无害。

"你的试卷底下是什么？"女老师面无表情。

"是桌子。"高子枫觉得他必须坚定立场，不管老师问什么，都不能承认。

"还狡辩，把试卷拿起来给我看看。"女老师的声音可尖锐了，整个教室的人都往这边看来。

高子枫忍住翻白眼的冲动，微笑地看着她："老师，女人都喜欢疑神疑鬼，你看姜浩老师就没有像你这样。"

刚出考场的高婷隐隐约约听见高子枫的声音，疑惑地皱了皱眉头，往前走了几步，就看见高子枫一脸无畏地在和监考老师争吵。

"我说你抄袭，你就是抄袭了！"

"喊，你以为你是谁啊，我还说你是猪呢，你真的是猪吗？"

"你！"女老师气得七窍生烟，"高子枫，你竟然敢侮辱老师！"

"你还侮辱我抄袭呢。"

"你本来就抄袭。"

"那你本来就是猪。"

"好了好了，张老师，你和一个孩子吵什么，不如先让他们考完试，你再来处理这个事情吧？"

姜浩见两个人吵得不可开交，连忙上前劝架。

"不行，我现在就要揭发他，他的试卷下面就藏着小抄。"

高子枫气得牙痒痒，这个老师是更年期到了吧，怎么好像不整死他不甘心呢。

高婷看了高子枫一眼，默默地在心里说了一个停，忽然周遭的一切都停止了。

高婷连忙进了考场，翻出高子枫压在试卷底下的纸条，没有想到真的是小抄，她没好气地看了高子枫一眼："回去再好好跟你算账！"

说完就准备走，可是——

十秒钟已经过去了。

高婷还未来得及离开教室，异能却忽然消失，周身的一切都恢复动态，高婷心里那个急啊，正准备拔腿就跑，身后传来一声尖锐的叫声："站住！"

高婷脚步倏地一顿，站着没敢动。

班里的老师同学除了高子枫，纷纷看着高婷，好奇怎么一眨眼的工夫，教室里就冒出个人来。

"你是高婷？"女老师上下看了高婷一眼，有些惊讶："你怎么在这里？"

高婷看了她一眼，犹豫地说道："如果我说路过，你信吗？"

女老师急了："你说我会不会信？"

高婷耸耸肩，那她不知道说什么了。

女老师见高婷一副浑然不在意的样子，气得脸都青了，朝高子枫发火："高子枫，你过来！"

高子枫被女老师的喊声吓了一跳，不服气地嘀咕："我姐惹你生气，你冲我发什么火？"

"你说什么？"

"老师，你找我有什么事？"高子枫见势不妙，连忙走到女老师身边。

"这是怎么回事？"

"呃……"高子枫看了高婷一眼，正好对上她的视线，两个人无奈地对视一眼，视线很快就分开。

"这个说来话长，老师我们还是考完试再……"高子枫决定打死不认。

"那你就长话短说！"

高婷被女老师吵得脑壳疼，正准备随便找个借口搪塞过去，就听到高子枫语气笃定地说："其实，我姐是来给我送答案的。"

话一出，语惊四座，同学们听了顿时悄悄讨论起来，连姜浩都忍不住一脸惊讶地看着高婷。

年纪第一的尖子生竟然帮着弟弟抄袭！

这可是个大新闻。

高子枫还没有意识到自己说错了话，看着女老师撇清关系："老师啊，你可要听清楚我的话哦，我是说我姐是来给我送答案的，说明现在答案还在我姐身上，我可没有抄袭，所以你刚才误会……"

高婷默默地看了高子枫一眼，成事不足败事有余……

"出去！"女老师扯着嗓子喊了一句，打断了高子枫的话，直接将两个人赶了出去。

高子枫："……"

两个人垂着头一前一后地出了考场，高子枫生无可恋地摇着头："姐，这下可怎么办呀？"

高婷没好气地看他："现在想到我了，刚才不是还想撇清关系？"

早知道她就不要进去了。

高子枫一脸严肃地否认了这个事实："没有啊，姐，你是不是误会我的意思了？"

高婷一个冷眼过去，高子枫忍不住抖了抖，苦着脸说道："哎呀，那现在该怎么办啊，老师不会取消我的成绩吧？"

"高子枫，你什么时候也这么在意成绩了？"高婷抓住重点。

"我们班可是按照成绩来排位置的，我能不在意吗？"高子枫挠挠头，要是老师取消了成绩，那不仅让他在小美面前闹了大笑话，他也不能跟小美坐同桌呀。

高婷斜了高子枫一眼，觉得这事儿肯定有鬼。

她想了想，不急不慢地走在前面："按照学校往年的案例，抄袭不仅会被取消成绩，还会被处分。"

"不是吧，这么严重？"高子枫有些蒙，"我以前怎么没听说过啊？"

"你以前的心思都在足球上，能听说些什么啊。"

"好像也是。"高婷这么一说，高子枫也觉得有道理，他点点头，想了想，欲哭无泪地看着高婷，"姐，那我该怎么办？"

"你告诉我你最近补习的目的，我就告诉你该怎么办！"

现在还是考试时间，学校操场上空荡荡的，只有他们两个人，阳光照在翠绿的树叶上，折射出一道道刺眼的光。

"你不骗我？"高子枫谨慎地看着高婷。

高婷喊了一声，没有说话。

"那好！"高子枫下定决心，同意这个交换，"其实我补习，是为了能和小美坐在一起。"

高子枫忽然站着没动，扭捏地低着头，双手绞在一起。

高婷看了他一眼，向他确认："……高子枫，你这是在害羞吗？"

高子枫红着脸点点头。

高婷："……"

高子枫看着转头就走的高婷，连忙追上去："姐，你等等我啊，现在你可以告诉我你的办法了吗？"

"我说现在告诉你了吗？"高婷面不改色心不跳，反正也就是想套他的话而已。

"你骗我？"高子枫怒了，龇牙咧嘴地看着高婷，"姐，你这是在欺骗我的感情，我这么相信你！"

"哎，到底还是年纪小啊。"高婷轻轻地拍了拍高子枫的肩膀，"我又没说要现在告诉你，办法都是人想出来的，别急。"

说完高婷就继续往前走，忽然想到了什么，她脚步一停，扭头看着高子枫："哦，对了，我忘了告诉你，学校平时对喜欢抄袭的学生都是睁一只眼闭一只眼的，所以什么取消成绩什么处分都是假的。"

高子枫愣住了……

高婷继续往前走，一脸可惜地摇摇头："到底是个孩子。"跟她相比，段数差得不是一星半点。

反应过来的高子枫看着已经走远的高婷，觉得已经控制不住体内的洪荒之力，拔腿就往前跑："姐，你等着……"

高家人都发现，高子枫最近很焦躁。

睡不好吃不好不说，连平时最爱的手办都丢在一边了。

林焱一脸担忧地看着沙发上的高子枫，长叹一声："子枫最近是怎么了，对学习这么上心，是不是成了书呆子啊？"

"爸，你放心，永远都不会有这么一天的。"林隐认认真真地看着电视，听见林焱的话，随口就附和了这么一句。

"子枫啊，是不是最近身体不舒服啊？"林未未摸了摸高子枫的额头，温度很正常啊。

高婷看了高子枫一眼，没有说话。

"可能是最近太累了吧？你看前几天，子枫不是天天都在家里补习来着，未未啊，我们是不是该买点什么给子枫补补身体？"

林焱想了想："不如去买只老母鸡吧，好好炖着，放点中药进去，好吃又健康。"

高语摇头："子枫平时最不爱的就是这些东西了，做了他也不会吃。"

"谁说他不爱吃！他可是我的孙子，我爱吃的东西他肯定也爱吃！"林焱瞪了高语一眼，吓得高语头一缩，再也不敢说话了。

林未未看了丈夫一眼，犹豫地说："爸，其实我觉得这事儿高语说得对。"

高子枫平时口味那么挑剔，怎么可能会喜欢这种东西。

同时被两个人反驳的林焱气得摔了手中的遥控器，气呼呼地看向高子枫："子枫，你自己说说，你想吃什么？"

"我想静静。"高子枫起身进了房间。

林焱一脸担心，看着高婷小声地问道："婷婷啊，静静是谁啊，子枫别是在学校里谈恋爱了吧？"

他哪能谈恋爱啊，现在顶多是单相思。

"爸，你就别瞎操心了，这是网络上的话，意思就是让他别瞎吵吵，烦着呢。"

林焱不高兴地看了林隐一眼，清了清嗓子，继续说道："这次的考试，不管子枫考了多少，你们都要提前准备好礼物。"

高语举起手抗议："爸，这样是不是太溺爱他了，这样的风气不好。"

林焱眼睛一瞪，高语顿时就不敢再说话了。

高子枫忐忑不安地等了几天，终于等到了月考成绩出来。

"同学们，这次的月考成绩出来了。"班主任看着手中的成绩单，视线放在高子枫的身上，一脸欣慰，"这次我们班，有三个同学，进步非常快！"

郝爽、戴劲和高子枫对视一眼，脸上露出了自信的微笑。

"首先，我要说说高子枫，他从倒数第十名考到了前十名，进步非常快，大家给他掌声！"

全班同学纷纷鼓掌，大家都惊讶地看着高子枫，有些人眼里还带着崇拜。

一瞬间，高子枫觉得自己身上套上了闪耀的光环，他抬头挺胸，享受着来自同学们赞扬羡慕的目光。

"大家要向高子枫学习，还有就是郝爽和戴劲，也考了班里第二十和第二十一名的好成绩。"

话音一落，郝爽和戴劲站起来，欢呼一声，直接站到了椅子上，异口同声地说道："我们是——"

两个人齐齐看向高子枫。

高子枫会意，一脚踩在桌子上，一脚踩在凳子上，做出一个超人起风的动作："Hpman！"

全班忽然鸦雀无声……

班主任："……好了，快坐下，成绩有进步是好事，但是不能因此骄傲，要继续进步……好了，我们开始上课。"

高子枫笑得根本就是合不拢嘴，看着坐在前面的小美，发现小美正一脸赞赏地看着自己，高子枫的脸突然就红了。

他害羞地朝小美笑了一下，小美也对他笑。

那一刻，高子枫简直觉得心里百花齐放，一直就这么笑到了放学。

戴劲一脸担心地看着两眼呆滞，笑得比发情的猫还要恐怖的高子枫，无奈地摇着头："完了完了，他这是乐极生悲，高兴得傻掉了吗？"

郝爽顺着高子枫的视线，看到了刘小美的位子，一本正经地摇头："我觉得他这是被美色所诱惑，脑子已经不正常了。"

"高子枫！"戴劲忽然凑到高子枫的身边喊了一句，吓得高子枫差点从凳子上摔下去！

"你干什么？"终于回神了的高子枫这才后知后觉地发现，小美早就回家了。

原来他刚才一直在看着小美的空位子笑……

高子枫尴尬地摸了摸头，收拾书包就跑了，戴劲无奈地摇头："现在高子枫已经完全成为一个重色轻友的家伙了。"

陈老师回到办公室，看见高语还在，笑眯眯地凑过去："哎哟，高老师，还在忙啊。"

高语对陈老师的热情有些莫名其妙，不过出于礼貌，还是应了一声："嗯。"

"高老师啊，你说说你平时是怎么教孩子的，你看看你家两个孩子，一个比一个聪明啊。"陈老师两眼放光，由衷地赞叹。

"呃……"高语以为陈老师是在反讽，若有所思地看了他一眼，猜测道，"高子枫最近又惹祸了？"

"没有没有，高老师啊，我发现你对高子枫有偏见啊，这样是不对的，虽然子枫以前成绩不好，也喜欢调皮捣蛋，但是现在他已经改正了，两个孩子，你还是要一视同仁的嘛。"

高语有些不耐烦了："陈老师，你到底想说什么？"

"啊，高老师，你别误会别误会，我就是想恭喜你一下，高子枫这次考了第十名，可算是给你长脸了。"

高语震惊地看着陈老师，还以为是自己听错了，激动地抓住陈老师的领口大声问："你刚才说什么？"

刚进门的姜浩见状，连忙走到两个人中间："哎哟，大家都是同事，有什么事好好说就是了，别动手啊。"

高语压根就没有心情搭理姜浩，两眼放光地看着陈老师："陈老师，刚才你说高子枫考了第十名？"

"是啊。"陈老师尴尬地抓了抓头发，指了指高语抓着自己衣领的手，"高老师，你可以先放手吗？"

高语连忙松开手，心情十分愉悦地收拾东西准备下班。

站在一边的姜浩犹豫地看了高语一眼，然后凑过去支支吾吾地说道："高老师，有件事……我不知道该不该说。"

高语看也不看他一眼，心情十分愉悦："那就不要说。"

姜浩有些无语，只觉得一排乌鸦从额头飞过。

高语并没有发现任何异样，喜滋滋地说："我儿子上周月考长脸了，第十名！他长这么大，我没有想到能从成绩单上正着数到他的名字，今天我要早点回家……"

"老高。"姜浩打断了高语的话，"高子枫他……"

被喜悦冲昏了头脑的高语终于察觉出了一点不对劲，他手上的动作一停，侧头看着姜浩欲言又止的模样，问道："你要说的事情和高子枫有关？"

姜浩点了点头，凑到高语耳边一阵嘀咕，高语顿时怒气横生，啪的一声，用力一拍桌子！

正在低头批作业的陈老师吓得手一抖，红色的水笔在作业本上画出了一条长长的横线。

"居然还有这样的事情！看我不回去好好教训他！"

姜浩看着高语怒气冲冲地离开的模样，心里有些担心。

高子枫刚回到家，直接把书包上沙发上一丢，兴奋地模仿着螃蟹走路。

林隐刚出房间，看见高子枫癫狂的样子，站在门口硬是没敢走出去："完了，这是脑神经不正常了吧？"

林焱回头没好气地看了林隐一眼，然后一脸慈祥地看着高子枫："子枫啊，你几天怎么这么高兴啊？"

其实他也有些担心，高子枫最近的情绪跟坐过山车似的，一会儿好一会坏，一会儿高一会儿低，看得让人不禁后背冒烟。

"姥爷，我这次月考考了第十名呢！"高子枫终于等到了林焱问这个问题，一屁股在林焱的身边坐下，伸出两只手，一脸骄傲地做了个十的数字。

林隐站在房间门口默默地放冷箭："是倒数的吧？"

"哎呀舅舅，你就这么不相信我的实力，你还是不是我舅舅？"高子枫拖着尾音撒娇。

林隐起了一身的鸡皮疙瘩，他用力地搓了搓，有些无辜："我要是相信你所谓的实力，我就不是你的舅舅了。"

高子枫决定看在他是他舅舅的份儿上，不跟他一般计较了。

"没有想到我们家子枫进步这么快，看来还是我的基因好啊，不过是补习了这么几天，成绩竟然就蹭蹭蹭地往上涨。"

林焱也高兴得不得了，觉得自己的大外孙子终于让他出人头地一回了。

林隐不服气地嗤笑一声："爸，这事儿跟你没什么关系吧，要说功劳那也是姐和姐夫的功劳。"

"你没听过隔代相传吗？"林焱一回头，怒气冲冲地堵回去。

林隐十分理智地选择了沉默。

"来来来，子枫啊，快谈一谈进步这么快的感受心得吧。"

高子枫高傲地抬起下巴，双手握拳，直视前方："只要精神不滑坡，办法总比困难多。"

"好！"林焱热烈鼓掌，看着高子枫，终于觉得自己的一身绘画技术终于有了传人。

林隐："……"

林焱笑眯眯地看着高子枫，十分配合："与火箭比速度，和日月比高低，人有多大胆，地有多大产。"

"好！"高子枫站起来，拍手鼓掌，一脸兴奋地看着林焱，"姥爷您太懂我了，您这么鼓励我，我可以理解为您已经为我准备好了礼物吗？"

林焱得意地抬起下巴："现在都已经是互联网时代了，姥爷像是那种不会创新的人吗？"

"不是好像，就是啊。"林隐也想看看林焱给高子枫准备了什么礼物，一溜烟跑到两个人身边坐下，等着林焱拿出给高子枫新买的礼物。

林焱故作神秘地看了两个人一眼，起身进了房间，高子枫和林隐对视一眼，连忙屁颠屁颠地跟了上去。

"来，给你。"林焱从床底下找出一个大盒子，递给高子枫。

高子枫接过盒子看了看，心情澎湃，不敢打开："姥爷，您这里面装的不会是什么大型武器吧？"

林焱继续笑："你自己拆开来看看不就知道了。"

高子枫那叫一个兴奋呀，抱着盒子在沙发上坐下，准备开拆，林隐按捺不住心中的好奇，也凑过去看，高子枫像是抱着宝一样把整个盒子藏在怀里。

"你不许看！除非你也送我礼物，然后我就让你看一眼！互联网思维肯定是游戏。"

林隐厚着脸皮凑过去："子枫，你就让我看一眼，舅舅不跟你抢礼物，我只是好奇。"

"不行不行，好奇我也不能给你看！"高子枫一手推开林隐，另一只手偷偷地拆开礼物盒，看清里面放着的东西时，瞬间就呆住了。

林隐趁机抢过盒子，看清里面的东西后，顿时哈哈大笑，他从盒子里拿出一只画笔，大声地说道："林焱先生第十次授予高子枫先生画具仪式现在开始！"

说完嘴里就哼着《结婚进行曲》，捧着大盒子在高子枫的面前晃来晃去："来，高子枫先生，这么贵重的礼物你拿好。"

高子枫气呼呼地哼了一声，一把夺过盒子，摊开礼物盒，里面有一副画具，一个调色板，一个盒颜料，一支画笔，而且每个东西上面都贴了一个加号。

高子枫上上下下前前后后左左右右地端详了半天也没看懂那个加号的意义。

"姥爷，您这次的突破点在哪儿啊？"高子枫一头雾水地看着林焱。

林焱拿过盒子，看着里面的东西，意味深长地说道："颜料＋，调色板＋，画笔＋，怎么样，潮不潮？"

高子枫默默地闭着嘴巴，觉得这个时候不应该伤害姥爷一片好心。

林焱以为高子枫已经深受感动，继续说道："子枫啊，姥爷觉得你是一个特别有艺术感的孩子，你那些卷子上的'×'总是特别的对称，姥爷觉得你骨子里就是一个行为艺术家，不如你就跟着姥爷学吧？总有一天你会出人头地的。"

高子枫默默地把调料画具重新放好，然后欲哭无泪地看着林隐，眼里全是期待："舅舅，我现在生无可恋了，就指望着你的礼物让我重新燃起生的欲望。"

林隐忍住嘴边的笑意，偏偏不告诉他："子枫啊，我可是给你准备了一份大礼，你猜猜是什么？"

高子枫两眼光放光，就差点直接去抱林隐的大腿了："蝙蝠侠全套漫画！"

林隐摇摇头，竖起一根手指左右晃了晃："NONONO，继续猜。"

"美队的手机壳？"

林隐继续摇头。

高子枫眼里的光越来越亮，看着林隐仿佛是在看着偶像："舅舅，你不会给我买了迪士尼的票了吧？"

林隐看着高子枫，一脸惋惜地叹口气："子枫啊，我还以为你的智商高了不少呢，看来是我误会了。"

"哎哟，舅舅，你快告诉我把，我都已经迫不及待了。"高子枫跟在林隐的身后着急地问道。

林隐脚步一顿，回头看着他摊手："其实我什么都没有准备，怎么样，惊喜吗？"

高子枫一愣，下一秒直接扑到林隐的背上不依不饶："不行，姥爷都给我买礼物了，你也要给我买……"

高语大老远就听见高子枫的声音，沉着脸走进来看着高子枫。

高子枫被高语的眼神看得后背发凉，连忙从林隐的身后跳下来，笑嘻嘻地缠上去："爸，你回来了，你也给我准备了礼物对不对？别告诉我，让我来猜一猜。"

高语听到高子枫的话脸色更难看，哼了一声："别猜了，你跟我进来。"

高子枫一听更加兴奋，屁颠屁颠地跟在高语的身后，还不忘朝身后的林隐做鬼脸。

两个人进了房间，高语关上门，一转头就看见高子枫趴在地上看床底下，似乎在找什么东西。

"高子枫，你在找什么？"高语的声音听上去有些抓狂。

"当然是找礼物啊，爸，你到底把礼物藏到哪里去了，我怎么找都找不到。"高子枫并没有在床底下看到自己想要的东西，站起来擦了擦脸上的灰尘。

"找什么找！"高语黑着脸训他，"过来！"

高子枫被高语忽然拔高的声音吓得身子一抖，莫名其妙地走到高语的身边："爸，你不会也没买礼物吧？想要用发火来掩饰你的心虚，对不对？"

高语把高子枫指着自己的手拨开，没好气地问他："你老实告诉我，你这次的成绩是怎么来的？"

高子枫心虚地看了高语一眼，最后依旧厚着脸皮说道："我头顶梦想，脚踏未来，左手握着您的教导，右手握着您的鞭策，脑子里牵挂着您即将送我的礼物，考来的！"

高语没有想到高子枫不仅作弊，竟然还撒谎，真是三天不打上房揭瓦，高语拿起脚上的拖鞋就要打高子枫："我看你是头顶梦想还是头顶谎话！"

"啊！"高子枫吓得尖叫一声，反应十分迅速地钻入了床底，"爸，你干吗啊？"

高子枫抬手摸了摸粘在脸上的蜘蛛网，可怜兮兮地看着外面的男人。

"你还好意思问我干什么！"高语气得不行，手里的拖鞋捏得紧紧的，"考试竟然还作弊，你以为我不知道？今天看我怎么收拾你！"

高语趴在地上就要往床底下钻，只可惜他的身材有点……太大，折腾了半天硬是没有钻进去。

高子枫吓得哇哇大叫，连忙呼救："姥爷，舅舅，姐！你们赶紧来支援我啊，不然我就要死在爸极其残忍的手段下了。"

林隐和林焱、高婷听见高子枫凄惨的呼救声，连忙跑进来，一看这情况三个人都茫然了。

高婷看着趴在地上的高语，疑惑地问道："爸，你们在干什么呢？玩猫捉老鼠的游戏吗？"

高语怒气冲冲地站起来："今天我一定要好好收拾他，竟然抄袭！看他以后还敢不敢抄袭！"

说着高语就要去拿棍子："高子枫你还出不出来，信不信我拿棍子捅你！"

"爸，我还是个孩子！"高子枫后悔死了，早知道就不要什么礼物了，现在好了吧，羊入虎口了。

高语拿着棍子把高子枫赶了出来，高子枫闭着眼睛大喊大叫："救命啊，姥爷，快救救我。"

林焱黑着脸上前："高语啊，子枫还小，你有什么话好好说。"

"爸，他现在越来越过分了，就需要好好教训，慢慢说对他不顶用。"高语有些拘束地看了林焱一眼，他知道当着林焱的面惩罚高子枫，林焱肯定会不高兴，但是现在他已经顾不上这么多了。

高语没好气地一把将高子枫扯到一边，黑着脸说："你还不承认，要不是姜老师告诉我你作弊，我们还被你蒙在鼓里，欺骗关心你的姥爷舅舅爸爸妈妈，高子枫你心里是不是很得意？我要是早知道这事儿，我一定在全校公布这件事情，再把你的成绩全部取消，现在你还问我要礼物，送你一顿竹笋炒肉要不要？"

高婷惊讶地看了高语一眼，没有想到他竟然知道了。

高子枫偷偷地看了高语一眼，厚着脸皮打死不认："我没……"

"你还说没！"高语气得拿起手上的棍子就要打下去，"你以为我不知道，你让婷婷帮着你抄袭，看我今天怎么好好收拾你。"

高语刚举起手里的棍子，高子枫就激动地大叫，叫声凄惨得让在场的几个人都忍不住掬了一把同情的眼泪。

林焱看得心疼，连忙上前劝道："哎呀，这不是第一次吗？子枫以后不会再这样了，你把他打坏了还要带他去医院呢，多划不来啊。"

"就是，姐夫，子枫难得有了个好成绩，你笑一笑嘛。"林隐也嘿嘿笑着为高子枫说话。

"爸，林隐，你们都别劝我，今天我就要好好教训他。"

作为一个老师，高语平时最讨厌的就是学生的抄袭行为，今天也实在是气疯了，不管几个人怎么劝他都不打算放过高子枫。高子枫觉得情况不妙，趁着林焱和林焱拉扯高语的时候，拔腿就跑。

"高子枫，你要去哪里？"高语怒气冲冲地喊道。

高子枫跑得飞快，转眼的工夫就没了人影，林焱反应过来后气呼呼地看着高语："你这是要逼着我的外孙子离家出走啊。"

高婷看了高语一眼，连忙使用异能，将时间定住，跑出去后却仍旧没有看到高子枫的身影。

林焱和林隐高语担心地在家里等着，见高婷空手而归，林焱眼睛一瞪："子枫呢？没有看见他？"

"没看见，那家伙跑得太快了。"高婷摇摇头。

高语哼了一声，脸上的怒气虽然还没有消，但是显然也很担心。

林焱气呼呼地看着高语："你看看你都做了什么，作为老师你不知道吗，武力是不能解决问题的。"

高语闷闷地看了林焱一眼，到底是没敢说话。

天已经黑了，路边昏黄的路灯打下来，给这个冰冷的城市增添了几分暖色。

高子枫坐在路边，撑着下巴，无聊地踢着脚下的石头，一个人的身影看上去孤零零的。

郝爽和戴劲气喘吁吁地跑过来，看了高子枫一眼，喘着气儿问道："大哥，你这又怎么了？"

放学的时候精神不是还挺正常的吗？

高子枫站起来，踢着脚下的石头说道："我被我爸赶出来了。"

"啊？"郝爽一头雾水地看着高子枫，"什么情况啊？你……离家出走了？"

"什么离家出走啊！"戴劲没好气地往郝爽的脑袋上狠狠地拍了一下，"不是说了吗？是被赶出来了。"

郝爽恍然大悟地点点头，忍不住心底的好奇，探头问道："到底发生什么事儿了？你爸爸为什么要赶你出来啊？"

戴劲又是不客气地往郝爽的头上用力一拍："你说你是不是没长脑子啊，不能问这种问题知不知道？你这叫揭别人的伤疤。"

郝爽一脸委屈地摸了摸自己的头："哦。"

"曾经，有一个不抄袭的机会摆在我的眼前，我没有珍惜，如果时间能够再来一次，我当时一定不会抄。"

高子枫唉声叹气地说道，一脸忏悔的模样。

其实他也觉得抄袭不好，可是当时就担心自己不能考个好成绩啊。

"我操，高子枫，你抄袭了啊，牛叉啊，做得神不知鬼不觉的。"戴劲一脸崇拜地看着高子枫，"怎么做到的啊，教教我啊，下次我也试试。"

"你可千万别学他，不然的话下次被赶出家门的人就应该是你了。"郝爽赶紧摇头，劝戴劲不要想不开。

高子枫听了却又是另一种心情，他没好气地看着郝爽："你丫的今天是跟我犯冲吧？"

郝爽无辜地捂住了自己的嘴。

"哎，好了好了，反正现在你有家也回不了，那我们就勉为其难地陪你去网吧玩游戏吧！"戴劲勾着高子枫的肩膀，将身上所有的重量都压在他的身上，"你可千万不要感谢我哦。"

"我感谢你的头。"

高子枫觉得，虽然今晚的夜色很美，但是他也不能就这样在外面喂蚊子，就刚才几分钟的时间，已经有好多的蚊子吸了他的血，连句谢谢都没说就走了。

哦，也有可能它们说了，只是他没听懂而已。

"走吧走吧，这里一个人都没有，怪瘆人的。"

三个小男孩肩并着肩慢慢走远……

第八章
生活不是眼前的苟且，还有之后的苟且

偌大的片场里，亮着十几盏灯，将这里照得亮如白昼。

尽管现在的时间已经不早了，来来往往的工作人员依旧在忙，并没有要收工的意思。

林未未穿着黑色的连衣裙，脸上抹着淡妆，在镜头下性感地走过，忽然爆发出一阵大笑声。

"哈哈哈，我已经把你的事情告诉给你的老婆了。"

她的笑声有点夸张，几个扛着摄像机的男人都被吓得手一抖。

林未未的表演太过喜感，旁边的导演和工作人员都忍不住捂着嘴笑。

"cut！"导演手一挥，大家纷纷朝他看去。

满脸眼泪的林未未跑到导演的身边，一脸不解地问道："导演，您觉得我刚才演得怎么样？是不是情绪应该再饱满一点？"说着她拿出剧本，指着上面一段台词说道，"我觉得这个地方，我虽然是他老婆的闺密，但是这么演的话……"

导演看了林未未一眼，尴尬地咳了一声："我觉得挺好的，比我想象中的好了不少。"

林未未一听，双眼放光，欣喜地看着导演说道："真的吗？导演那我们再来一遍吧？我又想到了另一种表演方法了。"

导演被林未未看得更加尴尬，咳嗽得更加厉害："未未啊，我们今天就到这里吧，时间也不早了，你先回去。"

"可是导演……"

导演不等林未未把话说完转身就走了，林未未看着导演走到一个与林未未穿着相同戏服的演员身边，两个人也不知道在说什么，似乎聊得很开心，那个演员还时不时地朝林未未看过来。

林未未沮丧地收回视线，去换衣间把衣服换下来。

换衣间搭得有些简单，就是几块木板把空间隔开，林未未换上自己的衣服，刚准备出去，就听见外面有两个服装师在说话，她下意识地侧起耳朵听了听。

"今天那个替身真逗，就是个文替而已，又不露脸，演得那叫一个认真啊，不知道的还以为她准备冲击奥斯卡呢。"

"梦想还是要有的，万一见鬼了呢。"

"就她，也不用见鬼了，她自己就是鬼。"

……

林未未听得咬牙切齿，女人真是八婆，竟然躲在这种地方说别人的坏话。

她气呼呼地想直接出去，但是忽然想到了什么，眼睛一转，脸上露出一抹自信的微笑。

林未未不急不慢地从包里拿出手机，掐着声音像古代青楼的老鸨一样："喂？哎哟张导啊，您今天怎么就有空给我打电话了，哦，开新戏找服装？您不是有御用班底的吗？哦，想换换新搭档啊？"

她把手机换了个方向，看了一眼外面，继续自编自演："您说服装师？有啊，就我现在拍的这个戏的服装也是挺不错的……是吗？那晚上咱们见面聊，拜拜。"

说完她挂了电话，隔着帘子缝隙偷偷察看两个人的脸色，两个服装师大概是没有想到林未未会提到自己，脸上一阵喜色。林未未在心里重重地哼了一声，若无其事地拿着换好的衣服出来。

服装师甲连忙迎上去，接过林未未手中的衣服谄媚地说道："林姐，您辛苦了，下次什么时候来，我给您带点自己做的糕点。"

服装师乙一个劲儿地点头，凑上去说道："她做的点心比酒店里的都要好吃。"

林未未拍了拍身上看不见的灰，表情孤傲："噢，这部戏我的活儿完了，下次有缘再见啊。"

说完就挥一挥手不带走一片云彩地走了，留下服装师甲和乙相对无言。

林未未回头看了两个人一眼，得意地挑眉："姐可真是演技派啊。"

时间越来越晚，林未未急匆匆地赶回家，却在家门口看见一个黑影在徘徊。

林未未立马警惕起来，小心翼翼地朝仓库门口走去，想要看清楚到底是哪个不长眼的小偷竟然想对她的家下毒手。

高子枫在仓库门口转悠了半个小时，想起高语那副凶神恶煞的模样，还是不敢进去。

"爸不会拿着棍子就在门口等着我吧？只要我一开门进去，就会有棍子直接落在我的身上……"

想到那幅场景，高子枫忍不住打了个寒战，好恐怖。

"可是也不能一直在外面这么转悠啊，姥爷舅舅为什么不出来找我啊……早知道就不要抄袭了，现在好了吧，有家都不能回，妈到底什么时候回来啊？"

高子枫要崩溃了。

他觉得自己现在真的已经成为一个被抛弃的孩子了。

林未未走近了才看清在家门口徘徊的是高子枫，听见他的自言自语，这才明白事情的来龙去脉。

"子枫。"林未未气呼呼地走到高子枫的身边，上下看了他一眼，生气地问道，"你爸爸是不是打你了？"

高子枫一看见林未未，立马扑到她的怀里告状："妈，爸打我！"

"这个高语，现在是要造反了！"林未未拉着高子枫的手就进了门，林焱、林隐、高语、高婷都还没有睡觉，四个人围坐在沙发上，面色沉重，不知道在说些什么，听到开门声，纷纷转头看去，一眼就看见林未未拉着高子枫回来了。

"哎哟，我的大外孙子啊，你终于回来了！"林焱看见高子枫，连忙起身迎了上去。

高子枫站在林未未身边，喊了一声姥爷。

"高语！"林未未双手叉着腰，一副要和他算账的模样，"你好好解释，这到底是怎么回事？"

高语给林未未吼得有些尴尬，坐着没有说话。

"你以为不说话就没事了，枫枫还这么小，他就这么把他赶出去？"

"谁让他考试作弊。"高语低声地反驳，两个人的气场形成了巨大的反差。

"谁还不会做一两件错事，你以前就没有做过……"

林隐挠了挠头，看了林未未和高语一眼："我好困啊我去睡觉了。"

高婷面无表情的地看着高子枫："你给我进来！"

林焱轻咳一声："那……我忽然想起还有幅画没有画完。

说完也急匆匆地跑回了房间。

狭窄的房间里，吊在中间的圆灯照耀出耀眼的白光，细小的飞蛾绕着灯光胡乱地飞。

高婷一脸严肃地看着高子枫："刚才你是跑去哪儿了？"

"我……去玩游戏了。"高子枫垂着头，看上去无精打采的。

"你……"高婷原本还想说些什么，但是见高子枫的脸色也不好看，没有再说什么，只是拉着他的手，让他在椅子上坐下。

高婷从桌子上找出一本复习资料，扔在高子枫的面前。

"你作弊多考了多少分，这周末就把不属于你的分都给我补回来，不然别怪我不帮你！"

高子枫看了一眼复习资料，笑嘻嘻地撇开话题："姐，你这样可真凶，都不好看了。"

高婷瞥了他一眼，哼道："如果你愿意以后什么本事都没有，跪在天桥上给我凑上大学的学费，那你就这样吧。到时候我考大学考研考博再出国，嫁名流当CEO旅居海外，你顶着高中学历什么都不会，只能回咱们老家村里当村头的二狗子！"

高子枫想到那种场景，忍不住打了个寒战，连忙抱起复习资料，一脸认真地向高婷发誓："保证完成任务！"

高婷的脸色这才好看了一点。

两个人刚说完话，门就被林隐推开。

林隐抱着一个盒子站在门口，喘着粗气，擦了擦额头上的汗，看着高子枫和高婷解释："战况太激烈了，硝烟四起，我好不容易才过来的。"

高子枫看了一眼林隐手中的盒子，想到林焱送的画具，没好气地看着林隐："舅舅，你过来干什么啊？"

林隐把手上的东西递给他，没有说话。

高子枫撇开头："里面放着的不会是作业本吧？"

"你自己打开看不就知道了。"林隐摇头晃脑地看着他，"这玩意可不是我买的。"

"那是谁买的？"高子枫一边拆盒子一边问道。

"你爸啊，今天我在他的房间看到的，应该是给你考试进步的礼物。"

林隐说话间，高子枫已经拆开了盒子，看见里面的东西，惊呼一声："哇噻！"

林隐连忙凑过来看，一脸羡慕地说道："限量版星际舰队乐高！可以啊，子枫，姐夫对你真大方。"

　　"爸……"高子枫手里捧着星际舰队乐高，耳边是林未未和高语的吵架声，心里更加愧疚了。

　　"知道咱爸对你有多好了吧。"高婷看了高子枫一眼，回房间写作业去了，林隐拍了拍高子枫的头，也回了房。

客厅里的战争还在继续，硝烟越来越浓烈。

"你看现在咱们家乱得，今天的地没拖吧？卫生间里的拖把头都快掉了也不换，还有啊，厨房垃圾桶里的碗是怎么回事？"

高语黑着脸想发火，无奈林未未的炮火实在是太强烈，他根本就不敢发火，只能闷着气说道："我每天一个人忙里忙外的，怎么忙得过来？"

"怎么，你还有意见了是不是？"林未未嗓门更大。

"我只是想向你提个不成熟的小建议"高语心里忍着气，却在不断地告诫自己不要和女人一般见识，"以后你能不能早点回来？"

"驳回！不能！这是我能控制的吗？你觉得在现场是导演听我的还是我听导演的？"林未未想起今天在片场的事情，脾气更大，心情简直糟糕得不能再糟糕了。

"可是……"

"还有……"不等高语把话说完，林未未继续说道，"我在片场是在拍戏，很忙的，你平时能少给我打几个电话吗？我又不是专门去片场接你的电话的。"

高语咬咬牙，觉得自己应该反击："不……"

"嗯？"

"不……"

"嗯？"林未未的声音顿时大了许多，威胁的意味很重。

高语捏着手指，用尽了毕生的勇气来反驳："不能！"

"高语，你现在胆子越来越大了，想要翻天了是不是……"

外面的吵架声越来越大，高婷连写作业的心思都没有了，两个人趴在门上偷听外面的动静。

高子枫看着高婷，叹口气，一脸忧愁地说道："姐，第三次世界大战好像爆发了，我们要不要参与？"

高婷也有些无奈，她重新走回到座位上，没好气地看着高子枫："他们也就是个深夜恐怖片的节奏，按剧情爸爸现在已经开始写求和公式了。"说完顿了顿，没好气地看着高子枫，"倒是你，赶紧睡觉！"

外面硝烟弥漫，高子枫怎么可能睡得着，他拿起脚上的拖鞋，一本正经地装起主持人。

"观众朋友大家晚上好，我这里是新闻一点钟，关心国际局势对我们很重要！"

高婷一个白眼飞过去："你一个成长中国家有什么资格参与啊，战场转移到这里你就完蛋了，还有啊，你的臭拖鞋离你的鼻子那么近，不嫌味大啊？"

高子枫高深莫测地摇摇头："姐，我又不是戴劲。"

高婷一听到戴劲的名字就隐隐约约闻到一股生化武器的味道，她捏着鼻子说道："今年之内都不要在我的面前提他的名字！"

高子枫得意地哈哈大笑："如果戴劲……"

高子枫的话还没有说完，门外忽然传来了椅子翻倒的声音，听着是越来越厉害了。

"姐。"高子枫惊悚地看着高婷，外面两个人这是要肉搏？

高婷也开始皱眉担心："难道真的从惊悚改成灾难片了？"

"不行！"高子枫终于坐不住了，猛地站起来，便往外走边说道，"我出去看看，有事跟爸妈说。"

说着就开了门，探头就看见客厅里乱七八糟地躺着几把椅子，高子枫的小心脏受到了惊吓。

林未未没有发现偷看的高子枫，没好气地推开要抱自己的高语，黑着脸说道："别以为能轻易混过去！亲亲抱抱就能解决这个问题吗？你给我把家管好了比十万个拥抱还好！"

"我怎么就没管好了？"高语被林未未推得不得不往后退开好几步，一脸委屈地看着林未未。

"你这算是管好吗？你看看家里都乱成什么样了？还有子枫，被你逼得离家出走。"林未未想起高子枫站在门口不敢进的样子心中的火气更大。

眼看着战争已经一发不可收拾了，高子枫适时地喊了一声："爸妈，我有事要说。"

"有话快说。"高语看了高子枫一眼，有些不高兴，这个臭小子，他还没收拾他呢。

"有屁快放！"林未未可比高语要豪放多了。

"这周五我们我们学校有运动会，妈我参加了足球赛，你来看吗？"

房间里的高婷听见高子枫的问题觉得他有点脑残，竟然在这种时候问这种问题，看着高子枫那高高撅起的屁股，她恨不得直接一脚踢过去。

"大人吵架，小孩不要打扰！"林未未眼睛一瞪，高子枫就吓得缩了回去。

"高语，你就是这么管家的吗？儿子都要中考了，你还让他踢球？"林未未将炮火重新开向高语。

高语刚才又是哄又是劝地磨了半天，林未未还是不放过他，这会儿心中也来气了。

"这是儿子自己的事，他报了名我还能把名字给撕了？你能不能不要这么无情无耻无理取闹？"

"高语你给我想好了再说话，我哪里无情无耻无理取闹了？"林未未的脾气快要到爆发点了。

"你哪里都无情无耻无理取闹……"

高婷看到高子枫垂着脑袋退了回来，瞪了他一眼："发表意见失败了？"

高子枫看上去真的很低落，一句话都没说就回了自己的房间，上床睡觉了。

高婷看着房间的门，神色一动，轻轻地开了门，探出脑袋，看着客厅里正闹得不可开交的两个人。

"爸妈，隔音不好，你们可以选择和平一点的聊天方式，动作模式就先暂停可以吗？"

林未未听了高婷的话，瞪了高语一眼，哼了一声没说话。

高婷看着两个人继续说道："高子枫为了这次运动会能代表他们班出战足球赛，可是练了好久，妈您有时间还是去看一眼吧。"

说完高婷也退了回来，深深地叹口气，关上灯准备睡觉。

林未未听了高婷的话，微微一怔，对视一眼，没有说话。

仓库里传来锅铲和锅接触的声音，阵阵香味从厨房里飘出来，太阳从窗口照进来，新的一天又开始了。

高子枫看着餐盘，坐在高语的对面，几次想要说话，却欲言又止。

昨天晚上高语和林未未吵到深夜，早已经精疲力尽，整个人看上去颓废得有些可怕。

"爸……"高子枫一脸知错地看着高语，"经过昨天晚上的深深忏悔，我知道错了。"

"错哪儿了？"高语对高子枫主动认错的行为很满意，瞥了他一眼，双手抱着肩，一副审问的模样。

"不该抄袭还不承认，不过爸，我也没抄多少啊，就那小纸条，总不可能……"

高语眼睛一瞪，高子枫又乖乖地闭嘴了，他看着高语，依旧是欲言又止的模样。

高语被高子枫那一双眼睛看得颇不自在，索性放下筷子，一脸郁闷地看着他："又怎么了？"

高子枫瞬间抬头挺胸，假装咳嗽了一声，一本正经地说道："老高同志，今天组织上派我来，是来帮助你的！"

"哎哟，还一套一套的，说来听听，组织上有什么精神啊？"高语显然没怎么把高子枫的话放在心里，听他的语气和表情，完全是在揶揄高子枫。

"爸！"高子枫不满地拍了拍桌子，我需要你的尊重！"

"咳咳，你说吧。"高语十分配合地收起脸上的表情，一脸严肃地看着他。

"昨夜，经我和高婷同志的深入研究，就林未未拍戏一事达成了共识，觉得这件事十分不利于我们家安定团结的大局面。"

"等等！"高语一脸狐疑地打断高子枫的话，"你姐之前不是强烈支持你吗？"

"是这样没错，但是……"高子枫得意地拍了拍胸膛，抬着下巴说道，"经过我反复深入的教育，高婷同志已经放弃了之前的错误看法……"

"就你？不可能！"高语毫不犹豫地打断了他的话。

高语一副"信你还不如相信母猪会上树"的表情，让高子枫受到了极大的打击。

"老爸你能不能配合点。为了这几句话，我可是一上午都……"高子枫的话突然一顿，他突然醒悟过来，他好像跑题了。

"一上午什么？"高语凑过去问。

高子枫皱着眉推开高语的大头："哎呀爸！这个不重要，重要的是，我们决定帮你，不然估计你和老妈的未来，令人堪忧！"

高语看了他一眼，想了想，拿起筷子继吃早饭："你初三，你姐高三，都是重要时期，大人的事情，你们还是不要管了，好好把你们的学习弄好，别让我们操心就行！"

高子枫竖起手指摇了摇，语重心长地说道："就因为我们都是毕业季，你们也不给做点好榜样，家里的气压低成那样，怎么好好学习啊？老高，我们也是为了拯救自己啊！"

高语拧着眉头沉默了一阵，最后带着点期望看着高子枫："你们想干吗？"

高子枫见高语终于对他的话上了心，情绪忽然大涨，两眼放光地看着高语说道："我今天就是想跟你谈谈，让你沉住气。我妈在家一向是顺我者昌逆我者亡，你就别硬往上撞了，男子汉嘛，干吗要跟女人一般计较，该让的时候就让着点。"

高语手上的动作一顿，看着高子枫："……你这说了和没说有什么区别吗？"

说完高语就翻个白眼，起身往房间走。

哪次吵架他没有让着林未未？可是有用吗？

"哎呀爸，你先别走啊，我话还没有说完呢！"

高子枫连忙起身跟着追了上去，不过高语早已经进了房间，砰地一声关上了门。

高子枫挠了挠头："大人比小孩还要难哄。"

不过虽然高语和林未未吵得凶，但好在林未未最近忙得天昏地暗日月无光，平时说话见面的时间都少，所以两个人虽然还在置气，至少不会吵架了。

不过，这真的是好事吗……

高子枫托着下巴，感受着越来越炎热的天气，不开心地想，现在他都不是妈的宝贝了，拍戏才是她的宝贝。

就在这样不冷不热的尴尬气氛中，高子枫终于迎来了学校的运动会。

学校里一早就响起了运动会会歌，天上太阳高照，运动场上，彩旗飘扬。

在开完冗长而又枯燥的运动会开幕式后，终于进入正题，运动员们换上运动服，到达各自参加的运动项目场上，而每个比赛场地周围都围着一圈学生，场面热闹非凡。

跳远比赛场地，高子枫看着班里的同学飞快地冲了过来，稳稳当当地来了一个漂亮的落地！

周围一阵欢呼声，人群里的高子枫也用力地鼓起掌来："好样的！"

戴劲拼命地挤开人群，艰难地走到高子枫身边，顺着他的视线看了一眼跳远比赛的同学，然后用胳膊撞了撞高子枫："疯子，足球比赛要开始了，你们家谁来看啊？"

高子枫看了他一眼，想了想说道："我爸和我姐吧。"

郝爽十分鄙夷地喊了一声："你丫逗我呢，你爸和你姐能算吗？你妈妈不来吗？"

高子枫没好气地瞪了郝爽一眼，不服气地争辩道："怎么就不算了？郝爽，你是要我去告诉高老师你觉得他不是人类吗？"

郝爽立马认输地举起手，在嘴边做了一个拉拉链的动作，闭着嘴不再说话。

高子枫这才满意地收回视线，低头看看手表，再看着班级的观众席，并没有看见林未未。

他失望地叹口气，脸上早已经没有了刚才的兴奋。

足球比赛很快就要开始了，高子枫和戴劲两个人进教室换了衣服，就去足球场上等着，两对球员都到齐了，裁判老师见时间到了，吹了一声口哨："比赛开始！"

两对球员立刻在偌大的足球场跑起来，戴劲守门，一脸激动地看着高子枫，心里默念着："可千万别让对方射门啊，我可拦不住。"

足球场上，陈胖子踢着足球朝戴劲跑去，戴劲连忙做出防守的动作，紧张得汗都流下来了。

陈胖子看准时机，用力一踢，射门得分。比分变成 1:0，顿时就领先了子枫队。

"yes！"陈胖子得意地欢呼一声，然后走到戴劲的身边，嚣张地拍了拍他的脸，"我不是针对你，你是真的弱鸡。"

戴劲敢怒不敢言，直到陈胖子转身走开了，才狠狠地往地上吐了口口水："我呸！"

又是一声口哨，比赛继续，高子枫带球直朝对方的球门跑去，一名对方球员直逼过来，高子枫动作灵敏地躲过。

陈胖子不悦地看了高子枫一眼，暗暗使绊，偷偷伸腿去勾高子枫的腿，高子枫一个没注意就被绊倒了。

"我去，竟然使阴招！"子枫暗暗咬牙，连忙起身，跑到陈胖子身边，又把球抢了下来。

观众席顿时传来了一阵欢呼声。

子枫咬着牙，把球传给了最靠近球门的郝爽，郝爽双眼发亮，抬脚就是一踢："干得好！疯子！"

高子枫看着足球飞入对方球门，心里得意地想着：那是！我可是无敌闪电枫！

郝爽也射进一球，得了一分，比分变成 1:1，观众席上又传来阵阵欢呼声。

高子枫得意地朝观众席挥手，他往观众席上张望了半天，还是没有看到林未未的身影，倒是看见了高语和高婷，两个人兴冲冲地冲他挥手。

郝爽拍了拍高子枫的肩膀："加油。"

比赛在继续，陈胖子变得横冲直撞起来，霸道地带球，连着撞了好几个高子枫的队友。

高子枫没好气地看着陈胖子，陈胖子却依旧是一脸的得意，挑衅地冲高子枫说道："你瞧好了，高子枫。"

高子枫完全不屑，鄙夷地看着他："少一点手段，多一点真诚！"

陈胖子哼笑一声，没有半点收敛。

时间一分一秒地过去，比赛已经进行到下半场了，比赛还剩一分钟，但是场上的比分仍是1:1。

此刻高子枫已经满身大汗，他带球到了禁区，郝爽却突然跑过来，小声说道："陈胖子靠过来了！小心他阴你！"

高子枫看了陈胖子一眼，点点头，忽然想到什么，他再次扭头往观众席上看去，依旧没有看到林未未，高子枫嘴一瘪，心里的失落就更加明显了。

郝爽看出了高子枫心情低落，正想问他怎么了，忽然，观众席上传来高语和小美的高声呐喊。

小美："高子枫，加油，你是最棒的！"

高语看了刘小美一眼，犹豫了半天，最后还是扭扭捏捏地喊道："高子枫，加油！"

而一旁的高婷虽然没有说话，但是视线却紧盯着高子枫，显然也很紧张。

郝爽一脸奸笑地撞了撞高子枫的胳膊："哎哟不错哦，小美都亲自帮你加油了。"

高子枫脸上是藏不住的笑，顿时信心大增，看了观众席一眼，开始玩命地跑起来。

陈胖子一脸阴险地靠近高子枫，冷哼一声："高子枫，你觉悟吧，你赢不了我的。"

高子枫看都没有看他一眼，十分灵敏地闪过两个对方球员，终于靠近了对方球门，正要射球的时候，陈胖子却忽然朝高子枫冲去。

戴劲和郝爽见状，几乎是异口同声地喊道："高子枫，小心！"

高子枫刚把球射出去，还没反应过来是怎么回事，整个人就被陈胖子重重地撞飞了，他歪着身体朝一边倒去，看见球成功地进了球门！

比分变成了2:1，时间到，裁判吹了一声口哨，宣布比赛结束。

观众席上爆发出欢呼声和掌声，高语紧紧地抱着高婷，激动地说道："婷婷，子枫赢了！"

高婷看上去要比高语冷静许多，但从她的声音里还能听出一些兴奋："我知道！"

高子枫已经被班级里的同学围了起来，小美跑过来，一脸崇拜加赞赏地看着高子枫："高子枫，你是我们的功臣！"

高子枫一看见小美，两眼就开始冒泡，他挠着后脑勺嘿嘿地笑，心里别提有多得意了。

不远处输了球的陈胖子看着高子枫一脸得意的模样，狠狠地捏了捏拳头，一脸的不爽。

广播声还在校园里回荡，太阳高高悬挂在头顶，空气炎热得连一丝丝细风都没有。

高子枫、郝爽、戴劲三个人搭着肩从校门口里走出来。

"太牛了！我们必须庆祝一下。哎，戴劲你请客啊。"郝爽拍了拍戴劲的肩膀，兴奋得手舞足蹈。

戴劲摸着下巴，想了想道："咱们去吃烤串吧！那玩意不贵！不过……"戴劲危险地眯起眼睛，十分不爽地看着郝爽，"为什是我请！"

不服！

高子枫喊了一声，没好气地把身边的两个人推开："你们俩要不要这么小气，怎么对待英雄的呢？一起请我！"

高子枫那副傲娇的模样彻底引起了郝爽和戴劲的不满，三个人闹起来。

"凭什么我们请你啊，我也是功臣！"

"就是，我们也出了力的。"

……

三个人推推搡搡闹了一会儿，忽然看见前面的人，脸色一僵，都愣着没动，倒是高子枫反应最快，拉着郝爽和戴劲往后退。

陈胖子带着一群高中生，笑眯眯地朝三个人走近："哟，这么得意啊，蒙进一个球就牛了是吧？还真的以为自己多有本事？"

高子枫看了跟在陈胖子身边的高中生，暗暗咬牙："陈胖子，我们一个班的，你这样有意思吗？"

陈胖子忽然仰着头哈哈大笑，自以为十分潇洒地捋了捋额前的头发，嚣张地说道："我就是看得不爽，不行吗？"

高子枫和郝爽戴劲互相对视一眼，不再说话，只是警惕地看着慢慢靠近的几个人。

眼看着陈胖子带着的人越来越近，高子枫小手一挥，大声喊："兄弟们，见证兄弟情义和默契的时候到了，你们准备好了吗？"

陈胖子等人以为高子枫他们要冲过来对打，连忙做出防守的动作，谁知道高子枫郝爽和戴劲三个人齐声喊完"一、二、三"就兵分三路跑了！

"我去！"陈胖子和高中生半晌才反应过来，左右看了看，指着高子枫的方向喊，"往这边追！"

高子枫跑得本来就不快，再加上陈胖子人多，很快就追上了高子枫，几个人把他团团围住。

陈胖子抠了抠鼻子，一脸得意地看着他："想跑？你也不看看自己有没有这个本事！今儿个我有空，好好教训教训你一顿！"

"兄弟们！"陈胖子的一双小眼睛狠狠地看着高子枫，"打他！"

几个高中生纷纷摩拳擦掌地靠近高子枫，高子枫见情况不妙，连忙喊道："救命啊，救命！救命啊，要打人了……"

刚从学校出来的高婷隐约听见了高子枫的声音，心里一阵紧张，连忙朝声源处跑去。

陈胖子听见高子枫的喊声，笑得更欢乐了："你叫啊你叫啊，你就算叫破喉咙也不会有人来救你的！"

话刚说完，陈胖子脸上的笑容定住了，周围的一切也都静止了。

第十一章

钱不是万能的，钱是我的

　　高婷连忙跑到高子枫身边，把高子枫从围攻的人群里拉出来，正想着该怎么跑，十秒钟已经到了，被定住的陈胖子和高中生也都可以动了。

　　"靠，又来了一个送死的！"也不知道是谁说了一句，下一秒，高婷就被人狠狠地推到了地上。

　　高婷尖叫一声，手掌撑在地上，手心已经破了皮。

　　高子枫见高婷被欺负了，瞬间就怒了，捏着拳头，红着脸喊道："我靠，你们居然敢欺负我姐！欺负我姐的人只有我！你竟然敢打我姐！"

　　他边说边向陈胖子冲过去，然后狠狠地给了陈胖子一拳，不等陈胖子反应过来，拉住高婷正想跑，忽然眼前一黑，下一秒，两个人便站在一个陌生的地方。

　　周围很安静。

　　高子枫背着高婷，也很安静。

　　两个人一脸茫然地你看看我，我看看你，都不明所以。

　　过了好久，高婷终于反应过来，看着高子枫："子枫……"

　　高子枫吞了吞口水，打断她的话："我知道，姐，你先别说话，让我冷静一下，我需要找回我的呼吸。"

　　高婷翻了个白眼："高子枫……"

　　高子枫依旧是一脸迫不及待地打断她的话："别说话，姐，我要用全身的细胞来好好记住这一刻。"

　　这下连翻白眼都不能来形容高婷的不耐了，她将声音拔高了将近八个度："高子枫……"

高子枫一脸的沉迷和难以置信："姐，你能让时间暂停吗？让我多感受十秒这种美梦成真的幸福感。"

高婷冷笑一声，看着高子枫咬牙切齿地说道："高子枫你再不松开我的手，我保证你的美梦会变成噩梦！"

"啊……"沉迷在美梦中的高子枫这才意识到自己虽然背着高婷，却只抓着高婷的手，高婷的脚还拖在地上，一只鞋也没了，看上去又怪异又狼狈。高子枫连忙松开高婷的手，扶着高婷。

高婷暗暗翻了个白眼，推开他的手，自己站好。

高子枫一脸兴奋地看着高婷，两眼放光："姐，你相信吗？我有超能力了！还是和闪电侠同款的超能力！"

刚才他还用超能力救了她。

高婷一脸不爽地看了他一眼，转身就走："我已经付出了一只鞋子的代价让我相信了。"

高子枫看出高婷不高兴了，立马露出谄媚的笑，屁颠屁颠地跟在高婷的身后："姐，鞋子事小，感情事大，难道咱俩之间的感情只值一只鞋子？"

高婷哼哼冷笑，回头看着他："高子枫，如果你不把我的鞋子找回来，你会发现，咱们之间的感情连一只鞋都不如。"

"哎，知道真相的我眼泪掉下来啊。"高子枫摇头晃脑地跟在高婷的身后，虽然他脸上做出一副难过的样子，但是语调轻快，傻子都听得出来，此刻他的心情好得不得了。

"别废话了，找鞋！"高婷回头看了他一眼，没好气地说道。

"哦……"高子枫乖乖地跟在高婷的身后去找鞋子。

夜色中，草丛中传来阵阵虫鸣声，路边早已经亮起了路灯，但是高家的仓库却一片漆黑。

高子枫站在漆黑的房间门口，左右张望了一眼，没看见人影也没有听见人声，这才蹑手蹑脚地往外走，刚进客厅，灯就亮了。

高子枫身形一顿，刚抬头就看见全家人都坐在客厅里，注视着高子枫。

高子枫在大家的注视下站直身体，不好意思地抓了抓头，害羞地说道："也就是个第一名，你们不用这么认真，心意我都会收下，有礼物就朝我砸过来吧。"

说完一脸期待地看着坐在沙发上的人，等了半天也没有看见他们有什么动静。

　　偌大的客厅里安静得有些诡异，高子枫正想着说些什么来打破这让人毛骨悚然的安静，林未未忽然指手指着高子枫，沉着脸说道："高子枫你现在进步了啊，打架还连累你姐一起受伤？"

　　高子枫想也不想，下意识地反驳："我发誓我没有！"

　　林隐举起手："我发誓，我相信子枫。"

　　高子枫没好气地看了林隐一眼，舅舅能不能不要瞎凑热闹。

　　坐在最靠外的林焱看见高子枫脸上的伤口，一阵心疼，也不知道从哪里翻出来一张创可贴，小心翼翼地往高子枫的脑袋上贴："哎哟，我的乖孙受苦了，疼不疼？姥爷给你贴上创可贴，可以止疼啊，咦，怎么贴不上啊？"

　　"爸，您膜都没撕怎么能贴上去呢？"高语无语地接过林焱的急救工作，撕开创可贴两边白色的膜，往高子枫脑袋上一贴，"这样就好了！"

　　高语边说，边用力一按，高子枫疼得马上叫了出来："爸！您是要谋杀亲儿子吗！疼！疼！疼！"

　　高语哼了一声，收回手，一脸严肃地看着高子枫，一副找他算账的模样："高子枫，我回家的时候，校门口的墙告诉我了，你今天带着你姐姐聚众打架！"

　　高子枫举起双手大喊冤枉："是陈胖子聚众打我！我姐可以见证！不是我的错！你要是不相信，你可以问姐啊。"

　　高子枫指着高婷，一脸期待地看着她，希望高婷能给自己作证。

　　高婷见大家的视线都朝自己看来，默默地点了点头。

　　这下高子枫有些得意了，扫了众人一眼："是吧，我就说了，我也是受害者。"

　　高语还是不放过他，看着他沉着脸说道："你让你姐受伤了就是犯错！"

　　"爸，不是我让我姐受伤的，是陈胖子让我姐受伤的。"高子枫一脸委屈地辩解。

　　"就是因为你整天……"

　　高婷皱眉看了两个人一眼，眼看这两个人要吵起来，高婷犹豫了一下，打断了两个人的话，说道："子枫现在也有超能力了。"

　　全家人顿时大惊："什么？"

　　然后纷纷震惊地看着高子枫。

　　高子枫得意地笑了起来，十分的满足。

　　林隐就坐在高子枫的身边，晃着他的头说道："子枫，快快快！用你的超能力征服我！"

高子枫傲娇地哼了一声，抬着下巴不说话。

高语也忍不住好奇地问道："是什么超能力？"

高子枫还记着刚才的仇呢，只当作没听见，高婷犹豫了一下，说道："看起来应该是瞬间移动，打架的时候他就是用这个能力带着我逃跑了。"

林焱连连点头："聪明！有我孙子的风格！"

高婷看了高子枫一眼，默默地点头："目前看来，这个能力非常适合他。"

以后陈胖子要是还欺负他，他就可以直接跑了。

林未未也有些兴奋，好奇地看着高子枫，笑眯眯地怂恿他："那你露一手呗。"

高子枫长叹一声，沮丧地倒在沙发上："不行了。我要是能瞬移，早就不用费劲走回来了。跑了五千米，又背了一个特别沉的家伙，超级英雄的体力已经耗尽。"

高婷啪一下就往高子枫的头上拍去："一个特别什么的家伙？"

高子枫痛得倏地跳起来，见高婷一脸警告地看着自己，连忙露出谄媚的笑："一个特别轻的美女。"

高婷哼了一声，这才放过他，高子枫却摸着被打的头，暗暗摇头感叹，果然女人是惹不得的。

林未未有点不甘心，还是想看，她站在高子枫身后，拍了拍他的肩膀："难道妈妈做了饭也不能让你重启吗？"

林未未话音刚落，原本呈一字坐在沙发上的几个人散开，身后的餐桌上摆满了美味漂亮的晚餐。

高子枫立马两眼放光，腾地就起来了，然后嗖的一声，一秒的时间，人就已经到了卧室。

林未未对于高子枫的表演十分的满意，拍着手说道："妈妈今天才发现我儿子跑得比风还快，你姥爷给你取的这个名字真是太对了！"

林隐早已经迫不及待地朝餐桌走去，一屁股在凳子上坐下来，也不等众人到齐，拿起筷子就吃："托闪电侠的福，时隔两个星期我们又吃上了人类的食物！"

高子枫飞快地走到餐桌旁，兴奋地说道："超级英雄重启成功！吃饭！"

一家人围着饭桌都很高兴，窗外，一弯新月挂在空中，月色笼罩了这个仓库。

家家户户早已经亮起了灯，路边摆满了小摊子，一时间，叫卖声吆喝声不绝于耳。

　　陈胖子脸上贴着OK绷，双手插在口袋里，在街头漫无目的地走着，最后坐在了路边的椅子上，不甘心地自言自语："这个高子枫，竟然敢打我，看我明天怎么教训他！"

　　说完狠狠地踢了踢脚下的石头，一直低着头的他没有发现路灯下，一直都站着一个佩戴着徽章的黑影人。

　　那个黑影人站着看了陈胖子一会儿，然后朝陈胖子走去，在陈胖子旁边坐下来。

　　陈胖子一看有人跟自己抢地盘，极度不爽地吼道："你走开，这把椅子我承包了。"

　　黑影人不屑地笑了一声，不留余地地奚落他："啧啧，看这个伤，和同学打架了？竟然也有你打不过的人？"

　　陈胖子一听黑影人的话，情绪更加激动起来，猛地站起来看着黑影人喊道："放屁，我才没有打不过，是他跑得太快了！"

　　黑影人耸耸肩，依旧是一副看好戏的表情："狡辩什么，那不还是打不过吗，真没意思，连那种人都打不过，你还有什么用。"

　　说完黑影人就起身走了，陈胖子气得一把撕下了OK绷，不甘心地朝着黑影人的背影喊道："我他妈还就不信了，他高子枫还能一秒变成超人？"

　　黑影人像是没有听见一般，头也不回地继续往前走，最后身影消失在转角。

　　陈胖子气得咬牙切齿，用力地捏了捏拳头："高子枫，看我明天怎么收拾你！"

　　凉风徐徐地从窗口吹进来，高子枫十分精神地站在全身镜前理了理衣服，看着镜子里的自己，忽然咧开嘴角。

　　他快要被自己帅晕了。

　　高婷站在门口翻白眼："高子枫你走不走？不走我就先走了。"

　　一个男生对着镜子照半个小时，真让她难以接受。

　　"来了！"高子枫连忙背上书包，倏地出现在高婷的面前，得意地拍了拍她的肩膀，"走吧。"

　　高婷皱眉看了他一眼，两个人朝学校走去。

　　今天难得地没迟到，刚到教室，高子枫放下书包，小美就跑过来："高子枫，这是我妈妈做的，给你吃。"

　　高子枫颤抖着双手接过小美递过来的袋子，里面装着几个饺子，闻起来香喷喷的。

"小美，你真好。"高子枫双手捧着热腾腾的饺子，笑得一脸花痴。

坐在最后面的陈胖子看得火气更大，恶狠狠地盯着高子枫看。

小美笑眯眯地回到位子上，郝爽和戴劲立马凑过来。

"哎哟，终于抱得美人归了。"

"啧啧，饺子啊，见者有份见者有份啊，我也要吃。"

"对，我也要！"

……

高子枫连忙把手收拢，把饺子藏了起来："去去去，捣什么乱啊，这是我的，你们别乱动。"

"哎，你这么小气啊。"戴劲不乐意了，看着高子枫手中的饺子流口水，"说好的 Hpman 呢？"

高子枫看了看戴劲和郝爽，再看看手中的饺子，勉为其难地说道："好吧，不过说好了，你们只能吃一个……"

话还没有说完，戴劲和郝爽直接扑过去抢："你就拿来吧……"

小美的饺子让高子枫的好心情维持了一整天，放学回家的时候，他还手舞足蹈津津乐道："小美的妈妈手艺真是太好了，我今天……"

话说到一半，郝爽和戴劲就同时停下了脚步。

高子枫回头一脸不解地看着两个人："你们干吗？"

郝爽目瞪口呆地看着前方，用力地吞了吞口水，然后转头看着高子枫："这怎么回事？疯子，你是不是对胖子始乱终弃了，所以他才会这么死心塌地地来找你麻烦？"

戴劲想起昨天傍晚他们三个人丢盔弃甲落荒而逃，心里就暗暗不爽，此刻见只有陈胖子一人，立即摩拳擦掌跃跃欲试："今天就他一个人，就体重来说，我们三个和他一个是平等的了。"

高子枫有了异能相助，打不赢可以跑，也一点儿都不紧张，反而摸着下巴说道："我用小宇宙感觉，这回必有一战。"

郝爽一听，没好气地白了高子枫一眼："说得这么豪气冲天的，我们以前打过架吗？都是被打好不好？"

戴劲一脸自信地看了高子枫一眼："现在咱们可不一样了！你忘了我们已经进阶成后排闪电 BOY 了吗？"

今天早上一来，高子枫就已经把他有异能的事情跟两个人说了，正好现在可以看看。

高子枫和郝爽听见戴劲给三人组取的名字，顿时都沉默了。

陈胖子不知道三个人在说什么，此刻他像是下一刻就要英勇就义似的，一个人十分勇敢地朝三个人靠近。

郝爽恨铁不成钢地看了身边的两个人一眼："取名渣星人你闭嘴！疯子，陈胖子过来了，现在怎么办？"

高子枫捏着拳头，看着陈胖子慢慢走近，坚定地说道："不管怎么办，反正这一次我不会跑了！"

说话间，陈胖子已经走到了后排男孩面前。

陈胖子不屑地看了三个人一眼，然后用手戳了戳郝爽的胸口，再戳了戳戴劲的胸口，最后要拍拍高子枫脸的时候，手被高子枫一把拍开了。

"呵，胆子大了不少啊。"陈胖子危险地笑了，眯起眼睛看着高子枫说道，"现在我就让你看看什么是男子汉！"

说完胖子就要对高子枫动手，高子枫以肉眼看不见的速度跑到了陈胖子的后面，最后陈胖子一拳头打在了空气中。

"好样的！"围观者之一郝爽忍不住拍手。

"疯子，干他！"围观者之二戴劲兴奋得要跳起来。

"人呢。"陈胖子左右看了看，却没有看见人，高子枫从背后拍了拍他的肩膀，"我在这里。"

陈胖子下意识地转头，一眼就看见一个拳头朝自己飞来，下一秒，陈胖子的左眼就被打了一拳。

"好！"郝爽和戴劲同时鼓掌。

高子枫看了两个人一眼："你们被打了那么多次，就不想打回去？"

郝爽和戴劲对视一眼，扔下书包就跑了过去，三个人围着陈胖子就是一顿好揍。

Lee刚走到学校门口，看见高子枫和陈胖子打架，连忙返回去找校长。

办公室里，校长正在和姜浩、高语说话。

"姜老师，我看你最近脸色不好，要不要去医院看看？"校长一脸担心地问道。

"不用了，肯定是最近太累了，所以看上去脸色有点差。"姜浩笑了笑，又低头继续批阅作业。

高语担心地看了姜浩一样，刚想说话，就被门口忽然冲进来的人打断了。

"校长，门口有人在打架。"

校长一听，顿时怒了，在校门口打架，简直是有辱校风！

校长二话不说就冲出了办公室，高语心中有不好的预感，也想跟着冲出去，一抬头发现 Lee 正似笑非笑地看着自己。

高语被 Lee 的眼神吓了一跳，一头雾水地看着他："Lee 老师？"

"高老师啊，你也出去看看吧，好像是你的儿子在打架呢。"

高语一听，也顾不上许多，连忙跑了出去。

校长赶到学校门口的时候，一眼就看见门口四处飞扬的灰尘，四个人正打得不可开交，校长怒气冲冲地走到四个人身边，扯着嗓门大声喊道："都给我住手！"

正打得畅快的高子枫、戴劲和郝爽连忙停下手，一脸惊讶地看着突然出现在眼前的校长。

古色古香的办公室里，气氛十分严肃。

校长一直在打电话，没有一个人敢开口说话，高子枫、郝爽和戴劲三个人眼神转来转去，最后全部都瞪向陈胖子。

忽然，校长重重地挂了电话，砰的一声打破了办公室里的安静，低着头站着的后排男孩和高语都吓了一跳。

"三个打一个！情况非常恶劣！高老师，陈同学受伤了，刚才对方家长在电话里要求赔偿医药费和损失费！你自己看着处理吧！"

高语依旧是低着头没有说话，耳边听见电话里的人幸灾乐祸地在那里喊："子不教，父之过。子打架，父赔钱！"

气得他真想直接把电话给砸了。

"校长，我们暂时还没有这么多的钱，能不能给我们点时间，我们去筹筹钱。"过了好一会儿，高语这才抬起头，一脸为难地看着校长。

校长看了高语一眼，点点头："看在你为学校付出了这么多的分儿上，我去帮你说说，宽限几天，不过你们要尽量把钱筹齐。"

"是是是，我一定尽快筹够钱。"

好说歹说校长才肯放人，高子枫跟郝爽和戴劲分开后，就垂头丧气地跟着高语回去了。

第十二章

英雄不为钱折腰

客厅的沙发上坐着六个人，大家都盯着茶几上的单子，一声不吭。

过了好久，林未未才没好气地拿起茶几上的单子看了一眼，黑着脸质问高语："这是怎么回事？子枫怎么又打架了？你怎么管孩子的？"

高语心里也急，说话的语气自然也没有那么好了："现在管孩子是重点吗？重点是那位同学被子枫伤得不轻，要一万的医药费！"

这话音一落，六个人忍不住同时叹了口气，林未未忧心忡忡地看着手中的单子说道："我们家现在还欠着钱呢，上哪儿弄这一万块钱去啊？"

高子枫难过地低着头，有些后悔，如果当时没有那么冲动，现在大家也不会为这个烦恼了。

高婷看了高子枫一眼没有说话。

林未未本来想狠狠地训斥高子枫，但是见他低着头失落的样子，嘴边的话怎么都说不出来，最后晃晃手，有气无力地说道："时间都不早了，大家都回房间休息吧。"

一直没有说话的林隐默默地提醒她："姐，我们都还没有吃晚饭呢。"

林未未一拍脑袋，这才发现大家都还没有吃晚饭，连忙起身去厨房准备晚饭。

晚饭后，大家都闷不吭声地回了自己的房间，仓库里的气氛难得这么压抑。

林未未拉着高语在房间里商量："现在咱们上哪儿去凑那么多钱啊？"

就算是把这个破仓库给卖了，估计都不值那么多钱。

高语也是满脸愁容："不如你去找人借借吧，你认识的都是演艺圈的人，肯定很有钱，一万块钱还不是小 case。"

经高语这么一说，林未未想到了自己的好闺密咪咪，她点点头："那行，明天我就去找咪咪问问。"

高语叹着气点头，现在也就只能这样了。

安静高档的咖啡厅里放着浪漫的音乐，林未未紧张地坐在位子上，对面空空荡荡的，没有一个人，她看了看手表，还没到和咪咪约定的时间，她定了定神，决定先做做练习。

"咪咪，最近我们家发生了一点事儿，你也知道……唉，不行不行。"林未未双手捧着下巴，一张苦瓜脸，"这么说会不会显得太咄咄逼人了？"

林未未伸手拍拍自己的脸，重新振作起来，用力挤出一个温柔的笑容，看着对面空荡荡的位子，继续练习。

"咪咪，咱们也认识这么多年了，有件事儿，我想找你帮忙……啊啊啊，感觉也不对啊！"

林未未内心有些抓狂，抬手撑住额头，表情丧气，目光呆滞地自言自语："这么说又好像我拿交情来挤对她。唉，到底要怎么说啊！啊啊啊啊啊啊！"

周围的人听见林未未抓狂的声音，纷纷转头好奇地看过来，林未未后知后觉地反应过来，尴尬地低下头。

这回丢人丢到姥姥家了。

林未未深深地吸了口气，暗暗握拳，小声地自言自语道："林未未，伸头是一刀，缩头也是一刀，反正借钱总是丢脸的，理由也不重要，还不如痛痛快快直接说了得了！"

刚说完，对面突然有人坐下，林未未吓了一跳，被惊得回过神来。

咪咪取下帽子和墨镜，抬手喊来服务员，点了一杯咖啡，这才莫名其妙地看着林未未说道："我从进门就看你一个人在这念念叨叨，你干吗啊，背台词？"

林未未不敢看咪咪，只是低着头看自己的手指小声地说道："那个，咪咪我有事儿求你。"

咪咪喝了口咖啡，十分豪爽地挥了挥手："哎呀，咱们什么关系啊，有什么求不求的啊，有事儿你就直接说。"

林未未听得一喜，连忙开口："我想向你……"

"对了！"咪咪似乎想起了什么了不得的事情，打断林未未的话，一脸不悦地说道，"我给你带了本杂志，我新拍的，今天刚拿到的。"

说完咪咪从包包里翻出来一本杂志，递给林未未，嘴里依旧没停："你看看，我觉得拍得不是特别好。说是什么总监给拍的，提供的倒也都是大牌的衣服，可还是显得我特别胖，下次他们再找我，我肯定不拍了。"

林未未笑得一脸尴尬地接过杂志，想开口，偏偏咪咪一直说个不停，她根本就找不着时机。

"啊，我去趟洗漱间啊。"咪咪绕着一本杂志说了半天，最后起身去了洗手间。

林未未心里有些焦躁，悄悄跟上咪咪，却不料听到咪咪在厕所里一边打电话一边哭，频频拭泪："阿姨您怎么又跟我提涨工资了？我爸妈都是癌症晚期，这几年两个人的花费加起来您也知道的，我这里真的不富裕，不怕你笑话，我现在很穷，也欠了不少钱，但我还是想给爸妈治病，您照顾了他们好几年了，我知道您辛苦，但是您老要涨工资我真的承担不起了……"

最后那阿姨也不知道说了什么，咪咪气愤地挂断电话，又赶紧拿出粉饼来补妆。

很快咪咪就提着包回来了，像个没事人似的在林未未的对面坐下，看着她一脸好奇地问道："哎，未未，你怎么坐着发呆啊，对了，你刚说的到底什么事儿啊？"

林未未看了咪咪一眼，想了想刚才的所见所闻，借钱这件事跟咪咪开不了口，于是打着哈哈敷衍过去了。

回到仓库，高语看见她连忙迎了上去，还没有问出口，林未未就叹着气，摇了摇头。

高子枫和高婷躲在门后看着两个人，心情顿时更加失落了。

操场的角落里，高子枫小心翼翼地从口袋里拿出一个红色的塑料袋。

郝爽和戴劲一脸茫然地对视一眼，然后看着高子枫小心翼翼地拆开红色塑料袋，又从里面拿出一个白色的塑料袋，白色的塑料袋中装着一个小箱子。

"疯子，我说你里面包着炸弹啊？一层一层包裹得这么严实。"戴劲没好气地看着高子枫，凑过头问道。

高子枫抬起眼皮看了戴劲一眼，喊了一声："这里面放的都是我的宝贝，弄坏了怎么办？"

　　说完高子枫打开箱子，轻手轻脚地从里面拿出手办，郝爽和戴劲看得一脸兴奋。

　　"之前不管怎么说你都不肯带来给我们看，今天太阳打西边出来了？"郝爽兴冲冲地盯着高子枫手上的手办看，两眼发光。

　　戴劲猛地点头，然后一脸警惕地看着他："对呀，今天怎么这么大方？"

　　别又是在打什么鬼主意吧。

　　高子枫抬起眼皮看了两个人一眼，咬咬牙，心一狠，将手办重新放回箱子，然后往前一推："你们也知道这些手办都是绝版，卖给你们，你们能出多少钱？"

　　郝爽和戴劲一愣，顿时面面相觑。

　　戴劲看了看箱子里的绝版手办，再看看高子枫一脸不舍的表情，明知故问："卖给我们？你舍得？"

　　郝爽支着下巴想了想，直接问道："疯子，你这么缺钱，难道是因为陈胖子的赔款？"

　　高子枫失落地点点头，眼神压根就不舍得从箱子里的手办上移开："嗯，祸是我闯的，我不能全靠家里，而且我们家什么情况你们也知道。"

　　高子枫的声音越来越小，郝爽和戴劲对视一眼，两个人同时拍了拍高子枫的肩膀，异口同声地说道："你等我们一下。"

　　说完两个人拔腿就往教室的方向跑，高子枫一脸心疼地看着箱子里的手办："你们可千万别怪我，现在我养不起你们了。"

　　郝爽和戴劲很快就跑回来了，两个人手里都抓着一把钱。

　　郝爽把手里的钱往高子枫面前一伸："祸是我们一块闯的，怎么能让你卖东西，我就这么多钱，你都拿去，晚上回去我再问问我妈，明天给你带来。"

　　戴劲也忙不迭地把手里的钱塞给高子枫："我零花钱不多，也先给你，晚上我也回家问问我爸去。"

　　高子枫看着手里被两个人塞了一把钱，连忙摇头拒绝："不行，我不能白要你们的，而且你们也别告诉家里了，回头还要跟着我一起挨骂，多不划算啊。"

　　郝爽和戴劲不耐烦地跺跺脚，边跑边说道："你一个男子汉，就别那么磨叽了，我们先走了。"

　　两个人很快就不见了身影，高子枫失魂落魄地收起手办，一转头看见 Lee 在走廊上，他眼前一亮，抱着箱子赶紧跑了过去。

"Lee 老师！"高子枫追过去，兴奋地在他的身后喊了一声，Lee 听见声音，回头看了一眼，高子枫一脸期待地看着他："你喜欢玩手办吗？"

Lee 一脸疑惑地看着高子枫，高子枫小心翼翼地打开手里的箱子，伸到他面前，一脸期待地说道："这些可都是绝版手办，你要是喜欢的话，我可以卖给你。"

Lee 看了箱子里的手办一眼，再看看高子枫："这些都是绝版的，你舍得卖？"

高子枫失落地低着头，有些扭捏地说道："谁让我现在需要钱呢。"说完长长地叹口气，一咬牙一跺脚，狠心地说道，"Lee 老师，你到底要不要？"

Lee 看着箱子里的手办，了然地问道："你家没钱给陈胖子赔偿？"

高子枫无语地翻了个白眼，知道就好了啊，说出来干什么。

Lee 见高子枫已经有些不耐烦了，连忙接过来，一脸和蔼地说："这些都是你的宝贝吧？不如你先借我玩几天，我待会儿把押金给你爸，等你把钱还上了，我再把这些手办还给你。"

高子枫顿时两眼发亮，一双眼睛瞪得溜圆："Lee 老师，你简直就是仙女下凡啊。"

Lee 无语地看着高子枫："……我是男的。"

高子枫现在哪里还有什么心思管他男的女的，一股脑地把手里的箱子塞到 Lee 的手上，叮嘱道："Lee 老师，记得把押金给我爸啊，这些绝版手办你一定要好好爱护啊，如果它们少了一根汗毛，小心我拿你是问。"

说完高子枫就跑了，Lee 低头看着手中的箱子，脸上露出一抹诡异的笑容，转身朝办公室走去。

安静的办公室，大家都在忙碌，高语扫了办公室一眼，一脸尴尬地站起来，又犹豫地坐下，随后想到了什么，又慢慢站起来……

坐在高语对面的陈老师注意到他一连串的动作，一脸莫名其妙地看着他："高老师，你这是什么新的减肥方法吗？"

另一个老师听见陈老师的话，回头看了高语一眼，发表意见："高老师又不胖，减什么肥呀。"

高语看了大家一眼，咬咬牙狠狠心走到老师中间，团手作揖。

"各位老师，最近我家里出了点事儿急需用钱……不是火灾……"他顿了顿，见大家都盯着他看，更加尴尬，低着头气也不喘，一口气说完，"但是钱确实都花在火灾赔偿上了，现在实在为难，不知道大家方不方便借我一点？一共要一万，凑凑也行！"

呼……

高语长长地舒了口气，终于说出来了。可是他等了半晌，办公室里的老师没一个吭声的，高语脸上的表情微微一僵，更加尴尬。

最后还是陈老师先打破安静，呵呵笑了一声，从口袋里拿出几张毛爷爷，往高语手里塞："我还以为是什么事儿呢，大家低头不见抬头见的，也别说借了，我这里也不多，先给五百你凑凑，不用还了。"

陈老师起了个带头作用，其他老师也纷纷走到高语的身边给他送钱："对呀，我这也有一千，你先拿去用。"

高语再一次尝到了收钱收到手软的滋味，但是心境却与上次完全不一样，他捏着手里的钱，摇着头说道："不行不行，你们要是不让我还，这钱我就不敢接了。"

大家却都只是笑了笑，没有说话，Lee 刚从门口进来，听见高语的话，将事情猜了个七七八八，走到自己的位子上抽出一沓钱，递给高语："高老师，这有一千，算是押金，你儿子刚借给我几个绝版的手办玩，回头你有钱了再给我，到时候我再把手办还给子枫。"

高语一脸感激地看着 Lee，接过钱，连连道谢："Lee 老师，你们都是好人。"

Lee 笑了笑没有说话，嘴角诡异的笑却越来越大。

天气忽然变得阴沉沉的，原本湛蓝的天空被大团大团的乌云覆盖，一场大雨如期而至。

放学后，高语和林未未躲在卧室里数钱，家里所有的钱加上高语凑的钱都不够一万，高语这下更加忧伤了："剩下的钱咱们去哪儿弄啊？"

林未未也忍不住唉声叹气，忽然想到了什么，两眼一亮："我有办法了！"

高语顿时两眼期待地看着她。

夜色昏暗，仓库里鸦雀无声，此时时间已晚，大家都睡着了。

忽然，有两个鬼鬼祟祟的身影从卧室里出来，轻手轻脚地朝林焱的画室走去。

画室里，鹦鹉看着弯着腰进来的两个人影，尖着嗓子叫："恭喜发财，早生贵子。"

高语和林未未默默地对视一眼，没有说话，两个人拿着手机打了个光，打量着挂在墙壁上的画。

高语有些犹豫，看着林未未定不下主意："这些画可都是你爸的心肝宝贝，咱们真的要这么做吗？"

林未未盯着墙上的画来来回回地看，似乎在选择："就因为是心肝宝贝所以才贵啊。"

高语想了想，觉得还是不行："可是，爸要是知道了，会杀了我的！"

原本弯着腰正四处搜寻的林未未顿时直起腰来，双手叉着腰，凶神恶煞地看着高语："怎么，现在想打退堂鼓了？"

高语被林未未看得一阵心虚，低着头不敢看她的视线，解释道："我这不是担心嘛。"

林未未喊了一声，收回杀气腾腾的眼神，继续在墙上搜寻："你是担心我爸生气，还是担心我爸杀你啊。"

高语试图去拉林未未的手，踌躇地说道："要不然算了……"

林未未眼睛一瞪，直接甩开高语的手："那你还能有别的办法吗？有的话，我现在立马就出去。"

他要是有办法现在也不用这么惆怅了。

高语低着头沉默。

林未未皱着眉头看了高语一眼，想了想，安慰他："我也是我爸的心肝，子枫更是我爸的宝贝外孙，就算真有什么事儿，也有我们两个在前面挡着，你就别在这里瞎操心了。"

高语听林未未的话，差点直接哭出来："所以死的才是我啊。"

林未未没想到自己劝了半天高语还是一句话没听进去，怒目一瞪，显然火气不小，高语吓得立马举手投降，做出一副英勇就义的表情，捏着拳头表情坚定："为了妻儿，死有何惧！动手！"

林未未这才满意了，哼了一声，看着墙角的两幅画，犹豫着选那一幅："你别整得我爸真的会杀你一样好不好。我跟你说，我爸这儿收藏多，我们偷一幅去卖就够了，找个边上的，他说不定都不会很快发现。"

不会很快发现不还是会有发现的一天？

高语默默地想着，嘴上却轻快地应道："行，都听你的。"

两人摸摸看看，最后选定了一幅最角落的画，高语将画取下来卷好，心虚地跟着林未未出了画室。

伸手不见五指的夜晚，林未未和高语谁也没有发现，画室外，有个人慢慢离开。

　　街道上，两个男人坐在路边的长椅上一起吸烟，迎着路灯光线的是陈胖子的爸爸，暗影的人看不清面目。

　　背着光的男人狠狠地吸了一口烟，语气坚定地说道："不管怎么样，一定要让他们家好好低头认错。"

　　陈爸连连点头："你说得没错，我这就去找他们，不给他们点颜色瞧瞧，还以为我陈某人好欺负呢！"

　　陈爸想到儿子被揍成的那个惨样，气得直接把烟扔了，抬起脚狠狠地捻灭。

　　神秘人站起身，犹豫了一下，阴笑着说道："先催到钱再说。一文钱难倒英雄汉，这一招就够治他们家了。"

　　陈爸不知是想到了什么，也忽然奸笑起来："我还有一招制他们，双管齐下吧，看这次不给他们点厉害尝尝。"

　　神秘人站起身，跟陈爸握了握手，两个人各自离开。

　　暗影里，一个人影慢慢走出来，正是 Lee，只不过他脸上的表情完全不同于借钱给高语时的表情。

　　仓库里，六个人围着茶几坐着，林未未将这些凑到的钱放在茶几上，苦着脸叹气："凑了这么多天，还是少了点。"

　　高婷看了一眼桌子上的钱，然后慢慢地从口袋里掏出一叠钱，放在桌子上。

　　高子枫瞪着茶几上的钱，惊讶地看着高婷："姐，你哪里来的这么多钱，平时藏小金库了？"

　　高婷没好气地看了高子枫一眼，抬手就往他头上打了一下："存小金库能存到这么多钱吗？这是……"

　　另外五个人的眼光齐齐看着她，等着她后面的话。

　　高子枫见高婷扭捏了半天，目瞪口呆地猜测："姐，你不会是卖艺了吧？"

　　"去你的，我卖艺就值这点钱？"高婷白了高子枫一眼，这才说道，"我把我收藏的男团写真买了，凑了这么多钱。"

　　"姐！"高子枫跳起来怪叫，"那不是你最喜欢的男团吗？"

　　高婷瞪了高子枫一眼，没有说话，高语一脸欣慰地看着高婷点头，刚想去数钱，一直坐着没动的林隐也从口袋里掏出一些钱："这是我卖游戏装备的钱。"

　　高子枫把郝爽和戴劲给他的钱也拿出来了，桌子上顿时又堆了一些钱，高语和林未未对视一眼，迫不及待地数了起来。

　　"九千九百九十九块八，九千九百九十九块九，一万！"高语一个一个地数着一毛的硬币，最后终于算完了，不多不少，正好一万。

　　"终于凑齐了。"林未未长舒一口气，热泪盈眶地看着桌子上的钱。

　　高子枫和高婷等人也松了口气，大家对视一眼，原本十分严肃的氛围顿时好了不少。

不过大家的开心并没有维持多久就被门外的人给毁了。

仓库的门被人拍得砰砰作响："开门开门，有本事打人，有本事开门啊，别躲在里面不吱声，我知道你们在家！出来赔钱！"

仓库的门寿命已久，本来就维持不了多久了，偏偏陈爸的力道还不小，门上的灰尘都被他拍得嗖嗖往下掉，眼看着门就要支撑不住了，高语连忙站起来走到门边开了门。

陈爸一看见高语，立即蹬鼻子上脸的，捋着袖子凶神恶煞地说："你们今天要是再不给医药费，我就……"

高语被陈爸的架势吓得往后退了好几步，连忙点头："给给给，我们给！"

陈爸这才满意地哼了一声，扫了高子枫一眼，看见茶几上堆着的钱，抬着下巴十分嚣张："现在我儿子伤势恶化，医药费要两万才够！"

这话一出，高家人全都吃了一惊，高子枫气得想骂人，刚站起来就被高婷拉住了。

高婷看了高子枫一眼，冷着脸看着陈爸："哪儿恶化了？怎么恶化的？恶化成什么样子了？医生检查结果是什么？诊断报告在哪里？医疗费单据在哪里？这些你都不说出来，我们怎么知道你儿子是真的病情恶化了还是你在诳我们？"

陈爸没有想到高婷的爆发力这么大，顿时哽在哪里说不出话来，最后只能重重地哼一声，嘲笑道："你们家两个孩子，一个缩头乌龟，一个自以为是，你们家这家教，啧啧，真是无可救药。"

高语见陈爸攻击自己的儿子女儿，这下不高兴了，眉头一皱，十分严肃地看着陈爸："陈先生，我的孩子自己会教，不需要您瞎操心，至于您儿子，如果真的病情有变，我们绝不会赖账。"

陈爸顿时激动得怪叫起来，侧开身子，指着站在他身后的陈胖子："当然是真的，你看看我儿子的手，都断了。"

陈爸说完就连忙给陈胖子使了个眼色，陈胖子哪能不懂啊，立即捂着手臂叫唤不停，表情夸张。

一直没有说话的高子枫按捺不住了，没好气地甩开高婷拉着他的手，站起来瞪着陈胖子："我给你打，随便你打成什么样，多打的算送我的，反正现在我们家要钱没有，要命也只有我一条！"

陈爸上下打量了高子枫一眼，哼哼冷笑："这个办法不错，反正你们家也没钱，我们打回来，这一万也不要了。"

陈胖子见陈爸朝自己点了点头，下意识地就想动手，看上去行动并没有什么阻碍。

高语等人见了，连忙走过来，神情紧张地拦在高子枫前面。

"哟，你们家这还是挺团结的嘛，怎么，想一起被打？"陈爸嘲笑地看着挡在高子枫面前的几个人。

高语站在最前面，颇有一家之主的气势："陈先生，我们只是想看看证据。"

高子枫站在最后面，看着爸妈和姐姐的维护，满脸感动，但是看到陈爸和陈胖子那两张嚣张得意的嘴脸时，气得恨不得好好把两个人打一顿。

陈爸见高语不信，拿出早就准备好的 CT，往高语面前一扔，哼了一声："要证据是吗？给你！你们自己看看 CT，我儿子上臂都骨折了！"

陈爸的话刚说完，陈胖子的手被一股外力控制，转了一圈，两圈，三圈……

陈胖子和陈爸顿时一脸茫然，陈爸连忙给陈胖子使眼色，这时候转什么手啊，这不是在打他的脸吗？

"爸，我的手停不下来了。"陈胖子莫名其妙地看着陈爸，他身边明明没人啊，怎么感觉有人抓着他的手一直转似的。

高语知道了是林隐在暗中帮忙，趁机说道："唉唉，这骨折了都不喊疼啊？还是你已经没了痛觉了？"

陈爸连忙往陈胖子脚上一踩，陈胖子痛得差点就直接跳起来，赶紧抱着手臂哎哟哎哟地叫，那表情夸张得像是在演相声似的。

陈胖子抱着手，脸上的五官都扭曲了，声音极大地喊道："宝宝手很疼只是宝宝忍住不说！"

陈爸看了陈胖子一眼，从口袋里掏出火机，趁机说道："你们简直欺人太甚，信不信我一把火把这儿也烧了！"

一直默不作声的高婷看了陈爸一眼，然后回头看了一眼画室的方向，眼中闪过一抹精光，抬手打了个响指，时间顿时静止了。

高婷把林焱推到陈胖子父子旁边，并把林焱的手放在火机旁边，十秒钟过去了，原本静止的一切恢复动态，林焱刚反应过来，高婷就在他手上掐了一下，林焱会意，手上生出一团火，然后一脸惊恐地在地上滚来滚去。

林未未见状，见着嗓子喊："哎哟，快来人啊，有人杀人放火啦！"

高语、高婷、高子枫、林隐看热闹不嫌事儿大，帮林未未拖长了尾音：

"啦——"

声音很大，远远地还能听见回声。

陈胖子父子被这突然转变的状况吓得脸都白了，赶紧往门口跑，陈爸还把手里的打火机给扔了。

一转眼的工夫，两个人就不见了，高家众人连连击掌庆贺："耶！终于跑了！"

"看他们下次还敢不敢来，到时候我一定给他们一个教训！"高子枫用力捏了捏拳头，发出咯吱咯吱的声音。

高语没好气地点了点高子枫的脑袋："还打，你是嫌这次的事儿闹得不够大是吧？"

高子枫顿时可怜兮兮地低下头："也不能全怪我啊，是他自己送上门的。"

"你还说！"高语抬起手，眼睛一瞪，作势要打他。

"姥爷，救命啊！"高子枫连忙往林焱的身后钻，高语这下不敢太放肆，只能站在林焱面前干瞪眼，高子枫顿时得意地吐了吐舌头，"你来打我啊。"

林焱哭笑不得地看着众人，把手往他们面前一伸："先别闹，我的眼泪刚用完，你们谁赶紧哭一下啊！"

众人你看看我，我看看你，集体摇头。

高子枫："姥爷，我这会儿心情好着呢，根本就哭不出来啊。"

他耸耸肩，一副为难的模样。

林隐摸了摸后脑勺："爸，我先回房间去酝酿一下，你等着我啊。"

高语和林未未嘿嘿笑着回了房间。

高婷和高子枫对视一眼，正想悄悄地逃回房间，却被林焱叫住："子枫，婷婷啊，快过来坐着，姥爷跟你们讲讲我以前的艰苦生活，你们肯定就能哭出来了。"

"不要啊……"

仓库里顿时传来高子枫和高婷生无可恋的惊呼声。

第二天天刚亮，林未未就要起床，高语迷迷糊糊地拉住她的手："老婆，这么早就要出去啊？"

林未未没好气地瞪了高语一眼，起身穿衣："我起来做早饭。"

家里最大的问题已经解决了，林未未心情自然好，早早地就起来做了早饭，高子枫还在跟周公下棋的时候就闻到了香味，最后生生被香味被熏醒了。

"香死我了！"高子枫穿好衣服就以最快的速度往厨房奔，对于看见的是"妈妈的背影"而不是"爸爸的背影"这种事情，高子枫深感欣慰。

"妈，你终于给又给我们做早饭了。"他觉得自己又从地狱回到了人间。

林未未回头看了他一眼，笑眯眯地说道："快洗手吃饭。"

高子枫像个小女生一样扭扭捏捏地应了一声，然后跑到林未未的身边，抱着她的手撒娇："妈，你回来吧，不要去拍戏了，我想天天都看见你，天天都吃你做的饭。"

林未未脸上的笑意一收，顿时露出不耐烦的表情："高子枫，给你点颜色你还开染坊了是吧？赶紧给我滚去洗手！"

高子枫一阵风似的进了洗手间。

林未未看着锅里的饺子，轻轻地叹了口气。

吃早饭的时候难得一家人都在，高语看着狼吞虎咽的高子枫，心里有些不满，平时他做早饭的时候怎么没见他吃得这儿欢快。

"既然大家都在，我要宣布一件事情。"高语放下筷子，敲了敲桌子，郑重地说道。

众人纷纷抬头看着他，他却只看着高子枫。

"为了防止高子枫同学再利用异能惹出事情，我觉得非常有必要对高子枫同学做一番约束。"高语不急不慢地说道，"第一，在外不能随意使用异能。"

"我抗议！"高子枫不满地大叫。

"抗议无效！"所有人都把视线移到高子枫的身上，异口同声地说道。

高子枫顿时就耷拉着脑袋。

"第二，对高子枫批评教育的时候，高子枫不能使用异能躲避；第三……"高语顿了顿，嘿嘿笑了一声，"在家可以使用异能帮我买酒。"

高子枫一脸郁闷地往嘴里塞了个包子，口齿不清地抱怨："闪电侠的超能力就是给你买酒的？爸，你脑子被门夹了吧？"

高语严肃地看过去，高子枫顿时不敢说话了。

"既然大家都没有意见，那就这么决定……"

"我有意见！"林未未抬起手，笑眯眯地看着高子枫，"其实子枫有时候可以使用异能送我去片场嘛，这样的话我就不用大清早地爬起来了。"

"哎呀，妈——"高子枫不赞同，"我也有意见。"

"意见驳回！"高语拿着公文包站起来，看着高子枫和高婷说道，"你们再不快点，就要迟到了。"

高子枫这才不情不愿地吃完了早饭，跟在高婷的身后去了学校。

下了一夜的雨，树叶上沾满了晶莹的露珠，空气也很清新，高婷跟高子枫在教学楼分开，朝自己的教室走去。

还没进去就听见班里的吵闹声，高婷皱了皱眉头，走到门口才看见朱迪在发试卷。

朱迪看见高婷，挥了挥手里的试卷，大声吆喝："哎，来了来了，我们的班长来了。"

大家听见声音都纷纷转头朝高婷看去，高婷黑着脸，有些不自在地在位子上坐下。

"咦，班长，听说你那个弟弟考试的时候抄袭了啊，你还帮他传答案？"朱迪本来想直接坐在高婷的桌子上的，奈何太胖了，试了几次都没有坐上去，这才尴尬地作罢。

高婷手上的动作一顿，面无表情地看着她。

"哎哟，你可别用这种表情看着我啊，我害怕着呢。"朱迪得意地叉腰大笑，根本不打算放过她，"你说你这个姐姐是怎么做的啊，弟弟抄袭，你竟然还帮着她，你平时考试的成绩不会也是抄袭出来的吧？"

高婷忍无可忍无须再忍，瞪着朱迪："你早上是没刷牙吗？嘴巴那么臭。"

朱迪一时没有反应过来，当着全班同学的面哈了哈气，意识到高婷是在骂自己后，她脸色更加难看，抬起下巴嚣张地看着她："难道我说错了，你自己看看这次的成绩，还没有我高呢。"

说完就把试卷往桌子上一扔，哼了一声，继续嘲讽她："就你家事儿多，一会儿被烧一会儿抄袭，弟弟还打架，也不知道高老师平时是怎么教你们的……"

高婷一听朱迪提到高子枫和高语，顿时也忍不了了，手掌用力地拍了拍桌子，刚想说话，却被另一个人抢了先。

"朱迪，你不就是妒忌高婷成绩比你好吗？你怎么这么小心眼儿呢。"夏昆阳的挺身而出让高婷心里一阵感谢，她感激地看了他一眼，没有说话。

"这是我和高婷之间的事儿，关你屁事啊！"朱迪叉着腰，像极了泼妇，眼睛使劲儿地翻着白眼，要是眼睛真的能杀死人的话，夏昆阳现在已经被朱迪给瞪死了。

"你在教室这么吵，碍着我学习了！还有啊，你看看这个样子，整得像个祥林嫂似的，你还真想做圆规啊。"夏昆阳站在朱迪面前，个子整整比她高出了一个头。

"你……我……"朱迪气得连话都说不出来。

"我什么我啊，别叽叽歪歪的，上课了！"刚说完，正好响起了上课铃，朱迪狠狠地瞪了高婷一眼，不甘心地在座位上坐下。

夏昆阳经过高婷的时候，还对她笑了笑，高婷疑惑地看了他一眼，安静地等老师来。

苏菲抱着一叠书进来，站在讲台上环视一周，最后将视线定格在高婷的身上，皱了皱眉头。

"同学们，这次的考试大部分同学都发挥得很好，没发挥好的同学不要气馁，继续努力……"

高婷看着自己试卷上的分数，心里顿时觉得恹恹的，也没什么心思听课，下课的时候烦闷地趴在桌子上，忽然听到有人拍了拍桌子。

"高婷，来我办公室一下。"苏菲看了一眼高婷，离开了教室。

高婷想了想，站起来跟上去，听到朱迪在身后嘲笑："啧啧，看来尖子生这次要受批评了。"

高婷暗暗翻了个白眼，懒得理她。

办公室里只有苏菲和高婷，其他的老师都上课去了，苏菲拿出这次月考的成绩排名，犹豫地说道："高婷，老师知道你家里出了不少的事儿，你心理压力大，越是这样你越想考出好成绩，可是往往结果不尽人意，这次的考试只是一次意外，没什么大不了的，你不要放在心上。"

高婷低着头不说话。

苏菲看了看她，继续说道："每个人在面对高考的时候都难免紧张，老师当年也一样，你要是觉得心里有什么过不去的就跟我聊聊，我希望我不仅仅是你的班主任，也能成为你的朋友。"

苏菲苦口婆心循循善诱开解着高婷，希望她能够把心里话说出来，这才高三的孩子，心里藏着那么多事，学习怎么能好？

高婷始终低着头，没有看苏菲："苏老师，对不起……"

反正那些事情说了她也不懂。

苏菲轻轻地叹口气，最后无奈地说道："好了，时间不早了，快回家吧，明天还要上课呢。"

高婷转身就走，苏菲看着高婷离开的背影，若有所思。

"看我来一招降龙十八掌，打得你屁滚尿流！"高子枫背着书包，警惕地看着郝爽。

郝爽特别娘气地竖起两根手指："我一个葵花点穴手就能制服你！"

下一秒，两个人就呼哧呼哧地打到一起去了。

"哎哎，你们俩别打了，疯子，你看那是不是你姐，你……"戴劲看见身后心不在焉的高婷，立马跑到两个人中间去找死，于是他的后背被高子枫狠狠地拍了一掌，而郝爽戳过来的两根手指差点戳到他的眼睛里。

"噗——"戴劲差点把肺都吐出来，双眼含泪地看着郝爽和高子枫，"两位大侠，我与你们往日无怨近日无仇，何苦要置我于死地？"

高子枫对于自己"失手打了无辜的人"这种行为没有半点的愧疚，走到戴劲身边，拍了拍他的肩膀："天堂有路你不走，地狱无门你偏闯。"

"去去去，我找你有事儿呢。"戴劲没好气地拍开了高子枫的手，指着高婷说，"那不是你姐吗？我怎么看她像是要哭了似的？"

高子枫顺着戴劲指着的方向看过去，犹豫地说道："那是我姐没错，可是你说她要哭……"高子枫拖长了尾音，使劲儿地敲了敲戴劲的头，"我姐那么彪悍，像是那种要哭的人吗？"

"疯子，你还别说，我觉得你姐肯定心情不好，你是不是应该去安慰一下？"郝爽也凑了过来。

高子枫若有所思地看了高婷一眼，哼了一声就朝她走去，郝爽和戴劲对视一眼，异口同声地叹口气，然后两个人肩搭肩就回去了。

高子枫跑到高婷身边，凑近她，一声不吭地盯着她的脸看。

"你丫有病啊。"高婷翻了个白眼，把高子枫推开。

"姐，你心情不好啊？"高子枫老实地跟在高婷的身边，不敢再乱动。

高婷看了高子枫一眼，顿了顿才哼了一声："你哪只狗眼看见我心情不好了？"

"我两只眼睛都没看见，是戴劲的狗眼看见的。"高子枫连连摇手，把责任推得一干二净。

高婷顿时被噎得说不出话来，瞪了高子枫一眼，没有说话。

"姐，我来给你变个魔术吧。"高子枫看着高婷的背影，兴冲冲地跑到高婷的面前，笑眯眯地说道。

"你还会魔术？"高婷喊了一声，"不会是胸口碎大石吧？"

"胸口碎大石太粗俗了，不适合我这种优雅的人。"高子枫连连摆手。

高婷听不下去了："你要么快点变，要么别挡住我的路。"

高婷嘿嘿笑了一声，连忙让开路："姐，您慢点走。"

高婷斜睨了他一眼，哼了一声："就知道你不会什么魔术。"

高子枫抓了抓头，有些心虚地跟在高婷的身后，他当然不会变魔术了，他要是会，早就变给小美看了。

第十四章
离婚就是大脑的一场车祸

不知不觉已经入了秋，大树上茂盛的树叶都已经慢慢变黄，随风飘落，初秋的风里透着一股凉意。

高语舒服地躺在沙发上看电视，今天是周六，林未未大清早就去了片场，林焱带着高婷和高子枫出去了，林隐躲在房间里玩游戏，没人跟他抢电视看，他乐得自在。

忽然，门口传来一阵敲门声，高语连忙起身去开门："谁啊……"

打开门，看清门外站着的人，高语顿时愣在住了，一脸茫然地看着苏菲："苏老师，你怎么来了？"

苏菲站在门口，探头往客厅里看了一眼，高语连忙把她迎到客厅坐下。

"我今天是来家访的，高婷妈妈在家吗？"苏菲捋了捋头发，故作优雅地在位子上坐下。

高语一听到苏菲问起林未未，顿时紧张起来，一脸警惕地看着苏菲："你找我老婆有什么事儿？"

苏菲没好气地看了高语一眼，不急不慢地说道："你紧张什么呀，我说的是高婷妈妈，而不是林未未。"

高语愣了一下才反应过来："哦哦哦。她拍戏去了，不在家。"

苏菲意味深长地看了他一眼，想了想，不再浪费时间，进入正题："我今天来是为了高婷的事情，女孩子嘛，所以我是想着跟母亲谈可能更好一些。"

高语骤然松了一口气，起身去厨房倒了一杯水，放在苏菲的面前："苏老师没听过那句话吗？女儿是父亲的小棉袄，闺女跟爸更贴心，有事儿跟我说也一样。"

坐在沙发上交谈的两个人没有发现，林隐的头从房间门口一闪而过。

略显狭窄的房间里，地上堆满了各种袜子衣服。

林隐站在衣柜旁，一边翻箱倒柜地找东西，一边自言自语："大周末的，我姐不在家，居然有女人找上门来了！不行，我一定要帮着姐好好看着姐夫！"

刚说完，林隐手上的动作一顿，看着手里的东西，林隐脸上一片喜色。

林隐笑眯眯地看着手上的东西，冷笑道："走进一下我姐夫的生活。"

客厅里的两个人还在继续，林隐不急不慢地走到沙发边，看着高语问道："姐夫，这位美女是谁啊？怎么一来就问我姐在不在？"

虽然他问的是苏菲，但是从头到尾都没敢看苏菲一眼。

正优哉游哉喝水的高语陡然听到林隐的声音，吓得手一抖，水洒了一桌子。

"哎哟，您瞧瞧您，我不就是问了一句她是谁吗，你就激动成这样了！"林隐连忙弯腰去擦桌子上的水，趁高语和苏菲没注意，将手里的东西藏在了桌上。

高语呛得好半天没有说出话来，咳了半天终于恢复正常，这才赶紧解释："这这这……这是婷婷的班主任苏菲老师，过来家访，要不然你在这儿一块听一下？"

为了证明自己的清白，高语觉得自己很有必要表现出一副什么也不知道的模样。

苏菲似乎没有发现两个人之间的异样，也站起来向林隐点头问好："你好！我是高婷的班主任，苏菲。"

林隐像是没听见苏菲的话一般，低着头快速地说道："你们聊，我先回房了！"

林隐快步离开，只是在转角时回头瞟了高语两眼。

苏菲伸出的手尴尬地举在半空中，林隐早已经进了房间，她朝林隐房间的方向看了一眼，呵呵呵地收回了手。

高语也很尴尬，挠了挠头解释："他是我小舅子，平时只爱玩电脑，不大跟人打交道，你别介意。"

苏菲点点头，看了高语一眼，无心地说道："没事，你当年不也是不怎么会跟人说话，我不也没介意嘛。"

高语嘿嘿笑了笑："这个，我现在也还是不会说话，还好家里人不计较。"

苏菲看了高语一眼，扯回正题："咱们还是来说说高婷的问题吧。"

高婷的情况，高语多少也清楚一点，听到苏菲这么问，他直接问："是因为婷婷最近学习成绩下滑的事情吗？"

苏菲摇摇头，变成了一本正经的模样："不是，高婷的学习基础非常扎实，一两次考试成绩并不太要紧，但是我发现她最近似乎压力很大，心态不好，你也是老师，应该知道，这是很要命的，多少好苗子都毁在这上面。"

听到这，高语才认真起来，他低着头认真地思考，身体下意识地前倾："怎么会这样呢，婷婷一向对自己的学习很自信，怎么会突然压力这么大？"

苏菲也跟着认真地想了想，但实在是想不出个所以然，最后拿出包，翻出一沓卷子摆在桌上："你看这些，这些题目，原本都是高婷做错的，很多成绩好的学生，也都比较介意自己做错的题目，但是我教书那么多年，还是第一次遇到有学生会把卷子上的错题都改过来，然后自己打对勾的。"

说得严重一点，这种行为还真是有点……变态啊。

卷子摆在苏菲的面前，高语只能凑近一些去看卷子，并没有发现，此刻两个人的姿势有多么亲密。

忽然，桌上的水杯莫名地再次倒了，流出来的水还差点把试卷给打湿了，苏菲连忙收起试卷，莫名其妙地看着杯子："这好好的杯子怎么倒了？"

高语心里已经知道了是林隐在搞鬼，没好气地冲虚无的空气中瞪了一眼："大概……大概是风刮的吧。"

苏菲看了高语一眼，没有说话，两个人赶紧手忙脚乱地擦水，收拾桌子。

早就已经隐身的林隐看两人擦水擦得越凑越近，眼神一动，走到苏菲的身后，在背后推了苏菲一下，苏菲没站稳，惊呼一声，直接摔到地上去了。

砰的一声，不用问也知道摔得有多疼。

"呃，苏老师，你没事吧？"高语尴尬地看着苏菲，又不好上前去扶，只能眼睁睁地看着苏菲自己爬起来。

高语趁机对着身后隐身的林隐说道："你别折腾了，不然给你停网！"

湛蓝的天空飘浮着大朵大朵的白云，天清气朗，晴空万里，天气好得不得了。

片场里，传来一阵阵鬼哭狼嚎的声音。

"我知道，这次的事情不能怪你，但是……"林未未用手帕掩着整张脸，身体抖个不停，也不知道是在哭还是在笑。

"Cut！"导演一脸不耐烦地喊停，皱着眉走到林未未的身边，指着她的脑袋就骂，"你是在演女主啊还是在演女主养的一条狗啊，拿着手帕遮住脸干什么，你是想让那个男主角对着一块手帕对戏吗？"

林未未见导演发火了，连忙帮他捶背，谄媚地笑道："导演你别发火别发火，再给我一次机会，我保证演得让您满意。"

导演这才哼了一声，挥了挥手，示意大家继续。

"Action！"

林未未手里纠着手帕，欲语还休地看着对面的男演员："我知道，这次的事情不能怪你，但是……"按照剧本上写的，林未未话还没有说完，就抱头痛哭起来，顿时片场响起一片号声。

片场的工作人员你看看我，我看看你，尴尬得额头直流汗。

"Cut！"导演再次叉着腰走上前，"男女主重逢，你哭得像奔丧一样是什么意思，算了算了，我看你也不适合这个角色，还是算了吧。"

林未未一听，顿时急了，抱着导演的手臂痛哭："导演，别呀，再给我一次机会，最后一次。"

"还给什么机会啊，你就只适合演个没有什么台词的小丫头，走吧走吧，下次要是还有什么合适你的剧本，我一定通知你。"

说完导演就不耐烦地走了，林未未一脸惆怅地看着导演的背影，有气无力地喊道："导演，别走啊，再给我一次机会。"

……

片场的工作人员见导演都走了，一个个地都开始收拾东西，林未未也只能去换衣间换下戏服，灰溜溜地回家。

片场比较偏僻，林未未等了半天都没有等到公交车，只能边往回走边自我安慰："哼，没车也好，还省下了我打车的钱。"

于是……宽敞的马路上，一个穿着大红裙子的女人穿着高跟鞋，深一脚浅一脚地走着……

由于片场距离家里实在是太远，没走多久林未未就受不了了，忽然听见一阵类似机关枪发射的嘟嘟嘟声，林未未高兴得差点就直接张嘴唱一首《老司机带带我》了。

"师傅，能不能搭我一程啊？"林未未站在路边，两眼放光，兴奋地挥着手。

老师傅看了她一眼，好心地点点头，示意她上车。

拖拉机一路上噪音震天，回头率根本就不能用百分之百来形容。

最后好不容易回到家，林未未下了车就要走，老师傅操着一口流利的乡音喊住她："哎，你怎么不给钱啊？"

林未未惊了惊："这个还要给钱？"

"当然要给了，我这好歹也算是三个轮子的车了。"师傅眼睛一瞪，一副她不拿钱就要跟她拼命的模样，林未未吓得扔了钱就跑。

林未未踩着高跟鞋走到仓库门口，狐疑地张望了一眼，这大白天的关着门做什么？

"高语？"林未未把门一推，刚往里走了一步，就看到苏菲坐在沙发上看着自己笑。

林未未脚下的步子一顿，看了苏菲一秒，然后面无表情地往回退，看了看大门，确定是自己的家无疑，这才笑眯眯地进了客厅。

"哎哟，真是稀客啊，苏菲你今天怎么来了？"

苏菲还没有来得及说话，高语听出了林未未语气不善，赶紧站起来跑到门口接下林未未手里的东西，一脸严肃地替林未未介绍："未未，这是婷婷的班主任，今天是来家访的。"

林未未瞪了高语一眼，然后似笑非笑地看着苏菲笑："哟，这么巧？我今天才知道婷婷的班主任居然是老熟人呀。"

高语已经敏锐地感觉到林未未身上的火药味，下意识地拉开和林未未的距离，挠着头解释："这个……就是赶巧了，所以也没想着特别跟你说。"

林未未冷笑一声，正想说话，坐在沙发上的苏菲却突然一脸温柔地凑近高语："说起来，婷婷妈妈你保养得可真好，我记得你好像比我还大三岁了，真是一点儿也看不出来。"

废话，你盯着高语看能看出我什么事儿来？

林未未狠狠地翻了个白眼，脸色一变，还未所动作，高语就急忙退开好几步，然后一脸小媳妇儿似的走到了林未未的身后。

林未未得意地哼了一声，双手抱着胸，上上下下地盯着苏菲看："哪能和苏老师比，十几年如一日的穿衣风格，还像活在 80 年代似的。"

一直躲在林未未身后的高语已经闻到了硝烟的味道，在苏菲开口前连忙打断两个人的话："哎呀，苏老师刚才您不是说还有事吗？这么晚了就不留您了，婷婷您多费心了。"

林未未故意瞪了高语一眼，身体软绵绵地靠在高语的怀里，娇嗔地说道："老公，哪有你这么做主人的呀，刚刚你不是和苏老师聊得挺好的？你们再聊会儿，我去做饭好好招待苏老师。"

苏菲站起来，也看着林未未笑："不用不用，我们俩天天都在一个办公室，什么时候不能聊啊，就不打扰你们了。"

说完这话苏菲就施施然开门离开了，林未未看着苏菲离开的背影，立马转头凶狠地看着高语。

高语一见情况不对，脸上立马堆起笑，跑到林未未面前，捧住她的手："未未……"

林未未哼了一声，直接甩开他的手走到沙发上坐下，高语老老实实地低着头站在她面前。

林未未瞪着高语，面无表情地说道："高三的班主任都忙得团团转，平时连吃饭的工夫都没有。高语，这是你告诉我的吧，怎么今天倒还有工夫来家访？"

高语嘿嘿笑了一声，弯着腰凑到林未未的身边，一脸谄媚地给她捏肩膀："老婆你别生气呀，学校的升学率可就指着婷婷这样成绩好的孩子呢，所以老师格外重视一些也很正常的嘛。"

林未未原本正舒服地眯上眼睛，听见高语的话，眼睛又瞪得老大："格外重视？是格外重视婷婷这样成绩好的孩子，还是格外重视老情人的孩子啊？"

高语顿时委屈了，正想解释他和苏菲是清白的，林隐忽然从房间里跑出来了。

"姐，你可算是回来了。你要是再不回来，我估摸着姐夫都要被妖精抓走了！"

林隐一上来就告状，把高语气个半死，没好气地看着林隐："林隐，你来添什么乱？"

林隐摆摆手，十分无辜地耸耸肩："姐夫，这回我可不帮你了，你们这前前后后聊的东西我可都录下来了，怎么看也不像是普通老师来家访！那个女老师气焰很嚣张呀，像是来逼宫的！"

林未未听得脸色又是一阵大变，看着高语的眼神像是要活生生地瞪死他似的。

高语如芒在背，吓得额头上冷汗直冒，一个劲儿地冲林隐使眼色："我的小舅子，这可不能胡乱说呀！开玩笑也要看时间地点人物呀！"

说话的时候语气故意加重了后面的"人物"。

林未未看着高语冷笑:"林隐,你还不知道吧,刚刚那个可是你姐夫的前女友。"

林隐哦了一声,尾音拖得老长,用一脸恍然大悟原来如此的表情看着高语。

"未未,你又不是不知道当年我就怕她,现在怎么可能跟她有什么呀?"高语真担心林未未不相信她,连忙跑到她跟前解释。

然而在林未未眼里,高语这么激动的表现只是因为心虚!

林未未抱着手臂哼了一声:"没什么?没什么你的前女友是婷婷班主任,你为什么不告诉我?没什么你跟她天天待在一个办公室,为什么不告诉我?没什么今天老师要来家访,为什么不告诉我?这不是有什么是什么?"

林隐站在两个人身后,忽然意识到这次的事情搞大了,下意识地往后退开几步,远离战场,一声不吭地看着两个人。

高语眉头皱得老紧了,神经绷紧,高度紧张地看着林未未解释:"我不告诉你,就是怕你像这样,无事生非无理取闹!我们清清白白,有什么可怕的?"

"我无理取闹?"林未未一个眼神过去,高语吓得连连摆手。

"高语,你还想骗我,我演戏那么多年,倒是没想到你演技也不差啊,你们要是清清白白的老师和学生家长,我这双眼睛就白长了。"

林未未和高语互相瞪着都不说话,客厅里的硝烟味越来越重,林隐暗暗考虑应不应该回房间,正巧林焱带着高子枫和高婷回来了。

三个人还没进家门,就感觉到了浓郁的火药味,面面相觑了一会儿,刚进客厅就看见了正黑着脸互瞪着的高语和林未未,林焱没好气地走到两人中间将他们分开:"都别闹了,一回来就吵吵闹闹,像什么样子,孩子都那么大了,注意影响。"

林焱这话虽然是对两个人说的,但是眼睛却像林未未一样瞪着高语,高语被两双具有杀伤力的眼睛瞪着,委屈又无奈地叹口气:"行行行,反正这几十年来,从来都是我的错,这次也是,我错了行不行!"

林未未见高语那一副"不与女人论高低"的态度,怒气噌噌地就往上涨:"从来都是你的错?之前房子被你烧了,一家人几乎流落街头,我说什么了吗?我辛辛苦苦拍戏赚钱,求人说好话,演替身演尸体,好不容易演到主角了,也不过就是这段时间稍微忙了点,你就这样对我,既然这样,你赶紧跟我离婚,离开这个家,去找那个卫生巾去!"

林未未今天丢了主角的戏份,心情本来就不好,偏偏高语还跟其他的女人拉扯不清,气得她什么话都往外蹦。

林焱一看情况不对，连忙劝解："未未啊，你先冷静点！"

高语也是脑子抽了风，气到深处连智商都没有了，只顾着发泄："好，你现在总算是把心里话说出来了，房子是我烧的，钱是你赚的，住处是你家的，我就是一无是处，反正你一直都觉得我配不上你，既然你都这么嫌弃我了，离婚就离婚！"

林未未万万没有想到高语会轻易说出离婚的话，惊了惊，最后咬着牙尖叫："高语，结婚二十年你都没对我说过一次狠话，居然为了那个女人吼我……离就离！谁怕谁啊！"

说完，林未未不给林焱和高语反应的机会，摔门而去，高婷和高子枫反应过来，连忙去劝高语："爸，你一个大男人，跟妈生什么气啊？"

"就是，快去把她哄回来吧，离婚了以后谁给你做饭啊？"高子枫急得直跺脚。

"哼，世界上又不是只有她一个女人。"高语的火气还没消。

"爸，你就别想了，凭我妈那张脸，随时随地可以给我找个后爸，但是凭你这张脸……想要找个后妈真是……难上加难啊。"

"哎呀，别啰唆了。"高婷皱着眉头看着高语，"爸，一会儿我妈该走远了，你快去追啊。"

高婷和高子枫合着伙把高语推出门去，并且严肃地交代："记住，没有找着妈，你就别一个人回来！"

然后利落地关上了门。

客厅里忽然安静下来，高婷与高子枫和林焱三个人对视一眼，想了想，准备开门出去："不行，我还是不放心，不如我们也去吧。"

"哎，姐，你跟着瞎凑什么热闹啊。"高子枫连忙拉住高婷的手，"咱爸那脾气你还不知道？他怎么可能会真的和妈离婚，你这会儿要是去了，就是夜空中最亮的星。"

林焱点头赞成："别担心，他们也就是说说气话而已，不会真的离婚的。"

高婷和高子枫对视一想，觉得林焱说得也对，精神立马好了起来。

"今天天气好晴朗好晴朗，处处好风光……"高子枫几步就蹦跶到了沙发上，拿起遥控器，跷着二郎腿看电视，高婷和林焱也坐过去，今天周末，可要好好休息。

小道上铺满了被风吹落的落叶，翠绿色的树叶随风轻扬，河水被风吹起了一阵又一阵的轻波。

林未未第三十二次回头看的时候，终于看到了姗姗来迟的高语，她心里有些得意，表面上却依旧没有好脸色："你不用哄我，我很生气，后果很严重，我是不会原谅你的。"

高语本来是追上来道歉的，一听林未未这话，脸色也变了，哼了一声："谁追你了，我这是要去民政局离婚！"

"你……"林未未双手颤抖地指着高语，一句话都说不出来。

高语话刚说完就后悔了，正想解释，林未未就怒气冲冲地朝民政局走去："离就离！赶紧走，我现在一分钟也不想耽搁！"

两个人一前一后地来到了民政局，看到三个大字，虽然心里余怒未消，但是都开始犹豫，门口的门卫大叔十分热情地迎上来："哟，两位是来离婚的吧？"

林未未哼了一声，没有说话，高语尴尬地笑了一声："你怎么知道？"

"我看你俩的表情就知道了啊。"门卫特别热情，一手拉着高语，一手拉着林未未往民政局里面拽，"你们脸上的表情恨不得直接咬死对方，不是离婚难道还是结婚？走走走，这是你们的第一次离婚，可能还有点不适应，等以后来多了，你们就习惯了。"

"不是，你别拽我……"林未未几乎是被拖进去的，想反抗都反抗不了。

"别害羞啊。"门卫走得特快，三两步就走到了离婚登记处，看着工作人员笑眯眯地说道："这俩人是来离婚的。"

"把相关证件拿出来。"工作人员面无表情。

"快快快，快拿出来啊。"门卫热情不减，见高语和林未未都没有动作，直接伸手去两个人的包里掏，然后一股脑地把身份证结婚证户口本什么的都拿出来丢在桌子上，工作人员十分痛快地盖了章，拿了份文件给两个人签字。

门卫激动地催促两个人签了字，然后一脸欣慰地拍了拍高语和林未未的肩膀："好了，现在你们终于挣脱了婚姻的枷锁，不用谢我，我叫雷锋。"

林未未低头看了看手上的离婚证书，再看看同样一脸茫然的高语，心里又是一阵火山爆发，哼了一声，转头就走。

高语手里拿着离婚证，一手不吭地跟在后面。

沉着脸的两个人相继从民政局门口走出来，在门口蹲守了半天的记者迎了上去，扛着摄像机对着他们："两位今天是来离婚的吧？"

林未未眼睛一横："废话，你见过结婚这模样的吗？"

记者大概是没有想到自己会撞到枪口，尴尬地咳了一声，高语见状，在一旁冷嘲热讽："你以为谁都像我一样可以随口就训吗？"

也不看看现在站在她面前的是什么人。

"我现在有没有说你，你这么激动干什么？"

"你哪里看出我激动了，我只是在心平气和地告诉你，对人礼貌点。"高语一撞见林未未的强大气场，整个人顿时就虚了。

"我需要你告诉我？"林未未眼睛一瞪，杀伤力百分之百。

记者见两个人一言不合又要吵起来，赶紧把机器停下来，一脸尴尬地跟两个人解释："那个什么，我们是一个直播节目，今天专门采访离婚夫妻，据说有非常多的夫妻冲动离婚，很快就后悔了，两位要是愿意接受采访，就先别吵了，给观众谈谈现在的心路历程？"

林未未一听，赶紧换了副表情，还拿手机照了照脸，确定脸上的表情完美得无懈可击，这才给了记者一个肯定的表情："来吧。"

记者重新开了摄像机，再次把机器对着林未未。

林未未整个人站得笔直，眼睛直视摄像头，露出标准的微笑："我今天虽然是来离婚的，但是我觉得这是一件特别好的事情，因误会而结合因了解而分开，其实是为了以后能走一条更好的道路。我是一个演员，丰富的人生经历也能让我更好地塑造角色。"

记者点点头，把摄像头对准高语："那这位先生呢，您怎么看？短短几分钟，你们就由最亲密的两个人变成了路人，心里难过吗？"

高语刚才在看林未未录的时候就气得吐血，这会儿轮到自己了，男子汉的尊严告诉他，怎么也不能认输，于是他也赌气地换上一脸假笑，手舞足蹈地说道："我也很高兴，这算是我们结婚多年，难得有默契的事情。现在有些女人没有公主命却空有一身公主病，反正千错万错都是别人的错，这样的女人，我实在是无福消受，现在终于解脱了，我真是高兴都来不及呢！今天晚上一定要去找朋友喝酒庆祝。"

记者满意地连连点头，这是她今天采访到的第一对离婚后还能这么高兴的夫妻，她往后退了几步，让两个人同框，镜头里，高语和林未未脸上绽放的笑容更灿烂。两个人相视一笑，眼神里面的火光却让记者都不禁后退。

高语和林未未面带微笑却咬牙切齿地对视一横，哼了一声，各自转身就走。

第十五章

我也是你的财产

仓库里是死一般的寂静，四个人坐在沙发上，林隐紧张地握住林焱的手，林焱则握着高子枫的手，而高子枫死死地捏着高婷的手不放，四个人齐齐地盯着电视里笑得一脸欢快的高语。

"爸竟然真的和妈离婚了！"高子枫像个猴子一样蹿起来。

"被奴役了这么多年，终于反抗了？"高婷也皱着眉头看着电视。

林焱气得话都说不顺了，这两个人还是小孩子吗？说离婚就离婚！

"快给他们两个打电话，让他们回来！"

高子枫和高婷对视一眼，两人一人拿着一个手机打电话，都皱着眉头。

过了半晌，高婷举着手机，一脸郁闷地看着高子枫："妈没接。"

高子枫撇撇嘴，耸肩道："爸也没接。"

高婷放下手机，失落地盯着电视："嗯。要是我们早点回来就好了！"

说不定两个人就不会吵得那么厉害了。

林隐安慰他们："你们也别太难过了，就算你们早点回来，姐夫和姐迟早也是会离婚的。"

高婷和高子枫顿时一个冷眼射过去，吓得林隐连忙举起手，做出一副投降的姿势解释："别误会啊，我这是在安慰你们，绝对没有幸灾乐祸的意思。"

高婷实在是忍不住翻了个白眼："舅舅，有空多看看书，别整天玩游戏。"

林隐一脸的无辜，客厅里又是死一般的安静，过了好久，高子枫可怜兮兮的声音打破了客厅里的安静："姐，爸妈离婚了，我们怎么办啊？"

高婷低着头，想了想，难过地说道："不就跟财产一样，平分，一人跟一个。"

高子枫一听这话，立马激动了，抱着高婷的胳膊，苦着脸喊："姐，我不想跟你分开……"

"你不是老不乐意跟我一间房吗？现在正好合了你的意，分开之后，说不定就有自己的房间了。"高婷神色复杂地看了高子枫一眼，虽然脸上一脸的嫌弃，但是语气里是掩饰不住的失落。

高子枫连忙解释："老姐，虽然我平时很烦你，但是你还是比房间重要的。"

更何况，如果这个房间是以老爸老妈离婚的代价换来的话，他宁愿跟姐一个房间。

高婷看了他一眼，想了想，问他："如果只能选一个，你想跟老爸还是老妈？"

高子枫松开高婷的手："你也知道我怕老爸，但是如果一定要选，我还是会跟老爸，让你跟着老妈。"

高婷不解："为什么？"

高子枫深深地叹口气，像个小大人一般说道："你也知道我总闯祸，也不能给爸妈帮忙，老妈平时都是老爸宠着，如果他们真的分开了，你跟着老妈还能照顾她。"

"我的乖孙子，真懂事儿。"林焱听了高子枫的话，感动得一塌糊涂，就差点跟他一起抱头痛哭。

高婷想起这段时间发生的事情，顿时心情更差了，没好气地把遥控器丢在沙发上："都怪这可恶的火灾，可恶的异能！要不是因为异能，爸也妈也不会离婚！"

高子枫激动得跳起来，一双眼睛瞪得老大地看着高婷："姐，你说话可得有证据，这异能怎么就可恶了，我倒是觉得，异能算是这些日子以来发生的唯一让人开心的事情了。"

高婷喊了一声："火灾之后，大家都心烦啊，尤其是爸妈。我们现在不光房子没了，钱赔了，还多了个莫名其妙的异能，惹了一堆麻烦，以后不知道还会出什么事呢！"

高子枫站起身，一边朝门外跑，一边说道："先别想以后了，还是先找爸妈吧！希望他们俩还有得救。"

高婷沉吟了一会儿，还是起身跟了出去，客厅里只剩下林隐和林焱，林焱受了打击，瘫坐在沙发上，林隐难得沉默地陪着他。

最后也不知道坐了多久，林焱缓缓地站起身，双手背在身后："我出去走走。"

苍老的背影看上去竟然有几分寂寞。

夕阳吸尘，天色已经渐渐暗下来，广场上响着震耳欲聋的音乐声，一群中年男女在广场跳舞，林焱一个人坐在马路边看着。

空手而回的高子枫和高婷站在林焱的身边，对视一眼，一人拉住一只手："姥爷，时候不早了，我们回去吧。"

林焱一脸感动地看着高子枫和高婷："还是你们两个好啊，心里还有我这个姥爷……"

高子枫站在林焱的身后："姥爷，今天爸妈离婚了，他们两个人的心情肯定不好。您回去给我们做点晚饭吧？或者直接给我们钱，我们出去吃也行。"

林焱瞪着一双眼睛看着高婷和高子枫，硬是把后面还没有说完的话吞了下去，不情不愿地跟着两个人回家。

三人刚回到家就看见林隐苦着脸在客厅里徘徊，并没有发现高子枫他们已经回来了。

三个人站在门口，面面相觑，一脸茫然地站在门口，等了半天林隐也没有发现，高子枫无声无息地走到林隐的身后，拍了拍他的肩膀，拖长了声音："舅舅……"

"啊——"林隐吓得扑倒在沙发上，等他回头看清门口站着的三个人的时候，气得差点直接抡拳头。

"你们站在门口干什么？"

高婷有些无辜，但更多的却是无语："你在门口晃来晃去，挡着路了。"

林隐："……"

"舅舅，你是在思考人生吗？"

林隐此刻保持着将头埋在沙发上，撅起屁股的动作，高子枫一脸好奇地凑过去，林隐没好气地推开他，看着林焱说道："妈回来了。"

简单的一句话让门口的三个人全白了脸色，林焱惊恐地环视客厅一眼，然后一脸惊悚地看着林隐："你……你可别瞎说啊，你妈都走了好几年了。"

高子枫瑟瑟发抖地抱着林焱的胳膊："姥爷，我怎么感觉后背凉飕飕的，姐，你感觉到了吗？"

高婷还没来得及发表意见呢，林隐没好气地瞪了三个人一眼："哎哟我去，你们还是人类的智商吗？我说的是我姐，你们妈！"

他指着高婷和高子枫，一字一句地说道。

高子枫顿时一阵恍然大悟，没好气地推开林隐："你自己表达不清楚，还好意思怪我呢，喊，让开。"

　　四个人浩浩荡荡地走到林未未的房间门口，刚想推门，站在最前面的高子枫忽然听到一阵哭声，连忙竖起一根手指在嘴边，趴在门上偷听。

　　高婷和林焱对视一眼，三个人学着高子枫的样子，像是叠罗汉一般，一个个都趴在门上偷听。

　　房间里林未未坐在床上，一手拿着和高语的结婚照，一手拿着手机，难过地和咪咪通电话。

　　"他跟我在一起这么多年，从来没有这么凶过我，现在竟然为了那个狐狸精跟我离婚！有了新人，就觉得我这个旧人碍眼了。"

　　林未未眼眶发红，拿着纸巾一个劲地擦着眼泪，哭得那叫一个梨花带雨。

　　电话的另一端，咪咪一边看着时尚杂志，一边犹豫地说道："可是，高语看着不像这样的人啊。你们俩会不会有什么误会？"

　　林未未冷哼一声，将手中的纸巾狠狠地扔进垃圾篓里："误会？要是没鬼，他为什么那么大的反应？"一说到苏菲，林未未的情绪就开始激动了，"而且那个卫生巾分明就是来寻仇的，当初他俩异地恋，一次读诗会上，我和老高一见钟情，他就提了分手，卫生巾还找我闹过几次，老高一直觉得挺对不起她的。"

　　咪咪为难地皱了皱眉头，不知道该怎么回应这种事情，隔了好半天才一脸尴尬地回了一个："啊？"

　　林未未擤了擤鼻涕，没有听出咪咪的尴尬，继续诉苦："嗯！而且当初苏菲念研究生的时候家里出事了，没钱，还是老高给资助的呢！"

　　这件事想起来她气啊，肠子都要悔青了，当初她怎么就那么天真单纯呢？

　　咪咪把放在腿上的杂志一扔，忽然有些佩服林未未："这你也能忍？"

　　林未未长叹一声："当初我不是浑身上下笼罩着圣母玛丽亚的光环吗？还是我陪他去给人送钱去的呢！"

　　只因当初年纪小啊。

　　咪咪点点头，很中肯地下了结论："你呀你！不是我说你，你这肚子里真的能够撑船了吧。"

　　试问有哪个女人会允许自己的丈夫去救助前女友的？

　　林未未低头看着手中的照片，用力地吸了吸鼻子："听说她现在还是单身呢，忽然这么处心积虑地回到老高跟前，目的和动机多明显啊！我就不信老高会看不出来！"

咪咪伸了个懒腰，不痛不痒地劝她："男人嘛，都好色，吃着碗里的还看着锅里的。唉，既然这样，那离了也就离了吧，这种人有什么好留恋的，你这么漂亮，还怕找不到更好的？"

林未未心里忽然闪过一抹心虚，扯着脖子干巴巴地狡辩："谁说我舍不得了？我……我只是心疼我两个孩子，现在高语就可以为了这个女人对我这么凶，这以后后妈进门还得了，子枫和婷婷肯定会备受虐待的！"

说着林未未的眼泪又是哗啦啦地往下流，忽然听到门口传来窸窸窣窣的声音，林未未哭声一顿，放下手中的照片，莫名其妙地走到门口，一打开门就看见高子枫等人在门口推推搡搡的，不知道在搞什么鬼。

林未未一愣，没好气地看着四个人："你们在干什么？"

原本推推搡搡的四个人连忙停下手中的动作，站在门口看着林未未嘿嘿笑。

"妈，你没事吧？"高子枫试探着问。

"我能有什么事？"林未未翻了个白眼，"你们四个人躲在门口偷听？"

"啊，我忽然想起鹦鹉还没喂食。"林焱忽然惊叫一声，抓了抓头，转身就回了房间。

林隐绞尽脑汁才想到一个借口："我要拉屎。"

"我写作业去了。"高婷也走了。

房间门口只剩下高子枫和林未未大眼瞪小眼。

高子枫憋了半天才说道："我……我去打球！"

林未未扯着高子枫的后领就把他拉了回来："打什么球！赶紧回屋写作业去。"

高子枫回头看了林未未一眼，默默地想，虽然妈和爸已经离婚了，但是战斗力依旧不减当年啊。

月明星稀的夜晚，月光盈亮，夜风微凉。

超市里的一张小桌子上，高语一口接一口地灌酒，他脸色酡红，已经有了些醉意，刚才刘建国劝了他半天，现在已经是口干舌燥，只能在一边默默剥毛豆吃。

忽然，高语把手中的酒瓶子重重地往桌上一放，发出砰的一声清脆的声音，吓得刘建国手一抖，手里的毛豆掉了一地。

"是谁……说政府部门效率低的？"高语醉呼呼地抬头看着对面的刘建国，没头没尾地吐出这么一句。

刘建国哀怨地看了一眼高语，再低头看着地上的毛豆，不得不蹲下身去，一个一个地捡起来："大兄弟，你这说的是哪儿跟哪儿啊……"

看来是真的喝醉了，看来应该送他回去了。

高语像是没有听见刘建国的话一般，眯着眼睛哼了一声："今天我们今天去民政局，20分钟就办完了，20年的夫妻，20分钟就离婚了！"

简直不能忍！

特别是那个多事的门卫！高语想起他就气得牙痒痒！

不过即使高语气得要吐血而亡，刘建国依然不能理解他的愤怒。

"这跟人家有什么关系？"刘建默默地喝了一口啤酒，继续剥毛豆吃。

高语本来就生气，见刘建国竟然不能感同身受地体会他的愤怒，顿时炸锅了："他们难道不应该问问情况，搞清楚缘由吗？作为一个合格的人民公仆，他们就应该拉着我们的手喝喝小茶，吃点糕点，让我们三思而后行，哪有这样草草了事的！不负责任！没有责任心！"

"人家要是真的拉着你们的小手喝茶吃糕点的话，后面的人得等多久啊。"刘建国地看着高语笑，"怎么着，后悔了？"

高语耸了耸鼻子，嗤笑一声，毫不犹豫地否定："没有！我就是觉得这也太不负责任了！怎么也……怎么也不劝一劝，拦一拦呢？"

刘建国一副"我懂"的表情："哦，还是后悔了。"

高语被刘建国气得一句话都说不出来，又开始闷声闷气地灌酒，刘建国看了看他，拦下他拿酒的手，好奇地问道："你都结婚20年了，怎么这次就忍不住？"

高语看了一眼刘建国手中的酒，也不去抢，站起身，默默地走到货架上拿了一瓶价值不菲的酒，重新走到座位上："我知道她一直觉得我配不上她。"

刘建国看着高语手中的酒，忍住要将它抢过来的欲望："配不配的不也嫁给你了吗？"

"我爱了她这么多年，知道她脾气不好，所以能让着的，总是都让着她，我以为可以这么让一辈子。可是，你知道她今天说什么？"

高语这个时候还有心情搞神秘，仰头喝了一口白酒，等着刘建国的回答。

刘建国顿时来了兴趣，也不心疼自己的酒了，一脸八卦地凑到高语面前："怎么？她外面有人了？"

想了想也不等高语回答,又兀自说道:"有也不奇怪啊,娱乐圈中这种事很正常的啊!何况你老婆确实比你好看多了!"

说完他还自己点了点头,似乎在肯定自己的话。

高语没好气地瞪了刘建国一眼,想起林未未的话,可怜兮兮地长叹一声:"她说现在住的地方是林家的,她还说我烧了房子,赚不了钱……"

高语愤愤不平地看着刘建国,试图寻求安慰:"你说我好歹也是个男人,这些话我怎么忍得住!"

刘建国听得有些茫然:"哦,这么说那现在离了不是正好?你这副样子来找我是干吗?"

听上去不是来寻求安慰的啊。

虽然他的行为就是在寻求安慰。

高语喊了一声,继续喝着昂贵的白酒,心虚又尴尬地解释:"我的钱都在她那儿,只能来你这儿蹭酒喝。"

刘建国看着高语,像个老者一样,笑而不语。

高语被他这样的眼神看得越发心虚,只能低着头躲开他的视线,闷闷不乐地继续喝酒。

没多久高语就倒在桌子上睡着了,刘建国头疼地看着趴在桌子上呼呼大睡的人,一脸的郁闷:"不能喝就别喝那么多啊!"

现在该怎么处理他?

刘建国犹豫了半天,决定还是收留高语一个晚上,现在他既然已经和林未未离婚了,就这么送回去了也不好。

"未未……未未……"

已经醉得毫无意识的高语嘴里轻轻念着林未未的名字,刘建国吃力地把人扶到客房,轻轻地叹了口气,这才出了房间。

第二天早上林未未刚出房间,就看见四个人坐在餐桌上齐齐地看着自己。

林未未正在整理头发,被四个人的眼神看得动作一顿:"干吗这么看着我?想吃人啊?"

"姐,昨晚姐夫没回来。"林隐面无表情地汇报情况。

林未未脸色一僵,很快就不屑地哼了一声:"没回来不就没回来,我们本来就离婚了!以后你们不许在我面前说他!"

说完林未未就踩着高跟鞋出门去了,高子枫担心地看着林焱,急得不得了:

"姥爷，现在怎么办啊？"

林焱语重心长地拍了拍高子枫的手："你们先去上学吧。"

"可是爸他……"

坐在高子枫身边一直没有说话的高婷拉了拉高子枫的手："我们走吧。"

"好吧。"高子枫失落地拿起书包，跟在高婷的身后，刚出门，看清站在门口的人，又是一声尖叫，"我的天，我一定是瞎了。"

"又叫什么……"低着头的高婷听见高子枫的话，没好气地瞪了他一眼，抬头顺着他的视线看去，一眼就看见一个衣衫褴褛的"乞丐"站在门口。

"爸……"高婷瞪大眼睛看着头发蓬乱的高语，他此刻的样子真的与乞丐没有什么两样。

高语一身狼狈，十分尴尬，他刚才在回来的路上被一直狼狗袭击，在路上来了个人狗大战，所以现在才会这么狼狈的。

他双手背在身后，故作严肃地咳嗽一声："你们两个怎么还没去学校？快要迟到了，赶紧走！"

高婷和高子枫对视一眼，两个人走到高语的面前，仰着头问："爸，这回你不会再走了吧？"

高婷："其实妈平时就是刀子嘴豆腐心，你多说几句好话，妈不会赶你走的。"

"大人的事儿小孩少管，赶紧走。"

高语像是赶苍蝇一样，赶着高子枫和高婷去上学，高子枫和高婷心情不错地对视一眼，亲眼看着高语回了家才离开。

晚上回到家，高子枫背着书包冲进仓库，闻到厨房里的菜香味，兴奋地看着身后的高婷："姐，爸肯定在厨房做菜，这么难吃的菜也就只有他做得出来。"

高语正端着一盘烧得黑乎乎的菜出来，听见高子枫的话，脸上瞬间滑下三根黑线："你说什么？"

"爸！"高子枫笑嘻嘻地跑到高语的身边，抱着他的手臂笑眯眯面不改色心不跳地说道，"你做的饭菜是我吃过的最好吃的饭菜了。"

"别，过了啊，好好说话，没事别拍马屁。"高语没好气地看了高子枫一眼，然后催促道，"菜烧好了，去喊姥爷和舅舅出来吃饭。"

高子枫又兴冲冲地朝卧室奔去，高婷站在高语的身边没动，一脸担心地看着他。

高语知道高婷担心自己，朝她轻轻地眨了眨眼睛："别担心，我没事。"

高婷点点头，没说话。

餐桌上摆着几道黑乎乎的菜，五个人沉默地端坐在位子上，并没有要动手的意思。

林焱看了一眼桌子上的菜，着急地问道："未未什么时候回来问清楚了吗？"

虽然这一桌子的菜看上去确实没有什么食欲，但是他已经饿得快受不了了。

高婷看着挂在墙上的时钟说道："妈妈平时六点收工，这个时候肯定在路上了。"

林焱一听，立马安静下来，耐着性子继续等着，挂在墙上的钟表飞速地走着，餐桌边的几个人也不断更换着等待动作。

不知不觉，已经到了晚上八点了，众人已经纷纷瘫倒在桌边。

林焱抱着肚子，饿得有气无力的，看着林隐："你姐姐还是不接电话吗？"

林隐面无表情地摇摇头，拿出手机看了一眼："没接，不过就在刚才，她终于给我发了一条短信说她还在拍戏——还说，我打这么多电话她手机没电了回家要收拾我……"

林隐的内心是崩溃的，早知道就不要这么积极地打电话过去了，这下好了，待会儿姐还指不定怎么收拾他呢。

林焱干咳一声，站起来就走："我去看看我的小鸟儿睡了没。"

林隐也跳起来，夸张地叫了一声："哇，我的工作时间到了，我先闪了。"

很快，餐桌上只剩下高婷、高子枫、高语三个人面面相觑。

高语看着桌子上特意炒的菜，心里是止不住的失落。

高子枫和高婷担心地看着高语："爸……"

高语勉强冲两个人挤出一抹笑："你们俩洗漱了赶紧休息！明天还有课呢，爸爸出去一趟。"

说完高语一脸不爽地穿上外套出门，高婷看着桌子上的菜，眼睛通红。

高子枫透过窗户看着高语的身影经过，想了想也找了件外套，披上就跑，高婷皱着眉头喊住他："你去哪里啊？"

"我出去找妈。"高子枫急匆匆地扔下一句话就跑了，高婷连拦都来不及。

客厅里安静得连一丝呼吸都听得见，餐厅上孤零零地摆着满满一桌菜。

高婷失望地回了房间，也没了什么心情写作业，拿着手机上网。正好网友"婷

"一婷"也在线，高婷想了想，点了他的头像。

"在？"

"在。怎么了，你心情不好？"

"嗯。"

……

片场灯火通明，地上投射出一个又一个的人影，来来回回忙忙碌碌。

高子枫站在马路对面，默默地看着灯火通明的片场，虽然路灯很亮堂，但是隔着这么大老远的，再加上片场的人实在是太多了，他根本就找不到林未未的身影。

高子枫撑着下巴想了想，悄悄地靠近了片场。

拍摄区里，林未未捧着一碗面飞快地吃着，速度令人咋舌。

"咔！停了停了！"导演看得不耐烦，连声喊了好几句停。

林未未的嘴里塞了满满一嘴的面，工作人员开始收拾东西，她不明所以，莫名其妙地走到导演身边，含混不清地问："怎么了导演？是我吃面的方式不对吗？你要是觉得哪里不对就告诉我，我一定按照你的要求改。"

导演叉着腰一直不说话，林未未主动问道："要不我再试试深情款款的方式？"

"深情款款个鬼啊。"导演扯着嗓门就吼，"没见过你这么废柴的演员，连个女配都演不出来。为你我们耽误了多少时间？你还是赶紧回家吧。"

林未未不甘心："导演！我再来一次！我可以的！"

导演闭上眼睛挥挥手，似乎都不愿意再多看她一眼："赶紧走！"

林未未原本想再求求情，可是见导演一脸不耐烦的样子，垂下了头，一身疲惫地走出片场。

站在人群里，高子枫看着林未未垂头丧气地朝自己走来，连忙走到街口，等林未未走过来的时候伸出了手，一脸狗腿地说道："林未未小姐，我是您的超级粉丝，平时特别喜欢您演的戏，您能给我签个名不？"

林未未听见高子枫的声音，抬头惊讶地看他一眼，然后没好气地一把拍开他的手："高子枫，现在都几点了你怎么还在外面？是不是以为现在我没时间管你你就可以无法无天了？"

高子枫特别体贴地接过林未未手中的包，笑得谄媚："接你下班啊。"

说完高子枫走到林未未的面前蹲下来，一脸男子汉气概地拍了拍后背："妈，上来，我背你回去。"

林未未盯着高子枫瘦弱的小背影看了一秒，随后没好气地摆摆手，错过高子枫，继续往前走。

她现在累得连句话都不想说，今天一大早赶到片场，硬生生等到现在才开始拍，可是拍到一半就被赶了，她现在觉得自己是小白菜。

"妈妈你嫌弃我吗？"高子枫见林未未不领情，顿时不高兴了，连忙跑上去，左蹿右跳。

林未未没什么力气地翻了个白眼："我刚才吃撑了，怕一压全吐在你头上。"

高子枫一听，赶紧拉开了和林未未的距离："妈妈，那我们还是走一走安全一点。"

月朗星稀，一轮弯月悬挂在天空中，旖旎的月光洒下来，给这样的夜晚增添了几分浪漫。

林未未和高子枫沉默地走在马路上，很快就出现在仓库门口，看着紧闭着的大门，林未未和高子枫对视一眼，这才推门进去。

客厅里安静得有些诡异，高婷坐在沙发上发呆，餐桌上摆着的菜已经空了，看来是有人整理过了。

林未未不动声色地扫了客厅一眼，并没有看到高语的身影，故作淡定地问道："你前爸呢？"

晚饭的时候林隐还打电话给她，说高语做了一桌子菜等着她回来吃，怎么这会儿人就不见了。

高婷耸耸肩，一副我也不知道的表情："大概是消失在人海里了。"

林未未脸色变了变，看着空荡荡的客厅，心里顿时有些失落，脸上却依旧是一副不屑的模样，哼了一声："他还真的真走了？真有本事呀。再让我看见他回来看我不打断他的腿！"

高子枫难过地拉着林未未的手，可怜兮兮地说道："妈，你能不能跟爸爸和好啊，我不想做没妈的孩子。"

林未未没好气地瞪了高子枫一眼，毫不犹豫地把自己的手抽出来："大人的事情你们小孩子别瞎掺和，我们自己会有安排的，现在你们最重要的事情就是读书！知不知道？还有……"

林未未上上下下地扫了高子枫一眼："你是不是说错了？现在你是没爸的孩子，我不是还好好地站在你面前吗？"

高子枫特别真诚地摇摇头："如果您和老爸离婚的话，我是要跟老爸的。"

林未未立马就瞪起了眼睛，抬起手就要教训高子枫："你这个小兔崽子，有没有点良心啊，我林未未哪里对不起你了，你就这么喜欢跟着别人。"

还好高子枫反应快，拔腿就跑，两个人绕着沙发转圈："不是，哎，妈，您误会我了，听我解释啊……"

高婷心情低落地看着高子枫和林未未像两个不懂事的小孩子一样闹腾，难过地叹了口气，起身回了房间。

晨光熹微，太阳渐渐从东方升起，只是阳光被厚厚的云层覆盖，天空依旧灰蒙蒙的。

高语双手插在口袋里，准备去给高家人买早饭，却在马路对面看见了 Lee。

时间尚早，马路上依旧没有人，大部分的店家也没有开门，只有一些卖早餐的摊贩早早地出来做生意。

高语走到 Lee 的身边，见他正仰着头看天，不由得也顺着他的视线看去，却只看到了灰蒙蒙的天空。

于是高语忍不住了，对着天空盯了半响才一脸莫名其妙地问道："Lee 老师，你大清早的站在这里干什么？"

Lee 似笑非笑地看着高语，不急不躁地说道："在思考人生。"

高语听得愣了一下，最后干巴巴地笑了一声，听不出是夸奖还是讽刺地说道："Lee 老师，您可真有情趣。"

天还没亮就跑到外面来思考人生，这情趣可以啊，够独特的。

Lee 笑而不语，转问他："你这么早出来干什么？是不是跟老婆离婚了，被赶出家门了？"

高语顿时尴尬得笑都笑不出来了，硬着头皮狡辩："不是啊，我只是出来给他们买早餐而已，呵呵，Lee 老师，你想多了。"

Lee 毫不掩饰心中的嘲笑，直接拆穿高语的谎言："高老师，你也别想着骗我了，你们的新闻采访我都看了。"他若有所思地看着高语，继续说道，"看来这次的离婚对你还是挺有好处的，加油。"

高语有些茫然地看着朝自己握了握拳头的 Lee，也不知道是不是错觉，总觉得他的开心是发自内心的。

发自内心的因为他们离婚而开心。

"呵呵，谢谢。"高语一时间也不知道该说些什么，只能干巴巴地应了一声。

Lee最后离开的时候，一副语重心长的模样，重重地拍了拍高语的肩膀："恭喜你终于跳出来了火坑。"

高语看着Lee离开的背影，忍不住皱了皱眉头，总觉得Lee看自己的眼神怪怪的。

莫不是他是个gay？看上自己了？

高语吓得打了个战，连忙收回视线，转身朝早餐店走去，浑然没有发觉身后的Lee忽然停下脚步，转过身看着他阴笑。

天已经慢慢转亮，丝丝阳光透过云层照在大地上。高家仓库外悄悄出现了一个人影。这个人影提着一个大袋子，紧张兮兮地查看仓库的窗户，发现门窗都关得好好的之后又消失了。

出来倒水喝的林隐经过客厅的时候发现了这个人影，顿时吓得大气都不敢发，屏住呼吸，轻手轻脚地放下手中的杯子，悄悄地走到门边，心里默默地数着一二三，然后猛地打开了门。

"哎哟我去！"门外的人影猝不及防，差点摔进来。

林隐看清面前站着的人，惊讶得张大嘴："前姐夫，怎么是你？昨天晚上你去哪里了？我姐回来还问起你了呢。"

高语原本尴尬地说不出话，听到后面的话，两眼顿时发亮，也顾不上什么尴不尴尬了，紧张地看着林隐："是吗，她怎么问起我了？"

林隐侧着脑袋想了想，认真又诚实地说道："她说，如果你再回来就打断你的腿。"

可怜的高语吓得小心脏又是一抖，手里的早餐都差点掉在地上，林隐眼疾手快地接过他手里的袋子，脸上很紧张："哎哟喂姐夫，您小心点儿啊，你自个儿摔着了没关系，可别糟蹋了我们的早饭啊。"

说完林隐就拎着袋子进了客厅，高语跟在身后，刚进去，这才发现全家人不知道什么时候都坐在沙发上了，十几只眼睛正一动不动地看着他。

高语脚步一顿，尴尬地与沙发上的人对视着。

沉默……

持续沉默……

最后高语实在是受不了大家审视的眼光，硬着头皮打断沉默："那个什么，我买了早点，然后钥匙忘记带了，你们今天起得真早，嘿嘿嘿……"

高子枫困得还眯着眼睛靠在林未未身上，听见高语的话，揉了揉眼睛，把手机递给高语："不是我们起得早，是您昨天为什么把手机放在客厅？"

林未未面无表情地从沙发上站起来，拿过高子枫手上的手机扔给高语，故作凶狠地说道："鉴于闹铃对我们全家的伤害，现在、立刻、马上给我把所有闹铃都删掉！"

高语接住手机，见林未未不仅没有要打断他的腿，也没有要赶他走的意思，顿时高兴了，乐呵呵地把早点放在餐桌上，豆浆、油条、包子、鸡蛋都还冒着热气。

"我删，我删，我现在就删！"

说着就拿着手机一阵操作，十分听话地把一个个闹铃全删了。

林未未斜着眼睛看了高语一眼，见他这么听话，得意地哼了一声，忽然想到了什么，粗声粗气地问他："你密码什么时候改了？"

正认真删闹铃的高语看着林未未微微一怔，反应过来后连忙说道："新密码是……"

"停，stop！"林未一脸不屑地打断高语的话，抬着下巴傲娇地说道，"别告诉我，什么也别告诉我，我们现在已经离婚了。"

高语的笑脸一僵，已经到了嘴边的话也全部都被他吞了下去。

餐桌上表面上在吃早饭，实际上在悄悄观察着林未未和高语的四个人显然也察觉到了气氛的尴尬，连忙低头自顾自地吃早点。

林未未也不理会高语，踩着高跟鞋在高子枫的身边坐下就开始吃早饭。

高语一个人坐在沙发上，也没人招呼，看上去怪可怜的，高子枫同情地看了他一眼，转移话题帮他解围："每隔十五分钟要设定一个闹铃，爸，你这也是一种异能？"

他搞不懂高语这么做的理由，至少正常人是不会做出这种自虐的行为的。

林隐吞下嘴里的包子，点头赞同："我也是今天才发现，手机在关机之后还能闹铃的功能真是让人头疼。"

特别是这种不知道密码的，只能任由它一直响。

林焱不动声色地看了林未未一眼，然后扭头看着高语："这个铃声不错，挺复古的，高语你什么时候给我弄一个？"

高语被林焱的态度弄得受宠若惊，要知道若是在以前，林焱跟他说话的时候恨不得用吼的。

"好好好，您手机给我，我现在就帮你调。"

一直沉默不语的高婷扫了众人一眼，放下筷子整理书包准备去学校，却忽然在书包里翻到了家长会通知书。这才想起来了今天要开家长会，被父母离婚的事情一搅，她都忘记这茬了。

高婷把通知书拍在了桌上，看了一眼林未未，再看看高语，轻声说道："学校要开家长会。"

林未未一看通知书就头疼："你们学校怎么这么闲啊，整天有事没事地就要开家长会。"

高子枫看了一眼桌子上的通知书，激动得差点跳起来："姐，还好你想起来了，我已经彻底忘记了。"

高婷一个白眼过去，没好气地看着高子枫："反正我也没指望你。"

对于高婷的白眼高子枫并不在意，他耸耸肩，继续吃早饭。

"哎哟，我今天还要试戏呢，实在是抽不开时间啊。"林未未皱着眉头说话，视线却不由得向高语看去。

高语察觉到林未未的视线，觉得自己终于扳回了一局，咳了一声，说道："你不是说，咱俩已经离婚了吗？"

林未未眼睛一瞪，高语顿时就蔫了，脸上换上一副谄媚的笑："我去就行了，你试戏要紧，试戏要紧。"

林未未这才得意地哼了一声，进房间换衣服去了。

高婷为难地看了高语一眼，犹豫地说道："爸，我和子枫两个人的家长会，您一个人去也不够啊。"

"够了够了，高三家长会的时间和初三家长会的时间不一样。"高语呵呵笑着，提着正吃得津津有味的高子枫就走，"别吃了，这都快赶不上时间了！"

家长会的时间是下午，中午吃过午饭没多久，走廊上就聚满了家长，男男女女聚在一起聊天的话题无非就是自己的孩子，孩子成绩好的，家长一脸骄傲，孩子成绩差的，家长只能强颜欢笑。

高语现在就是强颜欢笑中的一员。

刘建国拉着小美的手，一脸的无奈："哎哟，我们家小美说这次只考了第三名，昨天晚上难过了一晚上呢，老高啊，子枫最近的成绩怎么样？"

高语尴尬地笑了一声："挺……挺好的，也考了第三。"

只不过是倒数的。

站在高语身边的高子枫全然没有理解到爸爸的尴尬，他两眼冒泡地看着小美，一脸害羞地说道："小美，你今天晚上去看球赛吗？我也参加了。"

小美犹豫地看了他一眼："什么时候开始啊？"

"晚上七点半。"高子枫见小美没有拒绝，知道有戏，连忙说道。

小美想了想，正想说话，高语没好气地敲了敲高子枫的头："七点半还不回去，打什么球赛！"

说完就拉着高子枫进了教室，高子枫一步三回头地往前走，直到看不到小美了，才不服气地指控高语："爸，你法西斯！"

对于高子枫的指控，高语表示嗤之以鼻："我可比你妈温柔多了。"

高子枫："……"

高语走到高子枫座位上，旁边两个位置分别坐着两个男人，高语看了一眼，没什么印象，也就没有打招呼，不过他们倒是挺热情的，主动凑过来打招呼。

一个稍胖的男人凑过来，伸出手和高语握手，眼睛眯成了一条线："你是高子枫爸爸？你好，我知道你，你们子枫经常在我们家住，和郝爽感情真好。"

另一个男人也凑过来，连连点头："戴劲也是。听说他们三个人还组成了HPBOYS，关系都好着呢。"

高语一听两个人这话，自然就猜到了他们的身份，也赶紧打招呼："嗨，我是高子枫爸爸。"

三个人因为各自孩子的关系很不错，见面也没有什么不适应，就这么聊开了，说到兴奋处声音自然也大了不少，站在讲台上的老师怒气冲冲地看着高语三个人："三位家长，什么事情让你们这么激动，要不要上来说？"

声音都盖过她的声音了！

高语顿时尴尬得笑了笑，没有再说话，郝爽爸爸和戴劲爸爸对视一眼，笑了笑，也闭上了嘴。

"我希望，作为家长的你们要配合老师，好好的教育孩子，让孩子未来成为一个有用的人，现在的孩子都很调皮，家长们要好好管理，对了，高老师……"

高语默默地在心里为自己祈祷了一声，这才微笑着看向老师。

"高子枫最近的成绩又差了，你也是老师，对于如何教育自己的孩子肯定会有自己的一套办法，我希望你能好好管教他，不能因为他之前的一点进步就骄傲，就松懈！知道吗？"

高语此刻像个孩子一样乖乖点头，郝爽爸爸和戴劲爸爸同情地拍了拍高语的肩膀："子枫爸爸，节哀。"

这话一出，高语的脸色更难看。

家长会大概开了半个小时就结束了，老师抱着一沓资料出了教室，家长们这才开始往外走，高语揉了揉自己的脸，也站了起来："啊，终于结束了！"

来参加高子枫的家长会就是他人生中最痛苦的事，没有之一！

郝爽爸爸显然没有察觉到高语此刻的痛苦，抓着他的手一阵乱晃："再见再见，有空您来家里坐坐。"

高语连忙点头，咬着牙使劲儿的抽回自己的手："一定一定。"

刚说完，不远处传来了郝爽惊天动地的声音："爸爸，我们是 HPBOYS!"

高语被吓得倏地抬头，顺着声音看去，一眼就看见高子枫、郝爽、戴劲三个男孩站在一起组成了奇怪的造型，他抬起手擦了擦额头上的虚汗，脸上略尴尬："这些孩子真是……"

话没说话，高语就被郝爽爸爸拉着站在了一起，三个人靠在一起，也摆出一个奇怪的造型："儿子！我们是 HP MEN!"

郝爽一脸骄傲地在原地就给郝爽爸爸竖了一个大拇指，笑得一脸满足，呆滞的高语和高子枫的视线撞在一起，两个人都尴尬地移开了视线。

郝爽和郝爽爸爸跟高子枫说了拜拜，就搂着一起走了，戴劲和戴劲爸爸也互相交谈着走着，父子关系看上去好得不得了。

高语忽然沉默了，跟高子枫保持着一个人的距离，不远不近地往前走着，视线却忍不住看着前面的四个人。

在尴尬的沉默中，身上的衣服说话了："哼哼，羡慕吧，告诉你，羡慕也没有用，你是水，高子枫是油，你俩的属性就注定分离的结局。"

高语看着衣服若有所思，抬头再一看，高子枫已经走远了，看着高子枫孤独的背影，高语心里忽然有些难过，连忙追了上去："高子枫……"

高子枫听见高语的声音，回头看了高语一眼，没好气地说道："我知道了，晚上不回去打球了，您老就别这么孜孜不倦地跟着我了。"

说完黑着脸不高兴地抛开了，高语这下更加……难过了。

第十六章

别怕，有我在！

　　课间走廊里，高婷抱着一摞作业往班级门口走，站在走廊里的同学看见高婷走过来，眼神怪异的地看着她，还时不时地凑在一起议论纷纷，也不知道是在说些什么。

　　高婷被大家看得一脸茫然，赶紧上上下下"自检"了一遍，觉得自己没什么问题，心中更加奇怪，暗暗想到："衣服正常，裤子正常，鞋子也正常，难道是我头发不正常了？还是我的脸上悄悄地长了一朵花儿出来？"

　　不然的话，大家也不会用这种眼神看着她。

　　高婷没好气地瞪着站在走廊边指指点点的人，忽然猛地回头，看向身后的男生。

　　男生大概没有想到高婷会突然回头，吓得手一抖，赶紧把手机关掉。

　　高婷黑着脸走到他的面前，视线看着他藏在身后的手机，语气笃定地问："你手机上是不是有什么？"

　　男生往后退了几步，有些害怕地看着她："这可不是什么好事，你要是不知道的话，那就继续不知道吧，反正对你来说也不是好事！"

　　他越是这么说，越是不肯给高婷看，高婷就越是想看。

　　俗话说得好，好奇害死猫啊。

　　"少废话！快给我看看。"高婷忍不住心中的好奇，已经伸手过去抢了。旁边的男生一副事不关己高高挂起的姿态，故意刺激高婷，"我劝你还是别看了，要是真的看了指不定得有多伤心呢。"

　　高婷瞪了旁边的男生一眼，然后一把抢过男生手里的手机，刚按亮手机，手机屏幕里是各种表情包，而且被弄成表情包的脸，高婷十分的熟悉。

是林未未。

看着手机里被恶搞的林未未表情包，高婷表情愕然，她往后翻了翻，几乎全都是。

一直站在旁边的男生一脸幸灾乐祸地看着高婷，故意摇头说道："刚才都跟你说别看了吧！偏不听！真是没事找事儿！"

高婷没有理他，举起手机直接问道："这些东西是谁做的？"

这些恶搞的图片有些已经低俗到无耻了！

"哈哈，到处都是啊，高婷，听说你妈只是个跑龙套的小演员，这些表情包虽然低俗了一些，但是说不定能让你妈火一把呢，你说是不是？哈哈哈……"

男生的话一说完，走廊里顿时就响起一阵稀稀落落的笑声，高婷脸色通红地看着周围的人，心中又恼又怒，快速地把手机里的表情包全部都给删除了，扔还给男生，威胁道："班级门口向左，老师办公室往右，如果你们不想我现在就去老师办公室把你们干的事儿抖出来的话，就马上在数到三之前消失在我面前！"

男生喊了一声，对这种威胁不屑一顾："真没劲，动不动就把你爸搬出来，你还能不能有点新鲜的啊？再说你要不怕你妈丢人就去说呗，反正我是不怕。"

男生这次是欺负她欺负定了，抱着胸站在原地看好戏。

高婷咬牙切齿地看着男生冷笑："不怕？那上次月考成绩提高真的是你自己努力的结果吗？晚自习迟到不敢走正门翻墙进来的又是谁？"

高婷抱着手里的作业本，十分冷静地解释："而且我去老师办公室找的根本不是高老师，而是校长！"

高婷的话刚说完，上课铃声就响起来了，一直没说话的男生有些怕了，捅了捅男生，低声劝道："上课了，咱们快走吧，别惹她了！"

旁边那个男生气呼呼地看了高婷一眼这才没好气地冷哼一声，不情不愿地离开了。

其他的学生见没有什么热闹可以看了，这才散去，很快，空旷的走廊里只剩下高婷一个人，孤单的身影显得异常孤独和无助。

上课的时候，高婷明显的感觉周围的同学在悄悄地讨论她，她郁闷地竖起面前的书，当作什么都不知道。

好不容易熬到了放学，高婷连忙收拾了书包就跑了。

高子枫和郝爽、戴劲三个人站在校门口吃冰淇淋，冷得牙齿直打颤，忽然，一个人影飞快地从三个人面前跑过，带起了一阵轻风。

郝爽捏着冰棍看着高婷的背影："疯子，我没看错的话，那应该是你姐吧？"

"你瞎了吧，疯子他姐什么时候能跑得这么快了？都快赶上世界短跑冠军了。"戴劲没好气地推了推郝爽，指着他手上的冰棍喊道："赶紧吃了吃了，要化了！"

郝爽连忙把剩下的冰棍全部都塞进了嘴里。

高子枫看着已经跑远的高婷，手上的棍子一扔，背起书包就跑："那还真是我姐，我先走了！"

刚说完，也一阵风似的跑了。

戴劲和郝爽对视一眼，纷纷摇头，这两个人不愧是亲姐弟啊。

湛蓝的天空悬挂着的太阳像个火球，烧红了半边天，天空中那些白色的云彩似乎也被阳光染了色，通红一片。

高子枫回到家的时候，就看到高婷一个人气呼呼地坐在沙发上，脸色简直不能用难看来形容。

"姐。"高子枫蹭过去，在高婷的身边坐下，"刚才我跟在你的背后喊了你老半天呢，你怎么一直不理我？"

高婷看了他一眼，没好气地吐出三个字："没听到。"

"不可能啊。"高子枫直接戳穿高婷的话，"我声音那么大，走在你前面的同学都回头了。"

想起当时自己被别人当成傻逼一样看着，高子枫的内心就忍不住咆哮。

"哦，那是我聋了。"高婷淡淡地看了高子枫一眼，脸上没有什么表情。

高子枫这才发现情况似乎有些不对，一脸狐疑地凑到高婷的面前："姐，你怎么了，是不是心灵受到了重创？"

高婷眉头一皱，没好气地瞪了高子枫一眼，没有回答他的问题，反问问道："妈今天怎么还没有回来？"

"现在才多晚啊，妈要是回来了反倒不正常了。"高子枫耸耸肩，见高婷对自己爱答不理的，跑到了林隐的房间。

高婷心里余怒未消，坐在沙发上没有动。

林隐的房间里有些狭窄，里面也是乱七八糟根本就没有下脚的地方，高子枫光着脚跳到林隐的身后，直接把电脑的插头给拔了。

"我靠！"眼前忽然一黑，林隐忍不住爆粗口，"高子枫你是不是没长脑子，没看见我正在打游戏吗？"

"舅舅！"高子枫勾着林隐的脖子，完全不理会他激动的情绪，凑到他耳边神秘地说道，"我觉得我姐有问题。"

林隐一脸慎重地点头，看着高子枫面无表情："我觉得你也有问题。"

高子枫："……哎呀，我是跟你说真的！我姐现在正在客厅等妈回来呢，以我敏锐的嗅觉，我觉得她身上有火药味。"

林隐看着被强制关掉的电脑，摩拳擦掌咬牙切齿："那以你敏锐的嗅觉，有没有闻到我身上的火药味呢？"

说完就要去教训高子枫，高子枫吓得在房间里逃窜："舅舅，我是说真的，你听我说啊……"

"鬼才要听你说！"林隐并没有要放过他的意思，在他的身后穷追不舍。

安静的客厅里只有时钟走过的声音，高婷也不知道自己等了多久，仓库的门终于吱呀一声开了，林未未踩着高跟鞋走进来，身后跟着手上拎了七八九个袋子的高语。

"咦，婷婷？放学了怎么坐在这里，不去做作业？"高语看见高婷，眉头顿时皱了起来，担心地看着她。

见她一直不说话，高语狐疑地走到她身边，推了推她："怎么了？傻了啊。"

高婷看了高语一眼，一声不吭地走到林未未的面前。

刚换好鞋的林未未也被高婷弄得莫名其妙，奇怪地看向高语，后者一脸无辜地耸了耸肩，表示她也什么都不知道。

"婷婷，怎么了？"林未未摸了摸高婷的头，这孩子，不会是平时书看得太多，忽然变傻了吧。

"妈，我给你看看这个。"高婷也不回答林未未的问题，直接拿出手机，翻出那些表情包，递给林未未。

林未未一头雾水地接过手机看了一眼，顿时恍然大悟，轻描淡写地说道："就是这个呀，我还以为你怎么了呢。"

高语一听林未未的话，也好奇地凑过头，看到手机上的照片，脸色变了变，却没有说话。

"妈，你怎么可以这么轻描淡写这么的不在乎，他们这是在丑化你的形象，拿你娱乐！"高婷没有想到林未未竟然这么不在意，顿时更加生气了。

"哎呀，现在的网友都这样，喜欢拿那些明星取乐，又不是只有我一个人是这样，现在很多的大牌明星也会这样。"

林未未还是没有把这件事情放在心上，多大的事儿啊，值得这么咋咋呼呼的吗？

"可是这件事影响了我，你知道在学校里别人都是怎么看我的吗？他们还说你要演技没演技，要颜值没颜值，一大把的年纪了还出去作秀。"

"哎哟我去！高婷，这是你对你妈说话的语气吗？"

两个女人忽然就这么吵了起来，站在一旁的高语看得目瞪口呆，等他反应过来，意识到要拉架的时候，高子枫、林隐和林焱通通都从房间里跑出来了。

"怎么了怎么了，怎么忽然就吵起来了？"林焱一脸茫然地看着剑拔弩张的高婷和林未未，问高语。

高语也有些茫然，鬼知道他刚才经历了什么。

高子枫一脸得意地凑到林隐的耳边："我就说了有火药味吧，你还不信。"

林隐也配合着小声问道："什么情况？"

高子枫："不知道。"

林隐没好气地喊了一声，继续观察。

仓库里的空间本来就不大，这会儿大家挤站在一起，就显得更加的拥挤。

高婷黑着脸看着林未未，脸上写着"我不高兴"四个字，不过林未未脸上的表情更加难看，脸上也写着"我更加不高兴"。

"既然你想重新回去拍戏，那就拍好一点的戏啊，每次都是一个跑龙套的，有什么好演的，你不是有异能吗？完全可以利用异能获得更好的角色啊。"

高婷想不通，她演的那些角色已经小到没有一丝的存在感了，为什么还要接？

"又是异能，最近咱们家因为这异能惹了多少的麻烦了，我不想为了一己私欲，再给你们带来不好的事情。"

"这件事跟异能有什么关系？明明就是你自己演技不好，现在年纪这么大了还非要出去抛头露面的，最后还不是给我们惹了这么多麻烦……"

高婷越说越过分，林未未本来就是个脾气极大的主，特别是结婚后被高语给宠着，此刻更加生气，顿时也不给高婷什么好脸色了。

"你以为我喜欢抛头露面啊，要不是因为还要养你们，养这个家，你以为我想这么辛苦啊……"

两个人越吵越凶，谁也不让谁，高语额头上都已经急出了热汗。

一直没吭声的林焱见林未未受了委屈，轻声轻语地开始劝和："婷婷啊，你现在还小，很多事情是不会懂的，你妈妈为了你，为了子枫，为了这个家做出了这么大的牺牲，你应该以她为傲啊，怎么能诋毁她呢？"

高婷黑着脸看着林焱："姥爷，您还是别说话吧，您一说话我就想说说您。您说您现在好歹也是做姥爷的人了，怎么就不知道该想想办法呢，难道您就让舅舅一直这么下去？"

高婷现在又把枪口对准了林隐，高子枫和林隐听了，莫名其妙地对视一眼。

高子枫："我姐今天吃火药了？"

被牵连的林隐莫名其妙地摇摇头："三十六计，逃为上计，我就先走了。"

说完林隐立马就消失在了高子枫的面前，高子枫知道他是隐身了，气得咬牙切齿，太没义气了，怎么着也该带着他一起逃才是。

"哎，婷婷，这么说就是你的不对了，你舅舅怎么了，他现在不是挺好的吗，要不是因为他有场所恐惧症，他才不待在这儿呢。"

林焱平时最听不得别人说林隐和林未未的不是，今天高婷也是吃了雄心豹子胆了，什么话都敢说。

高婷这次也实在是因为太生气了，所以才这么不管不顾地冲两个人发火，高语站在旁边看了一会儿，觉得可以正好趁着这个机会让林未未放弃当演员的念头，于是也帮着高婷说话。

"未未，其实婷婷说的话也不是没有道理，你现在年纪也大了，演技没有以前那么好，在外面抛头露面难免会让两个孩子受到影响的……"

高语的话还没有说完，林未未一个白眼翻过去："咱们俩都离婚了，谁需要你在这里瞎掺和，你再掺和信不信我让你连客厅都睡不了！"

高语一噎，顿时不上嘴不敢再说话了。

"高婷，你现在还小，大人的事情你也不懂，与其担心这些乱七八糟的事情，还不如收好心思，好好念书，这比什么都靠谱。"

林未未现在已经直接称呼高婷的名字了，显然已经很生气。

高婷看了一眼吓得不敢说话的高语，没好气地收回视线："好好念书？你还不知道学校里的同学是怎么说我的吧？让我怎么好好学习？"

现在不管是在学校里还是在家里，都被搞得乌烟瘴气得，让她烦不胜烦。

"姐，你也太脆弱了，别人愿意怎么说就让别人说呗，咱妈喜欢演戏，我们就应该支持她啊。"

高子枫不高兴地看着高婷，还以为是什么严重的事情呢，听了半天终于知道了，原来只是因为别人的闲言闲语。

高语一脸郁闷地看着高子枫，走到他的身边把他往后面拉了拉，没好气地说道："你之前不是才刚跟我说不支持你妈去拍戏的吗，怎么现在又支持了？"

真是一会儿一个主意。

高子枫甩开他的手，老态地拍了拍高语的肩膀，语重心长地说道："爸，现在你和妈离婚了，一个男人要是想抓住女人的心，就要时时刻刻支持她，宠着她，爱着她，不然的话你去哪里寻找春天？"

高语被高子枫说得哑口无言，最后只能沉默着退回到林未未的背后。

"你懂什么，你又不是我，你根本就不知道我承受了什么。"高婷瞪着高子枫，脸色十分难看。

"我是不知道你经历了什么，但是你经历的痛苦肯定没有咱妈多！"高子枫是打定主意要站在林未未这边了，表情坚定地看着林未未，"妈，加油！我永远是你忠实的支持者。"

"哼，你什么都不懂就不要乱说……"

几个人吵吵嚷嚷的，看情况并没有停下来的意思，隐身的林隐坐在沙发上呆呆地看着这让人头大的一幕，犹豫着自己是不是也该掺和进去吵一吵，但是，他应该跟谁吵呢……

林未未今天在片场拍了一天的戏，本来就累得不行，现在又跟高婷吵了半天，实在是没有什么精力了，黑着脸挥手："这是妈的事情，不管你支不支持，我都会继续做下去，你要是真的觉得我给你丢脸了的话，以后在别人面前，就说我不是你妈好了！"

说完林未未直接进了房间，高婷听到她的话，顿时一怔，下意识地看向高语，高语轻轻地叹口气，拍了拍高婷的肩膀，算作是安慰，然后连忙跟在林未未的身后回了房间。

高子枫一脸失望地看着高婷，气呼呼地说道："姐，你竟然这么说妈，你知道妈有多辛苦吗？你太让我失望了！"

说完也跑回了房间，林焱摇头叹气地离开了，一直隐着身的林隐想了想，也悄悄地离开了。

高婷看着空空荡荡的客厅，心里更加难过了，掩着脸跑回了房间。

黑色的云一团团地缠绕在天空中，月亮不知道什么时候隐到了黑云后面，漆黑的夜晚，一丝月光都没有，这样的夜晚，显得格外的压抑。

高婷坐在位子上埋着头痛哭，隔着薄薄的帘子，高子枫能够清晰地听见她的哭声。

高婷这次是真的难过了，她也知道林未未不容易，但是听到同学们说她坏话的时候，她的心里特别的郁闷。

她不想听见别人说林未未的坏话，一句都不行。

"姐。"高子枫犹豫地掀开帘子，一脸无措地站在高婷的身边，"别哭了，我们又不怪你。"

高婷哭声一顿，斜了他一眼："你是不是想多了？"

"哎呀，反正你别哭了，我平时最看不得女人哭了。"高子枫还是第一次见高婷哭得这么厉害，嘴拙地安慰道，"我知道你在学校的压力大，但是妈妈的压力也很大啊，俗话说得好，不想当将军的兵不是好兵，妈这么有上进心，肯定也想当主角儿啊，但是这演艺圈的明星那么多，哪里是说当就能当的，你这么大了，也应该为妈妈着想啊？"

高婷哭声顿了顿，没有说话，只是默默地抽了张纸，用力地擤了擤鼻涕。

"你快别哭了，明天早上好好地给妈道个歉，不就什么事儿都没有了吗？至于其他的事……"高子枫绞尽脑汁地想，好半天才说道，"嘴长在别人身上，咱们还能控制别人说什么不说什么啊。"

高婷想了想，意外地看了高子枫一眼："真没想到，虽然你平时成绩不好，但是这张嘴还是挺能说的。"

现在她的心情果然好了很多。

高子枫一被夸，尾巴顿时翘到了天上："当然了，我可是我们班的名嘴，以后要是有人跟你吵架，而你又吵不过的话就找我……"

"闭嘴！"高婷面无表情地打断高子枫的话，"回你自己的房间去，我要睡觉了。"

"OK，我回去。"高子枫做出一副投降的姿势，点点头，听话地往后退，回了自己的房间。

　　林未未的房间里，高语担心地看着她："未未，婷婷还小，不懂事才会说出这些话的，你可千万别放在心上，更别跟她生气。"

　　林未未轻轻地哼了一声，眯着眼睛疲倦地躺在床上："我现在累得都快要瘫痪了，谁还有心思去生她的气。"

　　高语一听林未未这话，心里顿时松了口气，笑眯眯地爬上床，还没躺好，就被林未未一脚直接踢到了地上。

　　"去客厅睡沙发去，我什么时候允许你睡床了？"林未未没好气地翻了个白眼，小孩不让人省心，大人也是。

　　高语一听，顿时难过了，可怜兮兮委委屈屈地看着林未未："老婆……"

　　"闭嘴！"林未未拿起床上的枕头狠狠地朝高语砸过去，"滚出去！"

　　高语垂头丧气地滚出了卧室，客厅里冷冷清清的，窗外有一丝月光透进来，他长长地叹了口气，这才闭上眼睛睡觉。

　　第二天一早，高子枫就拉着扭扭捏捏的高婷从房间里出来，林未未等四个人坐在餐桌旁吃早饭，看见高婷，谁也没有说话。

　　现在高婷就是一颗炸弹，一点就炸，他们可不想给自己找不痛快。

　　"妈。"高子枫拉着高婷的手走到林未未的身边，"姐有话要对你说。"

　　林未未目不斜视地应了一声，虽然做出了一副洗耳恭听的表情，却并没有转头去看高婷。

　　高婷咬咬牙，难为情地没有说话，高子枫着急地捏了捏高婷的手："姐，快说啊，待会儿妈该出门了。"

　　高婷这才长长地舒了一口气，一脸认真地说道："妈，昨天……对不起，是我不对，我心情不好，不应该把所有的怒气都发泄到你的身上。"

　　林未未傲娇地哼了一声，看向高婷，正想说话，就被高语打断。

　　"好了好了，婷婷既然已经认识到自己的错误了，你就别怪她了。"高语俨然是一副慈父的表情，一脸慈祥地冲高婷招手，"来，婷婷，过来吃早饭。"

　　林未未现在看着高语就来气，没好气地冷哼一声："怎么就你事儿这么多呢？我什么时候怪她了！"说完林未未笑眯眯地去拉高婷的手，"妈昨天也有点冲动，脾气差了些，婷婷你别放在心上，平时如果有什么想法，可以跟我提。"

　　高婷顿时两眼发亮："真的吗？妈，提了你会听吗？"

林未未一噎，连忙放开高婷婷的手："算了，我说说而已，你别当真，快吃饭吧。"

　　"哦。"高婷婷顿时又失望了，垂头丧气地应了一声，坐下来吃早饭。

　　林未未赶着拍戏，吃完早饭就走了，高子枫不急不慢地剥着鸡蛋，看了一眼沙发上的枕头，转头看着高语："爸，革命尚未成功，同志仍需努力啊。"

　　高语瞪了他一眼，拿起公文包就往外走："赶紧吃完早饭去学校，不然又该迟到了。"

　　高子枫把手上的鸡蛋整个塞到嘴里，拎起书包就冲了出去。

异能家庭

第十七章

是谁在追踪

秋风凉爽，气候宜人，果实大多也已经成熟。

高语站在学校的果园里，看着手上累累的果实，真想拿个编织袋来，摘一袋回家。

"高老师。"Lee 忽然出现在高语的身后，吓得心虚的高语腿一软，差点直接跪趴在地上。

"Lee 老师。"高语回头看了一眼，见是 Lee，十分热情地打了个招呼。

"刚才在办公室没有看到你，还以为没来呢。"Lee 站在高语的身边，不动声色地上下打量着他。

高语嘿嘿笑了笑："正好路过这里，看见这里的果子都熟了，就顺便看看。"

"高老师真的只是想看看？"Lee 意有所指。

也不知道是不是因为心虚，高语的反应颇大，差点就举起两根手指发誓了："当然了，我可是遵守校规校纪的好员工，怎么会随意摘取学校里的东西？"

Lee 眼里闪过一抹嘲讽，却一闪而逝。

"高老师果然是一名遵纪守法的好公民啊。"Lee 点头附和，似乎忽然想到了什么，焦急地看着高语，"我忽然想起来要给校长打个电话，但是手机放在办公室了，高老师，你带手机没有？"

"带了带了。"高语十分热情地从口袋里掏出手机，递给 Lee。

Lee 笑眯眯地道了谢，拿着手机跑到了一边，高语莫名其妙地看了他一眼，然后继续对着已经成熟的果实感慨。

Lee 拿着手机，小心翼翼地回头看了一眼，见高语没有注意自己这边，这才从口袋里掏出一个微型跟踪器，寻思着该怎么安装。

手机也不是多大的东西，安装的外面肯定很容易被发现。

Lee 想了想，打算把微型跟踪器安装在手机内部，只不过刚拆下手机的后壳，身后就出现了高语震惊的声音。

"Lee 老师，我的手机怎么招你惹你了，你要这么对它？"

Lee 还没有反应过来，高语已经从他的手中拿回了手机，一脸心疼地重新将盖子上了回去："Lee 老师，这个手机可是跟了我好几年的，你就算不喜欢也不能虐待它吧。"

"不是，我……"

Lee 本想解释，高语以为他还要借，抱着手机就跑："Lee 老师，我还有事，我就先走了。"

Lee 看着高语跑远的背影，默默地把手里的微型监控器重新放回了口袋。

放学的校园总是热闹的，学校门口来来往往的学生三五成群地约着出去玩，高子枫一脸羡慕地看着那些抱着球神采奕奕的同学，人却特别老实地跟在高婷的身边。

两个人一前一后地出了校门口，高子枫忧郁地道："姐，我想去打球。"

高婷白了他一眼："现在在家里都什么情况了，还想着打球。"。

高子枫顿时垂着头不说话了，心里默默祈祷着老爸老妈赶快和好。

"晚上好啊，高婷、高子枫，你们现在是要回家吗？"一直站在校门口的 Lee 看见两个人，热情地过来打招呼。

高婷转头看了他一眼，不咸不淡地打招呼："Lee 主任晚上好。"

Lee 跟两个人套近乎，走到两个人中间，笑眯眯地摆手："别叫我主任，这得多见外啊，我是你爸爸的好朋友，可以叫我 Lee 叔叔。"

高子枫还记着上次 Lee 帮了自己的事情，张口就中气十足地喊了一声："Lee 叔叔！"

"呵呵。"

高婷没好气地瞪了高子枫一眼，把他从两个人中间拉到另一边，看着 Lee 面无表情地说道："Lee 主任，我爸的好朋友有很多，不过如果你找他的话，他现在应该在初中部的办公室呀。"

跑到这里跟他们套什么近乎。

Lee 被高婷噎得说不出话，只能用微笑来表示自己是一个有涵养的人。

"啊……"另一边的高子枫突然大喊一声，吓得高婷和 Lee 均是一抖。

"你干什么？"高婷被高子枫的一惊一乍弄得好无语，又不是见鬼了。

高子枫看着手表，一脸激动地看着高婷，指着手腕上的手表说道："姐，咱们要迟到了，姥爷不是让咱们五点半必须到家吗？现在都五点二十了。"

高子枫背对着 Lee，对着高婷挤眉弄眼，高婷看了他一眼，没什么诚意地道歉："老师不好意思，我们先回家了。"

高婷说完，拉着高子枫转身就要走，站在她身后的 Lee 却一把拉住了她的衣领。

高婷低呼一声，在心里狠狠骂了一句脏话，然后笑眯眯地回过头看着 Lee，强忍着怒气问道："老师，你还有什么事情？"

Lee 眉头一扬，神色诡异地收回视线，看着高婷，缓缓地松开了手："没，我只是想说，我有车，你们要不要坐我的车回去？"

高婷呵呵笑了一声，一脸嫌弃地整理了自己的衣领："不用了，我们还是喜欢走路。"

说完拉着高子枫就走，高子枫小心翼翼地看了一眼站在身后的 Lee，故意喊道："姐，走快一点，快要赶不上了！我昨天才被打了左屁股，今天要是再迟到爸绝对会把我的屁股打得左右均匀了！"

高婷嘴角抽了抽，凑近高子枫小声说道："行了你，别装了，Lee 老师已经走了。"

高子枫回头看了一眼，见原本站着 Lee 的地方现在已经空空荡荡的，这才推开高婷，一脸傲娇地问："姐，怎么样，我的演技还行吧？"

高婷点头赞赏："察言观色的能力还是不错的。你怎么知道我不喜欢那么 Lee 老师？我以为我已经表现得够含蓄了。"

高子枫瞬间有些鄙视高婷："拜托，姐，你这演技也太差了吧？刚才你那表情，就差点在脸上写上'你去死'三个字了。"

高婷："……"

高子枫觉得奇怪，莫名其妙地看着高婷："姐，你为什么不喜欢 Lee 主任？我觉得他挺好的啊，上次还帮了我们呢。"

高婷沉默了一会儿，最后摇摇头："我也不知道，我就是觉得他不太对劲儿。"

高子枫啧了一声，最后忍不住感叹了一声："女人心啊，海底针，姐，有时候女人的第六感也是不准的。"

高婷郁闷地瞪了他一眼，高子枫这才不情不愿地闭了嘴。

今天的夜晚是难得的宁静，大家吃完饭，休息的休息，写作业的写作业，看电视的看电视，各自忙碌。

林未未看着脏衣篮里一大堆的脏衣服，无奈地抚了抚额头，不由得感叹一声："女人啊，就是辛苦。"

说完拍了拍额头，准备洗衣服，高语忽然从身后猫了出来，一脸谄媚地抓住林未未的手："老婆，你这么娇贵的手，怎么能做洗衣服这种粗活呢，放着我来。"

说完就小心翼翼地把林未未移到了一边，殷勤地给脏衣篮里的衣服分类，然后一件一件地丢进洗衣机里。

林未未满意地看着高语的表现，站在他身后不痛不痒地说道："好在你还有自知之明，知道我这千金之躯不能干这种粗活，不过你给我记好了，咱们现在已经离婚了，别动不动就叫老婆。"

高语手上的动作一顿，心里虽然有些不爽，但是为了以后的幸福，他还是笑眯眯地回头："那我应该叫什么？"

"叫女王大人！"不远处的高子枫适时地回答。

林未未觉得这个称呼不错，连连点头，高语没好气地看了高子枫一眼，这小子最近天天都站林未未那边，好像跟他有仇似的。

高语低着头沉默着整理衣服，却忽然在衣服上发现了一个黑色的东西。

"咦？"他惊讶地看着黏附在衣领上的东西，回头递到林未未面前，"老……女王大人，你看这是什么？"

林未未漫不经心地瞥了一眼："还能是什么，脏东西呗。"

"可是看着不像啊。"高语凑近看了看，又闻了闻，林未未一脸嫌弃地看着他，"你是不是还要舔一舔？"

高语："……"

"据我多年的经验……"林隐的声音忽然在卫生间里响起来，吓得林未未和高语一抖，睁大眼睛看着忽然出现在眼前的林隐。

"这个应该是追踪器！"林隐的语气很笃定。

林未未："靠，你能不能不要搞得这么神不知鬼不觉的？"

"姐，现在最重要的，不是'为什么高婷的衣服上会有跟踪器'这个问题吗？"

林未未反应过来，觉得林隐的话很有道理，于是决定先将林隐的问题搁在一边，扭头看着高语："婷婷的衣服上怎么会有追踪器？"

林隐有些鄙视林未未的智商："姐，这个还需要问吗？当然是别人故意放在婷婷的衣服上的啊，我们去问问婷婷不就好了？"

林隐直接抢过高语手上的衣服，走到客厅，像古代的老鸨："婷婷，快过来。"

高婷沉默不语地白了他一眼，没有动。

高子枫坐在一边幸灾乐祸地笑："舅舅，我一直没看出来，你还有做'妈妈'的潜质啊。"

"喊，别捣乱！"林隐看了高子枫一眼，然后抱着"山不就我，我就山"的态度，屁颠屁颠地跑到高婷的身边："你的衣服上为什么会有追踪器？"

高婷一愣，显然也有些惊讶，正想接过衣服，却被高子枫抢了先。

高子枫一把拽过林隐手上的衣服，果然在衣领上看到了一个黑色的微型追踪器，怪叫一声："我知道了！"

高语林未未林隐都一脸期待地看着高子枫，只有高婷，一脸的莫名其妙，他就知道什么了？

"姐！"高子枫对着高婷挤眉弄眼，"你从实招来，学校里是不是有人在追你，然而你对人家爱答不理的，最后他实在是没有办法了，所以才会放追踪器在你的身上！"

客厅里有一瞬间的沉默……

高婷没好气地从高子枫手上抢过衣服："你的脑洞真大，可以去写玄幻爱情小说了。"

林未未捂着脸没脸见人："不想承认这是我的儿子。"

林隐："我刚才什么都没有听到。"

"哎哟，你们别这样嘛，我刚才的分析是认真的！"高子枫见没有一个人相信自己，有些着急了。

高婷也点头："我也是认真的。"

高婷取下追踪器，想了想，忽然想到今天放学的事情，惊叫道："Lee 主任！"

"你现在喊主任也没用啊，就算 Lee 主任出现在这里，他也不会知道这个东西到底是谁放的。"

高语没有明白高婷的意思，以为她想找 Lee 主任帮忙。

"不是，我是说这个追踪器好像是 Lee 主任放的。"高婷抬头看着高语，神色肯定，"今天放学的时候他特意拉了我的衣领，肯定是他。"

"姐，你会不会想太多了？Lee 主任为什么要在你的衣服放追踪器啊，难道是他喜欢你？所以想要利用这种方法控制你？"

又是一阵沉默……

林未未忍无可忍地朝高子枫喊道："高子枫，给我滚回你的房间去！以后不许再看那些乱七八糟的东西！"

高子枫不情不愿地进了房间，林未未这才看向高婷："你确定是你们学校的主任？"

高婷见林未未这么严肃，一时也不敢确定了，支支吾吾地说："不是……很确定。"

"现在不管这个追踪器是谁放上去的，最重要是把它给处理了！"林隐站出来出主意。

高语连连点头，一脸赞同，走到高婷的身边接过追踪器："我去处理。"

林未未、高婷和林隐你看看我，我看看你，纷纷疑惑："他要怎么处理？"

高婷摇摇头："不知道，反正爸不会傻到往自己衣服上放就对了。"

林未未点点头，见时间不早了，回房间睡觉去，林隐想起还没有打完的游戏，也急匆匆地回房间了。

高语拿着追踪器刚出门，就在离家不远处看见了一只小狗，他想了想，直接把追踪器放在了小狗的身上，然后背着手，哼着歌儿回仓库了。

Lee 看着手机上的小红点，有些诧异："这么晚了高婷还出去干什么？"

眼看小红点越跑越远，Lee 想了想，穿上外套就出了门，直接朝小红点的方向追去。

现在已经到了深夜，大街上一个人都没有，凉飕飕的夜风吹过，在这寂静的夜晚显得有几分恐怖。

Lee 裹紧了身上的外套，警惕地盯着四周看。

手机上显示小红点就在前面，Lee 深吸了一口气，快速地往前走了几步，不远处却忽然出现了一个小黑影，吓得他尖叫一声，往后倒退了数十步，差点直接一屁股坐在了地上。

"你到现在都还没有开始动手？太让我失望了。"不远处的黑影披着全黑的披风，从头到尾都包得严严实实的，不仅看不清脸，连大致的身材都看不清楚，声音很粗，低沉有力。

Lee 知道了对方的身份，脸色倒没有那么紧张了，理了理身上的衣服，有些谄媚地说道："您给我点时间，我已经计划开始动手了。"

"什么时候能有结果？"对方很不耐烦。

"很快，很快就会有了。"Lee点头哈腰地朝黑影靠近。

黑影哼了一声："我再给你一点时间，要是还是不给我一点成果……"

"我知道我知道，您就放心好了。"

黑影这才满意地点点头，一眨眼的工夫就消失了，Lee震惊又羡慕地看着空荡荡的路，直到手上的手机发出滴滴的提示音，他这才反应过来，想起正事，连忙低头看向手机，屏幕显示，手机上的红点竟然进了一栋豪宅。

"高家什么时候有一幢豪宅？"Lee挑眉，一脸的疑问，顺着红点的方向走，很快就走到了那幢豪宅前。

白色的四层别墅，看上去真是壮观，Lee站在门口张望了半天，什么都听不到，想了想，直接将手上的手机往口袋里一放，爬上进去。

别墅里静悄悄的，偶尔才能听见几声狗叫声，Lee体形有点大，翻了好半天才爬上墙，跳下去的时候脚一扭，整个人直接摔到地上，他痛得低呼一声，抚着屁股哀号。

别墅里的狗狗敏锐地听见了声音，倏地就冲了出来，直接朝Lee奔过来，吓得Lee拔腿就跑，偏偏脚还扭到了，没跑几步就被小狗追上了。

白色的小狗看上去虽然没有什么杀伤力，但是叫起来的时候还是有些恐怖的，冲着Lee叫了几句，然后直接朝Lee扑去。

"我去！"

Lee和小狗瞬间打成一团，上演了一场人狗大战，时不时传来惨叫声和狗叫声，乱成了一团。

"怎么了怎么了？"狗主人听见叫声连忙跑出来，看见正抓着小狗两只腿的Lee，瞪大了双眼，大喝一声，"你干什么？"

Lee看见狗主人，连忙把狗狗丢开，拍了拍身上的灰尘站起来，刚想解释，就看见别墅主人在打110报警。

"我家有个偷小狗的贼，对，现在还在，你们快来！"

话还没有说完，Lee眼疾手快地抢过她的手机："你听我解释……"

女主人冷冷地说道："留着跟警察解释吧。"

Lee："……"

"我是来找人的，不是小偷。"Lee耐着性子解释，眼睛还时不时地在别墅的院子里搜索，寻找高婷的身影。

"你认识我？"女主人狐疑地指了指自己。

"不认识啊。"Lee 也被女主人的话弄得一脸茫然。

"那你来找我干什么？"

"我不是来找你的啊。"

"这里就我一个人，你来找人的话，不是找我那是找鬼啊！"女主人气得差点捡起地上石头就往他的身上砸去。

"不是，你听我说……"Lee 从口袋里掏出手机，忽然发现红点显示的位子就在他身边。

他顿了顿，不说话了，上上下下地打量着女主人。

"是你？"

"是我！"

"你怎么变成这个样子了？"

"我怎么就不能是这个样子了？"

"你会易容。"Lee 观察了她半天，最后下出这样的结论。

女主人："……"

看来她刚才打错电话了，女主人重新拨打电话："喂，120 吗，我这里有个神经病……"

Lee 现在已经没有心思顾她了，盯着手机上的红点看了半天，发现它在移动。

Lee 的视线缓缓跟着红点移动，最后有些茫然地看着小白狗："原来是你。"

"你别打狗狗的主意，信不信我会杀了你！"女主人见 Lee 盯着那条狗看，战斗值暴涨。

"你听我说，你现在被它的外表迷惑了，它不是一条狗，她现在是个高三的学生，伪装成狗狗的样子……"

不远处传来警报声，女主人再也没有心思听 Lee 在这里胡扯，连忙朝慢慢靠近的警车挥手："这儿，这个疯子在这里……"

Lee 吓得转身就跑，看见跟在脚边小狗，心里一动，直接把它抱了起来，又看见身后的女主人不要命地追上来，连忙丢下小狗逃命。

第二天，高语神清气爽地到了学校，在走廊的时候碰到了脸上青一块紫一块的 Lee，惊讶地问道："Lee 主任，你的脸怎么了？"

Lee 想起昨天的悲惨遭遇，脸色更加难看了，哼了一声，一声不吭地进了办公室。

高语跟在身后，想起昨天那枚追踪器，忍不住皱起了眉头。

夜晚，全家人都聚精会神地坐在沙发上看电视，高子枫悄悄地扫了众人一眼，故意大声地清了好几下嗓子，举着手机日历，拖长了声音说道："各位土豪富婆，明天是我——"

林未未忽然推开高子枫，皱着眉头提醒他："子枫啊，你就不能往旁边站站，挡着我看电视了！"

高子枫气呼呼地看了一眼还在认真看电视的林未未一眼，负气地转向了坐在一旁的林隐："舅舅——"

"哎，你们说这些女明星怎么回事，都整容了还是比不上我姐一半好看，还非要出来丢人现眼！"林隐完全不听高子枫说话，侧过头对着林未未说道。

林未未顿时心情不错地哼哼："就是喜欢你这张实事求是的嘴！明天姐给你做大餐！想吃什么尽管说！"

"谢谢姐！"

高子枫不死心地看向林焱："姥爷——"

林焱姿势颇为夸张地揉揉腰，站起来往房间走："哎呀，人老了，身体变差了，现在都不能熬夜了，生物钟又在呼唤我了，我该睡觉了。"

高语不等高子枫过来，直接打断了他开口的念头，可怜兮兮地看着林未未："未未，我今天能不睡地铺吗？"

林未未瞥了一眼高子枫一脸吃瘪的样子，心情很不错地点点头，毫不犹豫地就答应："可以。"

高语大喜，正想说话，又听到林未未继续说道："那你今晚直接睡地板吧。"

高语："……"

坐在沙发上认真看书的高婷抬起眼皮，漫不经心地看了欲言又止的高子枫一眼："怎么了？肚子里孵什么坏主意了？"

高子枫一噎，顿时什么话都说不出来了，咽下了嘴里的话，一脸失望地回了房间。

客厅里，高婷林未未和高语对视一眼，脸上缓缓浮现一抹笑意。

第十八章

英雄的生日会注定要流泪

秋天的校园依旧光彩照人，常青树已经是墨绿色，花坛里的花儿也竞相开着，像是一只只比美的孔雀。

校园里，最不缺的就是孩子们的欢声笑语。

课间，班级里同学们都在放松休息，女同学们不是手挽着手上厕所去了，就是手挽着手去了小卖部，男同学们则三五成群地聚在一起胡侃，郝爽和戴劲为了一本漫画书追打了半天，两个人傻乎乎地沿着教室跑了几圈，最后意外地发现高子枫竟然盖着一本课本趴在桌上休息。

不正常！

非常不正常！

郝爽和戴劲两个人对视一眼，悄悄走到高子枫的课桌边，郝爽一把掀开了课本，看见高子枫紧闭的眼睛上贴着两只假眼睛睡得正香，郝爽扯着脖子在他的耳边就喊："老师来了！"

正闭着眼睛睡觉的高子枫吓得一个激灵，立马站了起来，脸上的假眼睛纷纷飘落在地上。

"在哪里在哪里？"高子枫激动地左右看看，并没有发现老师的身影，这才知道自己上当了，没好气地看了郝爽和戴劲一眼，整个人又蔫在椅子上。

戴劲奇怪地看着高子枫，推了推他："哎，你今天是怎么回事啊？你都睡了一节课了，再睡课本都要被口水给泡软了。"

高子枫有气无力地推开戴劲的手，有些得意地晃了晃手里的书："没关系，我拿的是郝爽的课本。"

"我靠，你这伪君子，真小人！竟然这么伤害我的书！我不服！"郝爽气呼呼地抢过高子枫手上的课本，被气得哇哇大叫。

　　高子枫没什么心情跟他闹，也没去抢书。

　　戴劲看着高子枫想了想，笑眯眯地拍了拍手："据说过了今天，某人就不是十三四岁的孩子了，而是十五岁的大人了！说说看，闪电侠二号，作为一个即将十五岁的人，有什么感想，还有生日打算怎么过啊？"

　　说到生日高子枫就来气，没好心情地哼哼一声："略过。"

　　郝爽一听这话，立马举手抗议："不行，你再怎么样也要请我们吃顿好的！怎么能略过，我告诉你，这顿饭我们是吃定了，你别想赖！"

　　高子枫脸上依旧没有什么表情，点头表示十分赞同郝爽的话："那也行，我请客，你们去吃，自己付钱。"

　　郝爽和戴劲对视一眼，顿时有些生无可恋，语重心长地拍了拍高子枫的肩膀："太小气了是不会有朋友的，还好我们是你的兄弟。"

　　高子枫听见两人这话，脸色才好看了一些："这才差不多，你们给我准备了什么生日礼物？"

　　"呃……"郝爽心虚地笑了一声，连忙转移话题，"你爸妈答应给你买啥了？这种一年一度的日子不狠敲一笔对不起被打这么多年的屁股啊。"

　　高子枫用力地拍了拍桌子，气呼呼地说道："他们这群没良心的！居然没有一个人记得我的生日！还说什么生日礼物，连句生日快乐都没有。"

　　"不是吧，这么凄惨？"戴劲惊呼。

　　"兄弟，你要挺住！"

　　戴劲和郝爽同情地拍拍高子枫，为他的悲惨遭遇默哀。

　　"我决定了，如果今天晚上回去他们还不记得我的生日的话，我就……"

　　戴劲和郝爽立马"看热闹不嫌事儿大"地异口同声地问道："你就干吗？"

　　"我就一个星期不理他们了！"高子枫咬牙切齿怒气冲冲地说道。

　　戴劲和郝爽对视一眼，纷纷摇头叹息——

　　戴劲："节哀，青春不能没有伤痛。"

　　郝爽："不要倒下，爬起来，吃两个鸡翅再哭！"

　　"去，别烦我！"高子枫没好气地瞪了两个幸灾乐祸的人一眼，兀自趴在桌子上难过。

　　"男儿流血不流汗，你不会就因为这事儿哭吧？"戴劲使劲儿地拍了拍高子枫的后背，砰砰作响。

高子枫做吐血状，没好气地看着他："谁特么说我哭了，谁再说我哭了我死给他看！"

戴劲："……"

"疯子，我觉得，既然你爸妈不记得你的生日了，你完全可以提醒他们啊，他们知道了不就会给你准备礼物吗？"

郝爽开始给高子枫出馊主意。

"咦，好办法，我怎么就没有想到呢！"高子枫兴奋地拍了拍头，"我现在就去。"

"你现在就去哪儿啊，这都快上课了！"戴劲拉住高子枫的手，这孩子也太激动了吧。

"提醒我姐去。"高子枫挣开戴劲的手，就朝高三的教学楼跑去。

高三的教学楼不比初三的教学楼，安安静静的，还有老师在利用课间讲课的声音。

高子枫小心翼翼地走到窗口，看了一眼坐在窗户边上的高婷，小心翼翼地把手中的小纸条扔了进去，见小纸条滚了滚，最后安全降落在高婷的课桌上，这才离开。

正在听课的高婷狐疑地看了看桌子上的纸条，转头左右看了看，并没有发现什么可疑的人，她打开看了一眼，看清里面的字，脸上不由得露出一丝笑意……

很快就放了学，高子枫、郝爽、戴劲三个人沉默地走在路上，气氛有些诡异。

高子枫走在中间，一脸无欲无求，目光呆滞。戴劲和郝爽互相看了几眼，最后实在是忍不住了，开始吐槽。

戴劲："疯子！"

高子枫没有反应。

"喂！"戴劲忍不住加大了声音，高子枫这才恍然回神，看了他一眼。

"这条街我们已经来回回走了四遍了，还要不要走第五遍啊？疯子你溜人呢还是遛狗啊。"

郝爽一把将戴劲拉到另一边，不满意地训斥戴劲："现在是问这种傻逼的问题的时候吗？"说完看着高子枫提议，"疯子，我看你一脸意犹未尽的，要不你继续遛，我们坐路边看着？"

高子枫听见郝爽着没情没义的话，瞪大了眼睛，企图在气势上彻底压倒他："你们一个两个的也太没良心了吧，不记得下午的辣条是我买的吗？我现在心灵受到了伤害，作为兄弟不能抚慰就算了，连陪着我散个心都不愿意吗？"

戴劲不满地嘀咕："你这哪是在散心啊，分明就是在拿我们开玩笑！"

"你说什么？"高子枫一个白眼过去，戴劲连忙谄媚地笑着说没什么，然后和郝爽一起，把他拉到路边的椅子上坐下。

"生日这种东西多俗气啊，拿出大老爷们不过生日的气魄来！不就是个生日嘛，不就是十五岁吗？爱过不过。"郝爽拍拍胸脯，也不知道是在安慰高子枫还是在火上浇油。

高子枫看了郝爽一眼，不冷不热地提醒他："上次是谁过生日的时候死活求着把我集齐的英雄卡都拿走了？"

郝爽尴尬得赶紧赔笑："我不是让你主动告诉你爸妈的吗？你说了没？"

"说了啊，告诉我姐了，可是她还是一点反应都没有。"

戴劲猜测道："疯子，你也别这么失望，万一他们是想要给你一个惊喜呢？你不愿意回家，不就错过惊喜了？"

郝爽连连附和："对对对！快回家！我再不回去我爸那只大猫就要变身老虎收拾我了。"

戴劲一脸沉重地看着高子枫："兄弟，哥儿们能陪你的只有这最后一遍了。"

他们三个人已经绕着这条街走了五遍了，不论是路边摆摊的小伙子还是大妈，纷纷用一种看傻子的眼神看着他们。

"行了行了，赶紧走吧，唧唧歪歪的，赶紧回去吃饭去！"高子枫没好气地挥挥手，郝爽和戴劲连忙离开了，路上只剩下高子枫一个人，他百无聊赖地看着没有任何动静的手机，心中真是百感交集啊。

仓库里传来翻炒的声音，诱人的菜香从厨房里飘出来。

林未未身上系着围裙，在厨房里大展身手，一手拿着锅铲一手拿着锅，翻炒搅拌，没多久，一盘油焖大虾就轻松出锅。

身后，一只手悄悄伸向了装大虾的盘子，林未未抬手就重重地拍了一下："高语先生，收好你的蹄子！"

高语看着油焖大虾直流口水，眯着眼睛狡辩："我就是想帮你尝尝味道，说不定这味道还差了那么一点呢？"

林未未不悦地看着他："你这是在怀疑我的厨艺？再说了，现在没有皇帝了，不需要太监试吃验毒。"

林未未边说着边转身准备做下一道菜，高语趁机偷摸着抓起一只虾放进了嘴里，烫得他哇哇直叫，最后连眼泪都出来了。

大虾的味道实在是好，高语虽然被烫成了重伤，还是被这美味感动得砸吧嘴。

高语舔了舔手指，站在林未未的身后拍马屁："未未，你说我是不是特别有远见，娶了你这么一个会做饭的老婆，长得漂亮还会拍戏，做饭也这么好吃，简直就是入得厅堂下得厨房啊。"

林未未举着勺子目光不善地看着他，眼睛里带着浓重的警告意味。

高语吓得连忙改口："刚才我太激动了，说错了，是前妻，会做饭的前妻。"

林未未这才满意地收回勺子，厨房本来就小，两个人站在这里就更加碍事儿了，她不耐烦地直接把高语赶了出去："你别在这里碍手碍脚的，去买瓶酱油，顺带给子枫打个电话，问问什么时候回来！这孩子越来越野了，放学不回家！"

高语刚退出厨房，高婷就拿着蛋糕进了客厅，看见站在厨房门口推推搡搡的两个人，自觉地捂住眼睛，转过身去："爸妈，我是不是回来得特别不是时候，你们继续，我什么都没有看到。"高婷探进头来。

林未未："……"

"这孩子，瞎说什么，我和你爸可清白着呢，什么事儿也没有，赶紧把蛋糕放下，过来帮忙。"

林未未说着又要进厨房，不想出门的高语自告奋勇毛遂自荐："我来帮你，要做什么？"

林未未一个冷眼跑过去，高语连忙话音一改："刚才你说要买什么东西来着？酱油对吧，好，我记住了我先走了！"

说完就头也不回地跑出了客厅，高婷看着高语离开的背影，忽然觉得……爸还是一如既往的怂啊。

高子枫慢慢悠悠地往家里走，还没到家就看见了高语，高子枫连忙跑了上去，充满期待地看着他："爸！"

高语眼睛一瞪，没好气地看着高子枫："你还知道要回来？这才老实了几天就出去野了，回家看你妈不收拾你。"

高子枫满怀期待等来的却是这样的话，立时失望之极，没好气地看着他："爸，今天你要对我说的就只有这个吗？"

高语不解："你还想要听什么？"

"今天可是我……"高子枫下意识地就要说出生日两个字，可是最后还是被他吞了下去。

他们都不记得了，他提醒了又有什么意义。

"没什么。"高子枫木讷的地往回走，高语看着高子枫难过的背影偷笑。

傻孩子，待会儿要是知道他们要给他庆生，岂不是高兴得要死。

高婷守在仓库门口，远远地就看见高子枫踢着小石头走回来，激动地跑到厨房："妈，来了来了，高子枫回来了。"

"回来了就回来了呗，你这么激动干什么？"林未未漫不经心地看了高婷一眼，脸上没有什么表情，身体却十分诚实地去把房间里正在玩游戏的林隐拉了出来，三个人左左右右地守在门后，准备给高子枫一个惊喜。

高子枫撅着嘴，失落地走到家门口，往里看了一眼，客厅里安静得一个人都没有，他长长地叹了口气，将门推开，刚进去，身后忽然就响起一阵欢呼声："高子枫，生日快乐！"

然后砰的一声，一大堆的亮片从天而降，高子枫满脸惊喜地看着身后的林未未、高婷和林隐，激动得说话的时候都在抖："妈，姐……你们……"

"有些人啊，生怕我们会不记得他的生日，还特意给我扔了纸条过来呢。"

高婷难得调皮地把纸条重新扔给高子枫，上面写着：姐，你还记得今天是什么日子吗？

高子枫不服气地狡辩："我这是防患于未然，如果你们真的忘记了怎么办？"

高婷和林未未对视一眼，笑了笑没有说话。

"儿子，妈今天给你做了大餐，你再等等，剩下的菜马上就做好了。"

林未未欢快地去了厨房，高婷坐在沙发上看电视，高子枫嘿嘿笑着，凑到了高婷的身边，赔着笑脸问道："姐，你给我准备了什么生日礼物？"

高婷直接瞪了他一眼："急什么，待会儿吃饭的时候不就知道了。"

高子枫继续笑，有些猥琐地搓了搓手："可是我已经有些迫不及待了！"

高婷懒得再理他，专心地看电视。

没多久林未未的菜做好了，高语也回来了，一大家子的人坐在餐桌旁，看着桌子上的饭菜流口水。

高子枫闻着菜香迫不及待地就想开吃，不过眼下还有更重要的事情……

"姥爷呢？"

"你姥爷最近热爱生活，出去旅游了。"林未未把桌子上的菜一道道地摆好，漫不经心地回答。

"姥爷选在这个时候旅游，不会是借口吧？目的是不想送我生日礼物吧？"

高子枫严重怀疑林焱现在离开是因为他的生日。

林隐赞同地点头："很有这个可能。"

"别瞎说！"林未未拿出早就准备好的礼物，递给高子枫，"来，儿子，这是妈给你准备的礼物，收好。"

高子枫接过那个包装得十分完美的盒子，兴奋得差点要跳起来："谢谢妈。"

说完就要打开，林未未连忙阻止："哪有当着我们的面拆礼物的，回去拆！"

高子枫听话地放下盒子，一一接过高婷、高语和林隐的生日礼物，四个大盒子抱了满怀。

"爸妈，你们实在是太好了，我爱你们。"高子枫激动得双眼含泪。

林未未笑得十分灿烂："我也爱你，快把礼物放下，先吃饭。"

林未未的手艺好，再加上大家心情好，吃吃喝喝的很是欢快。

一顿饭吃了将近一个小时，高子枫吃饱了饭就急匆匆地抱着礼物回房间了，餐桌上的四个人你看看我我看看你，也顾不得收拾桌子，起身连忙回了自己的房间，并且锁上了门。

高子枫兴奋地拆开林未未送的礼物，偌大的盒子里，除了一张纸片，什么都没有。

高子枫怔了怔，把手伸进摸了个遍，依旧是什么都没有找到，他又不甘心地把盒子倒过来，用力地晃了晃，小纸条孤孤单单地飘落下来，高子枫把盒子一扔，捡起纸条看了一眼，上面写着："儿子，生日快乐，妈妈祝你学业进步！"

"我……靠！"高子枫实在是忍不住骂了句脏话，"老妈真是越来越抠了！"

说完又兴冲冲地去拆其他的礼物盒，可是大家好像都商量好了，送的都是一样的"礼"，只有林隐稍微好一些，送给了他一支画笔，并且留言："子枫啊，虽然今年姥爷不在，但是我会替你姥爷完成他的心愿的，送一支画笔给你，好好画画。"

高子枫气呼呼地冲到客厅里，餐桌旁哪里还有半个人影。

"妈，爸，出来！"高子枫冲到林未未的卧室门口敲门，林未未心有余悸地看着被敲得砰砰作响的门，"这小子脾气还挺大的。"

高语趁机说道："前老婆，这个世界太危险了，我能不能在这里睡一晚上？"

林未未瞪了他一眼，拿起一个枕头砸了过去："只能睡地板！"

"好好好。"高语高兴地应下，就算只能睡地板他也满意，好歹进了卧室不是。

高子枫敲了半天门，林未未高语也不出来，他最后叹一口气，看着桌子上还没有吃完的蛋糕，无奈地摇摇头："漫漫长夜，无心睡眠啊……"

第十九章
七号楼有一点任性还有一点嚣张

秋天，落叶纷纷，秋高气爽，天气好得让人忍不住喟叹，然而，小美此刻却只能在位置上长吁短叹，十分发愁的样子。

她皱着眉头，有些抓狂地抓了抓头发："唉，怎么办啊，真愁人。"

不远处的高子枫看到小美的表情，心里一着急，赶紧冲过来，像是上演偶像剧一般，晃着小美的手臂紧张地问道："小美你怎么了？是遇到什么事情了吗？告诉我，子枫一定会帮你的！"

小美皱着眉头十分苦恼地说道："马上就要做年级黑板报了，这期是我负责，特别重要，回头要参加多校联合评比的。"

高子枫以为小美是担心自己做不好，铆足劲儿地夸她："那怕什么？你字写得好，画也漂亮，肯定能赢的，不要紧张！"

小美被高子枫说中了心事，郁闷地看着他，声音不由得提高了许多："我才不是紧张。这次据说还会暗中调查学校内部的同学支持情况，咱们以前那些冠冕堂皇的内容，大家一向不喜欢，所以这次要是做不出来大家特别喜欢的内容，就完了……"

原来是在苦恼该做什么主题，高子枫秉着"小美的事就是我的事"，托着下巴认真地想了想："那要不然做超级英雄？超级英雄每个人都喜欢！"

小美忍不住翻了个白眼："什么叫每个人都喜欢，是你自己喜欢吧！"

高子枫挠着头不好意思地笑了笑，小美本来也没指望他，倒也没生气，想了想继续说道："其实我有一个选题，相信只要能做出来，咱们学校的同学应该都会感兴趣，就是难度有点大。"

高子枫立马就摆出一副 superman 的经典姿势："快说快说，只要有我在，我一定会帮你的！"

小美小心翼翼地看了周围一眼，然后一脸神秘地凑到高子枫的耳边："七号楼的秘密！"

高子枫听到顿时就激动得蹦了起来，一脸惊悚地看着小美："你是说大家都传闹鬼的七号楼？"

小美苦着脸点头，耷拉着脸说道："对，大家都感兴趣，但是都不敢去，要是我能做一期关于七号楼探秘的黑板报，肯定能得到高票数。"

说完双手捧心，满脸的期待。

高子枫被小美漂亮、可爱大方、人见人爱、花见花开、沉鱼落雁闭月羞花的脸所蛊惑，想也不想就头脑发热地拍了拍胸膛应下来："那还不简单，我陪你去，有我保护你，你尽管放心，我不会让你掉一根头发！"

小美一听高子枫这话，瞬间满脸崇拜地看着他："你不怕吗？真的好多人都说有鬼呢。"

高子枫又摆出一个威武的 POSE，十分严肃地说道："不怕，I am superman! 我可以保护任何人！"

小美兴奋地拍手："好，那咱们就这么说定了。"

高子枫见小美终于高兴了，自己也就开心了，笑嘻嘻地点头："嗯！"

狭窄的房间里，战斗厮杀的声音充斥着每个角落。

林隐的眼睛一眨不眨地盯着屏幕，手指飞快地在键盘上操作着，电脑里传来一声声惨叫声。

高子枫怀里抱着一堆零食，悄悄地出现在房间里，缓缓地走到林隐的身后，只可惜林隐打游戏打得太认真了，半天都没有发现身后站了个人。

高子枫只能十分尴尬地咳一声，提醒林隐自己的到来。

林隐按下一个操作键，把敌方打得七零八落，这才一把摘下耳机，转身抱住高子枫："哎哟喂，这是哪来的小贼啊，偷偷摸摸地进来，你是想偷什么？"

高子枫站在林隐的身后看到电脑屏幕，赶紧挣开他，坐在电脑前面继续玩守望先锋，一边熟练地操作电脑，一边抱怨："老舅，你都好不容易玩到这了，居然离开电脑！"

林隐毫不在意地耸耸肩："今天能打到这是运气，后面反正我也过不去。"

早死晚死都是死，他干什么要那么拼命啊。

高子枫想了想，笑眯眯地和林隐打商量："舅舅，要不然这样，我帮你过了这一关，你答应我一件事？"

林隐立马防备地看着他，拉开两个人的距离："你又打什么主意呢？我没钱也没色，这你也知道！"

高子枫摆摆手："放心，对你来说是特别简单的事儿。"

林隐咬着手指考虑了半天，终于有些心动了，无奈地说道："这次居然让你撞上唯一一个比我厉害的游戏，既然这样，我就让你试试。"

高子枫见自己成功地说服了林隐，欢呼一声，然后开始打游戏。

他表情紧张，手上动得飞快，看上去十分认真，林隐趴在旁边聚精会神地看着屏幕。宽大的电脑屏里，只看见一阵阵闪光滔天，刷刷刷的声音不断地从电脑里传出来，没多久高子枫就赢了。

"我靠，居然真让你过了！"林隐难以置信地惊呼！

"哼，我说什么来着，我的实力，你无法想象！"高子枫得意地拍了拍手，想起刚才的交易，"老舅，过两天晚上你隐身陪我去探学校的鬼楼。小美要去那儿探秘做黑板报。"

林隐想也不想就爽快地答应了："我猜你肯定是为了伟大的爱情，才会迸发出这么强大的潜力，我就见不得有情人不能终成眷属，我一定会帮你的。你这个年龄，没有什么压力，也不太忙，正是该好好找对象的年龄，等你到了我这个岁数，才知道知根知底的姑娘最真实最可爱。"

林隐说话的速度太快，一句话又老长老长的，高子枫听得目瞪口呆："舅舅，你要是把跟我聊天的劲儿拿去搞定个舅妈多好。那咱们这事就定了啊。"

高子枫说完就兴冲冲地跑了，林隐重新在电脑面前坐下来，看着屏幕自言自语："定了就定了，反正我也出不去。"

夜晚的街道寂静无声，然而夜晚的七号楼诡异得更加安静，只有从外面洒进来的点点月光。

高子枫和小美在走廊里抹黑前行，手里虽然拿着手电筒，但是为了不打草惊"鬼"，两个人都没有开手电筒。

小美轻手轻脚地跟在高子枫的身后，颤颤巍巍地朝前摸索着，高子枫一手抓着小美，一手抓着一个看不清的东西，慢慢往前挪动。

　　楼道里安静得只有两个人的呼吸声，也不知道是不是因为太害怕了，两个人总觉得背后凉飕飕的。

　　突然，跟在高子枫身边的小美激动得跳起来，小声尖叫了一句："啊！那边好像有东西在动！"

　　她伸出手，颤颤巍巍地指着不远处在晃动的影子。

　　高子枫顺着小美指着的视线看去，看见是窗帘在迎风而动，连忙安慰她："没事没事，别怕，那是窗帘，不信你再仔细看看。"

　　小美定睛一看，果然是窗帘，心里顿时松了一口气，继续往前走。

　　高子枫知道小美肯定很害怕，拉着他的小手还在抖呢，为了给她壮胆，高子枫说道："小美，你别害怕，我舅舅跟我们一块呢，他和我都有异能，他能隐身，所以你看不见他，待会儿要是有事咱们能躲就躲能跑就跑，肯定没关系的。"

　　小美跟在高子枫的身边，眼观六路耳听八方，皱着眉头紧张地拉拉他："你别乱说，我好像真的听到了什么声音。"

　　高子枫顿时也紧张起来："真的吗？"

　　两个人都紧张地靠着彼此，高子枫心猿意马地看着小美，悄悄地用手搂住小美的肩膀："好像是前面，我们过去看看吧？"

　　小美点点头，两人小心翼翼地循着声音走过去，没走几步，小美就退缩了："高子枫，我不敢过去，我就在这里等你吧？"

　　高子枫一向，小美毕竟是个弱女子，心里害怕也挺正常，连忙点头："好，我去看看，你就在这里，我让舅舅陪着你，你别害怕。"

　　小美感激地点点头。

　　高子枫看着虚无的空气，十分认真地说道："舅舅，小美就交给你了，你一定要保护好她。"

　　小美嘴角忍不住抽了抽，不知道为什么，被高子枫这么一闹，她觉得后背更加凉了。

　　高子枫沿着走廊继续往前走，声音也越来越清晰，他努力听了听，觉得好像是钢琴声。

　　这大晚上的谁这么有闲情在这里弹钢琴？还是说，弹钢琴的不是人？

　　高子枫觉得心里凉飕飕的，想了想，犹犹豫豫地往前走。

　　钢琴室在走廊的最靠里，高子枫轻手轻脚地往前走，终于到了钢琴室的门口，就着月光，隐隐约约看见一个披散着头发，穿着白色衣服的影子坐在钢琴面前。

高子枫盯着那个背影看了好一会儿，竟然觉得好熟悉。

他难道见过这只鬼？

高子枫疑惑了，他利用异能，快速地闪到那个白色的影子面前，反正如果真的是鬼，他再利用异能逃跑就好了。

白色的影子正认真地弹钢琴，眼前忽然出现一个人影，吓得她尖叫一声，手上也是一抖，钢琴发出一身刺耳尖锐的声音。

高子枫被白色影子的叫声吓得紧紧闭着眼睛不敢睁开，挥着双手也开始大叫，两个人极有默契地同时高喊着，时隔一分钟之后，才慢慢冷静下来……

"我去……"高子枫看着面前那张熟悉的脸，差点直接吐脏话，"姐，怎么是你？"

高婷吓得脸色惨白，听见高子枫的声音，立马就镇定下来："子枫，你怎么在这里啊？"

"我来看看到底是哪只鬼在七号楼里吓人啊。"高子枫惊讶地看着高婷，"姐，没有想到是你啊。"

高婷不悦地翻了个白眼："我什么时候装鬼了？是别人这么传的好不好？我只是想来弹弹钢琴。"高婷转头看着钢琴，有些失落地说道，"咱们家的钢琴不是坏了吗？我想弹钢琴就只能来这里了。"

"原来是因为这个……"高子枫恍然大悟地挠挠头，自言自语，"说来也奇怪，姐，就你这样的技术，你到底是为什么会喜欢弹钢琴啊。"

刚才他还以为是谁在鬼哭狼嚎呢，走近了才知道是钢琴声，再走近了才知道原来是她姐弹钢琴。

"去，别跟我贫嘴，你今天就这么闲，大晚上的跑到学校来抓鬼？"高婷将钢琴盖好，率先出了钢琴室。

高子枫跟在他的身后，不好意思地挠了挠头："我是陪小美来的。"

高婷这才明白过来，没好气地朝他挥挥手："你继续泡妞了，我先回去了。"

"哎，姐，你可别跟咱爸妈说啊。"不然他的屁股又要被打开花了。

高婷不耐烦地挥了挥手，快步走了。

高子枫想起还在等自己的小美，连忙跑回去："小美，你没事吧？"

"我能有什么事儿啊？"小美摇摇头，一脸期待地看着高子枫，"怎么样？你知道刚才是什么声音吗？是不是有鬼？"

"不是，是我姐！"

"你姐？"

"是啊，我姐在弹钢琴呢，太难听了，鬼哭狼嚎似的。"高子枫嘿嘿笑着，似乎有些害羞。

小美走在他身边，十分赞同地点点头："确实挺难听的……"

高子枫坐在沙发上摆弄着手机，高婷从门口进来，看了他一眼就准备进房间。

"哎，姐，快过来！"高子枫十分热情地冲高婷招了招手，激动地指着手机说道，"我拍了自己的探险视频，你快过来看看呀！"

高婷虽然有些不耐烦，但还是走到他的身边坐下："昨天晚上的探险视频？行啊高子枫，你还真会给自己加戏啊。"

高子枫兴奋地笑着，把手机放到高婷面前，让她看清楚："姐，你看我是不是特别厉害，英雄护美，绝境冒险，说的就是我啊！"

高婷没吱声，认真地看着视频，也不知道是看到了什么，突然紧张起来，偏偏高子枫还在耳边叽叽喳喳的，聒噪得不行，高婷没好气地看了他一眼："闭嘴！"

高子枫的话还没有说完就被高婷打断，他心里有些委屈，可怜兮兮地说道："姐你怎么又凶我，你这样会很容易失去我的知不知道？"

高婷懒得跟他扯那么多，直接按下暂停键，指着手机角落的一个位子对高子枫说："你看这里，这里好像有个人影。"

"啊？人影？"高子枫狐疑地凑近看了一眼，确实看见角落里有个黑色的人影，猜测道，"会不会是舅舅啊，我让舅舅也去了。"

高婷皱着眉头想了想，忽然起身，一脸严肃地说道："我们去问问他。"

话刚说完，林隐就从房间出来，听见高婷的话，一脸奇怪地问道："去问谁啊？"

"舅舅，过来！"高子枫激动地朝林隐挥挥手，见林隐站在原地没动，直接跑过去把他拉过来，高婷十分配合地拿着手机出现在他的面前，指着屏幕："就是这里。"

林隐盯着手机看了大半分钟，然后一脸茫然地抬头，对上高子枫和高婷一脸期待的表情："那里怎么了？"

高子枫和高婷无力地对视一眼："舅舅你看清楚，就是这个人影啊，是不是你？"

林隐又低下头认真地看了半天，最后抬起头看着高子枫和高婷。

"怎么样怎么样？"高子枫迫不及待地问道。

林隐一脸严肃："我仔细看了半天，我那天其实没有去。"

高子枫、高婷："……"

"这么说，七号楼真的有鬼？"高子枫震惊得张大了嘴。

高婷没好气地推了推他的头："拜托，现在是二十一世纪了好吗？就算有鬼，那也是有人在捣鬼！"

"谁？"

"你问我我问谁啊？"高婷白了高子枫一眼，拿着手机回房间，高子枫屁颠屁颠地跟在身后，"姐，你手上的手机是我的……"

早上吃饭的时候高子枫还在想着照片的事情，高语直接拿起一本书拍在他的脑门上："吃饭就好好吃饭，大早上的又在想什么？"

"哎哟，爸，你能不能别动不动就打我，瞧我这智商都被你给打残了。"高子枫可怜兮兮地避开高语的手，嘴里还不忘继续吃着早饭。

"还有嘴说，你姐都去学校了，你还在这里吃！"

高语忽然变得像唐僧一样唠唠叨叨，高子枫连忙打断他的话："爸，你控制点，听说女人都不喜欢话多的男人。"

"你说我话多？"高语一听又怒了，高子枫见情况不对，连忙又继续转移话题，神秘兮兮地抽出手机，"爸，我给你看个东西。"

高语被高子枫神秘兮兮的样子弄得一头雾水："什么东西？"

"哎哟，你别问了，过来看不就知道了吗。"高子枫调出那张照片，指着角落里的阴影说道，"你看，我们学校真的在闹鬼，我昨天……"

"高子枫！"高语好歹也是一个教书育人的人民教师，听到高子枫的话就觉得他是在胡说八道，抬手对着他的后脑勺又是一巴掌，"赶紧给我收拾书包，去学校！"

"不信就不信嘛，打我干什么，暴力男！"高子枫可怜兮兮地揉着头，背着书包嘀嘀咕咕不满地出了门。

树叶上挂着晶莹剔透的露珠，湛蓝的天空一片澄清，偶尔有几只小鸟飞过，一阵鸟啼声从天空飞过。

高婷背着书包慢悠悠地朝校门走去，身后的高子枫看见了，迅速地追了上来："姐，你等等我啊，每次都走得这么急。"

高婷一声不吭地朝他伸出手。

高子枫盯着她的手看了一眼："手掌细腻，手指纤细。"

"神经病啊，谁让你看我的手了！"高婷一把抢过高子枫手中的手机，"我要的是这个！"

高婷翻出那张有奇怪人影的图片，语气笃定地说道："我觉得这件事情没有想象中的那么简单。"

高子枫竖起大拇指："果然知我者我姐也。"

高婷压根没心情跟他开玩笑，继续盯着手机屏幕："那个影子那么古怪，里面肯定有秘密。放学后等没什么人了，我打算去七号楼看看，你去不去？"

高子枫挺起胸膛，用力地拍了拍："当然，我可是 superhero 高！"说完，他扭头征询高婷的意见，"但是姐，咱们要不要给爸打个电话汇报一下我们的行踪？"

高婷点点头，把手机还给他："你打。"

"凭什么？"高子枫反应极大地跳起来，"我拒绝，刚才他对我动手了，我不服！"

"拒绝无效。"高婷白了一眼过去，快步进了学校，高子枫不情不愿地跟在身后，拨通了高语的电话。

放学的铃声一响，学生们瞬间就变成了放养的小羊，一个个地朝外奔。

高子枫和高婷坐在操场上撑着下巴无聊地等天黑。

球场上打球的人越来越少，天色也渐渐黑下来，高婷看了看时间，这才拍拍屁股站起来："走吧。"

"姐，你等等我啊，每次都走得这么着急干什么！"高子枫屁颠屁颠地追了上去。

七号楼里灯光稀疏。

高子枫和高婷战战兢兢、推推搡搡地走在七号楼里，拿着手机当手电筒。

高子枫神经紧绷，左顾右盼："姐，你说那个影子会不会真的是……"

高子枫的话还没有说完，就被高婷拉了拉手："你看那边。"

"什么啊？"高子枫顺着高婷所指的方向看去，看到一个实验室的老标牌。高子枫这才发现他们停在了一间实验室外面。

高婷左右看了一眼，没发现什么人，这才走上前，盯着门看。

"姐，你这眼神……是想把门盯出一个洞来吗？"高子枫跟在高婷的身后也盯着看，一脸疑惑。

"这栋楼已经很旧了，基本上不会有人用来上课。但是你看，这个门把上却亮得反光，一点灰尘都没有，这说明了什么？"

高子枫忽然反应过来，惊呼道："这间实验室经常有人来！"

高婷皱着眉头，也不知道是认真的还是在耍高子枫："也许不是人呢？"

高子枫果然被吓得后背发凉，紧靠着高婷瑟瑟发抖："我靠，姐你别吓我！"

高婷好笑地看了他一眼："你不是超级英雄吗？勇气呢？你们政治也该学唯物主义了吧？"

竟然真的相信这个世界上有鬼。

高子枫争辩："勇气和怕鬼是两回事！黑夜吞噬了我黑色的眼睛……啊……别！"

高子枫话还没说完，高婷一下子把实验室的门打开了，吓得高子枫大叫一声，往高婷的身后躲去。

高婷也被高子枫的叫声吓得手一抖，回头瞪了他一眼："我说你能不能别自带音效？"

高子枫难得地没有顶嘴，反而指着实验室里瞪圆了眼睛。

高婷疑惑地看向实验室，发现一滴不明液体正从实验室里的水龙头里滴下来，旁边被手机照亮的地方，居然是一只老鼠的尸体！

高子枫躲在高婷的背后，只敢露出一双眼睛："姐，会不会是吸血鬼啊？你牺牲一下色相和他结婚，让他放过我们吧！弟弟会一辈子感谢你的。"

高婷没好气地把身后的胆小鬼推开："你别自带剧情好吗？这里一看就是个化学实验室，架子上都是试剂。"

高婷镇定地查看着实验室里的摆设，突然灯光照到了一双突出的眼睛，高婷吓得手一抖，差点尖叫出声。

高婷轻轻地拍了拍胸膛，下一秒就听见高子枫十分淡定的声音："姐，这里这么多牛蛙，能不能拿回家水煮了啊？"

经高子枫这么提醒，高婷这才发现自己刚刚看到的眼睛是牛蛙的眼睛，而且玻璃瓶子里泡着好几只大牛蛙。

她有些疑惑地嘀咕："为什么实验室里会有这么多的牛蛙？"

高子枫附和道："不会是有人偷偷在这里吃牛蛙吧？吃果然是人类进步的唯一动力啊，没有之一。"

高婷轻轻地拍了一下高子枫的脑袋，鄙视地说道："这么肤浅的想法也只有你能想到！但是也不是没有这种可能，走吧，先回家。"

高子枫一脸天真地朝那些牛蛙挥手说再见："拜拜牛蛙，我们这里无缘，到时馆子里再相见。"

两个人出了实验室，高婷婷轻手轻脚地关上了实验室的门，却没发现实验室的地上，留下了他们的脚印。

晚上两个人回到家，高语早就已经在客厅里等着了，看见两个人回来了，开始"三堂会审"。

"说吧，去七号楼发现什么了？"高语一脸严肃地看着高婷和高子枫。

"爸，我跟你说，这次我们的探险……"

"停！"高语打断高子枫的话，看向高婷，"为了防止我听不懂，高婷来说。"

高子枫顿时气馁，愤恨地说了个不公平，就乖乖地走到高婷的身后去了。

"我们发现七号楼的实验室里有人经常去，但是不知道是谁，而且里面泡了很多的牛蛙。"高婷想了想，犹豫地猜测，"爸，这件事会不会和 Lee 老师有关？"

上次的追踪器她就怀疑是他藏的。

高语皱皱眉头："没有什么证据怎么能兀自下结论？等我去查查看。"

"你？"高子枫和高语同时一脸惊讶地指着高语，"老爸，你还是算了吧，最后别给我们帮倒忙就算不错了。"

"怎么说话的呢！"高语拧着高子枫的耳朵，"赶紧给我回屋写作业去，你妈要回来了！"

"哎哟喂，您老轻点啊……"

安静的走廊里，高语鬼鬼祟祟地推开教务主任办公室的门，见里面没人，连忙走到 Lee 的办公桌上快速地翻找，办公室的门吃里扒外地给他盯梢。

门："哎哟，年轻人，你动作快点！一会儿他回来你可就惨了。"

高语急得额头上都是汗，动作也慌慌张张的，几分钟的工夫就把办公室翻得乱七八糟："只要你不一直叨叨，我就能动作快点！"

门高傲地哼了一声："现在嫌我啰唆了，有本事别求我给你盯梢啊。"

高语被噎得说不出话，最后觉得识时务者为俊杰，他堂堂一个人，怎么能和一扇门计较呢："好了，好了，我错了！"

高语一边应付着办公室的门，一边继续翻找，最后终于在抽屉里看见了一个徽章，愣了一下，举起来看了看，奇怪地说道："这不是子枫平时玩的那个……"

门："哎哟，不好了！人来了！来了！"

门说话的声音尖锐得很，吓了高语一跳，仓皇之中又把徽章放回进抽屉。

刚合上抽屉，门就被人推开了，Lee 推开门，乍然看见站在办公桌后对自己微笑的男人，吓了一跳："你怎么在这里？"

高语嘿嘿笑着整理摆放在桌面上的书，若无其事地说道："我从这儿经过，看见你办公室里乱了，跟遭了贼似的，就进来了帮你整理一下，对了，你赶紧看看你的东西有没有丢？"

说着高语继续整理着书桌，并没有要离开的意思。

Lee 眉头一拧，瞬间有了些不悦："不用，高老师你回去吧。"

他的态度和语气都十分的严肃，完全不给高语拒绝的余地，高语想不出其他的借口了，只能点头："那行，我先走了啊！"

高语机械地朝 Lee 挥着手，走出了办公室，刚关上门，就站在门口长长地舒了一口气："差点就被发现了。"

门在身后说道："还不快谢谢我，没有我给你盯梢你早就被发现了。"

高语连忙对着门道谢，路过的人看见了一脸惊吓，还以为他疯了。

办公室里，Lee 紧张地打开抽屉，看见徽章还在，顿时长长地松了一口气，下一秒马上又抬起头，看着门口高语离开的方向，露出一抹高深莫测的眼神。

今天林未未难得回来得早，亲自下厨在书房里做饭，高语看了一眼坐在沙发上看电视的高子枫和高婷，故作神秘地说道："我今天去 Lee 主任的办公室了！"

高子枫的眼睛继续盯着电视："这有什么好炫耀的，我天天进。"

他每天都被叫进办公室被训。

林隐在一边幸灾乐祸："子枫，你这样会被打啊。"

"谁敢打我！"高子枫激动地站起来，做出一副唯我独尊的表情。

高语一个冷眼射过去，高子枫瞬间就老实了，嘿嘿笑了一声老老实实地在沙发上坐下。

"爸，你继续说。"高婷对高子枫打断高语说话的行为很不满，瞪了高子枫一眼，示意他要是再敢废话她肯定就不会像现在这么客气了。

高子枫紧紧地捂着嘴，顿时不敢再说什么。

"我在 Lee 主人办公室里看到了一枚徽章，和子枫的那个一模一样。"高语一脸神秘地说道。

所有人的视线都聚集在高子枫的身上，高子枫举起手解释："那枚徽章是我在火灾现场捡的。"

高婷不知道想到了什么，自言自语地说道："咱们的异能也是在火灾之后才有的。"

"难道这 Lee 跟异能有关？还是跟咱家的火灾有关？"高语激动地站起来，"如果是跟咱家的火灾有关的话，我是一定不会轻易放过他的！"

"爸，你别激动，这些还全都是咱们的猜测呢，您消消气消消气！"

"哼！"

金黄色的斜阳照下来，晒得人身上暖洋洋的，放学后的校园里安安静静的，没有半点人声。

高婷刚做完值日，准备收拾东西回家，余光看见有人在门口鬼鬼祟祟的，心里有些紧张，悄悄地绕到门后，抓住对方的手用力一扯，下一秒，高子枫就鬼哭狼嚎地出现在高婷的面前。

"哎哟喂，姐，你轻点儿啊，痛！"

高婷没有想到鬼鬼祟祟的人影竟然是高子枫，没好气地撒开手："你在我教室门口鬼鬼祟祟的干什么？脑子被门撞了？"

"你脑子才被门撞了呢！"高子枫可怜兮兮地揉了揉手，"姐，你这样不行，以后真的会嫁不出去的！"

"有这个时间担心我，还不如先担心你自己！"高婷白了高子枫一眼，拿着书包就往外走。

高子枫连忙拉住她："别急着走啊，我有事儿找你！"

"有话快说，有屁快放！"高婷不耐烦地看了一眼时间，她今天还要做七张试卷儿呢。

"当当当，你看这个！"高子枫把手里的照片亮给高婷看，一脸的得意，"这

202

是我特意从妈妈的相册里偷出来的。"

"高子枫，你胆子越来越大了，不怕打屁股了？"

"我接下来要做的事情很伟大，打屁股算得了什么！"高子枫一脸英勇的表情让高婷好奇了，"你要做什么？"

高子枫笑得一脸神秘，朝高婷挥挥手："你过来……"

高婷嘴角抽了抽，没理她。

"啧。"高子枫凑到高挺的耳边，"我们带回去……"

天色渐渐黑了，林未未探头看了外面一眼，伸手捅了捅身边的高语："怎么婷婷和子枫还没有回来？"

高语正专心地看着电视，听见林未未的话，敷衍地朝门外看了一眼："应该是在跟同学玩吧。"

"哎，我说你怎么回事啊，你好歹也是他们的爸，这么晚了两个孩子都没回来，你就这态度？你不担心她们？"

林未未话音刚落，门外就响起一阵脚步声，高语连忙指着门口说道："来了来了，肯定是他们回来了。"

说完两个人一眼期待地看着门口，脚步声很快就到了门口，林未未和高语探着头，充满期待。

"孩子们，我回来了！"随着这道苍老的声音，出现在门口的是戴着墨镜的林焱，林未未和高语对视一眼，脸上均出现失望的表情。

"哎，你们两个人这是什么表情啊，不欢迎我回来？"林焱取下墨镜，皱着眉头不悦地看着两个人。

"欢迎欢迎。"高语和林未未同时鼓掌，四个字说得有气无力的。

"嘿，你们俩……"林焱气得不轻，转身要去找高子枫和高婷，"你们不欢迎我算了，我去找子枫和婷婷。"

"爸，你省省吧，子枫和婷婷还没有回来呢。"林未未喊住林焱的脚步，然后扭头看着高语，"这俩孩子不会是出什么事儿了吧，你出去找找看。"

"为什么是我？"高语不服。

林未未摩拳擦掌地冷笑："不然是我？"

高语沉默了一下，然后毫不犹豫地站起身往外走去："我现在就去。"

林焱一听高子枫和高婷还没有回来，也紧张了："怎么回事，他们去哪儿了？"

林未未有些无语地看着他："我要是知道我还担心什么啊……"

星星挂在树上一闪一闪的，看着可爱极了，圆月挂在天空中，淡淡的月光洒下来，照亮了这么黑夜。

高语分析了一下所有高子枫和高婷可能去的地方，决定先去学校找找。

这个时候的学校里早就已经没了人影，高语先去去了高子枫和高婷的教室找了找，里面黑漆漆的，别说是人影了，连个鬼影都没有。

高语皱着眉头，正想回去的时候，发现教导主任办公室的灯还亮着，想了想，悄悄地走了过去……

安静的办公室里，Lee正在用电脑浏览网页，而网页上都是关于异能人的资料。

"Lee主任！"

高语突然推门进来，Lee吓了一跳，抖着手赶紧把电脑上的网页关了："高老师，你进来怎么不敲门啊？"他狐疑地打量了高语一眼，好奇地问道，"现在都这么晚了，你还来学校干什么？"

"呃，我……"高语四处观察了一下Lee的办公室，并没有看见高子枫和高婷。

Lee见高语东张西望的似乎在找什么东西，不悦地问他："你看什么呢？"

高语回过神，连连摆手："啊？没……没什么。"

Lee沉默地看了他一眼，继续问道："那你找我有事？"

"没事啊，我就是今天吃晚饭的时候肚子有点撑了想出来散步但是我前妻不肯陪我出来所以我就只能一个人出来了谁知道我散着散着就走到学校来了无意间看见你的办公室还亮着灯所以就顺便进来打个招呼！"

高语不喘气不停顿地说完，长长地舒了一口气，微笑着解释："事情的经过就是这样。"

Lee："……"

"那你现在看完了，可以回去了。"lee不悦地看着他，直接赶他出来。

"好好好，再见再见！"高语连忙退出了办公室。

刚走到门口，高语就接到了高子枫的电话："爸，速到学校操场的小花园来，回见！"

说完就挂了电话，高语一脸茫然："到底在搞什么？"

第二十章

家就是一个房子下面有几只猪

　　仓库的客厅里，林未未和林焱坐在沙发上，焦灼地等待着。

　　忽然，林未未的电话响起，林未未心里着急，也没顾得上看来电显示，直接接起来："喂，怎么样了？"

　　对方也不知道说了什么，林未未脸上的欺骗顿时就变成了失望："不好意思……我不需要！谢谢。"

　　林焱好奇地看着林未未。

　　林未未摇摇头，垂头丧气地解释："推销电话。哎……高语怎么还不打电话啊？不行，我得给他打一个。"

　　说着林未未就要给高语打电话，林焱按住她的手，安抚道："别这么沉不住气，高语说有消息就打过来，你就耐心等等。"

　　林未未本来就是个急性子，都已经等了这么久了还是没有消息，已经耐不住性子了，不愿再等下去："就高语那个慢性子，估计要等到天亮！"

　　林焱突然有些伤感，看着林未未叹气说道："就因为你这个急脾气，当初才会和高语离婚。"

　　林未未不愿听他说着这些，皱着眉头不说话。

　　林焱见林未未不高兴了，顿时也不说话，两个人沉默下来，坐在沙发上的林未未突然想到自己的特异功能，两眼发亮，得意地笑了一声："不联系，我自有办法！"

　　学校操场的一个小花园里，以灯带为线索，串联着一张张相片，围成一个心的形状。照片上，是 20 年间的林未未和高语。

林未未根据手机定位的位置，一步步走到花园边。

躲在树丛里的高婷和高子枫紧张两手都握成拳头，成败在此一搏啊。

"姐，你说妈会喜欢这个吗？"高子枫激动得心都要跳出来了，一脸紧张地看着高婷。

"我问过姥爷和舅舅，老妈作为一个纯天然美女，从小最喜欢拍照，老爸当年也是用照片作为求婚的主要道具，才成功的。"

言外之意，林未未肯定会喜欢这个。

高子枫一听高婷这话，心里顿时八卦起来，兴趣盎然地打听："真的吗？老爸当年是怎么做的？"

高婷托着下巴开始回想当年的事情："这还是舅舅出的主意呢。在妈妈经常走的一条路上，每棵树上绑一张照片，然后自己躲在路那头。等自恋的老妈开心地一路看着照片，就撞到了爸爸怀里，再也没有……"

"逃出魔爪？"高子枫兴奋地抢白，这个办法听起来不错，或许以后他也可以用在小美的身上。

高婷白了他一眼："我说你能不能有点浪漫细胞，是再也没有分开！"

高子枫也毫不客气地回了高婷一个大白眼："也就你信舅舅那个不靠谱的主意，今天你的智商和情商双双不在线！"

高婷气得咬牙切齿，双手缓缓地圈住他的脖子，威胁地说道："你说什么？"

"哎哎哎，我错了我错了，你看，妈来了！"高子枫见情况不妙，连忙指着不远处的林未未。

高婷连忙收回手，看着林未未已经走到了灯带的范围。

林未未双手捧着脸，看着眼前美妙的一幕，顿时变身花痴少女，少女心泛滥，一脸娇羞地朝周围看了一眼，寻找高语的身影："高语，是你吗？"

躲在树后的高子枫和高婷齐齐偷笑。

高婷的心情瞬间就飞扬起来，小声地说道："看来咱妈真是印象深刻啊，一看就猜是老爸做的。"

高子枫点点头，一脸老成地感叹："说起来，还真看不出咱们老爸这么浪漫。"

"舅舅还告诉我，当年爸看上一条裙子想送给你妈，但是买不起，就抱着画板在人家商店外面蹲了三天，画出来样子然后拿去给裁缝做。"说到当初高语追林未未的那些小技巧，高婷也忍不住双颊泛红。

高子枫也开始双满冒红心："哇哦……"

这些都是好点子啊，他要全部都记得，然后在小美面前表现，哈哈哈。

高子枫正得意着，听到高婷皱眉说道："话说，老爸怎么还没来，老妈这儿都快拖不住了！"

高子枫也着急地左右看了看，并未看到高语的身边，焦急地皱了皱眉头："我早就打电话让他过来了啊。"

另一头的林未未慢慢走到灯带的尽头，转了两圈都没有看到高语，脸上的表情已经慢慢由欣喜到疑惑再到焦躁："布置了这些，人却不见，高语你到底是想干吗？"

因为声音有些大，空中还有林未未激动的回音。

高子枫和高婷对视一眼，急得不行，眼看着林未未要走了，高婷连忙推了推高子枫："你再打个电话催催，再不来妈可就走了！"

"我去，爸，你怎么还没到啊？"

"急什么？"高语走得慢慢悠悠的，还真当自己是来散步的。

高子枫气得直接挂了手机，要不是看在他是他爸的份儿上，他真想直接骂一句："蠢货！"

"爸还在散步呢，我过去找他！"高子枫话刚说完就瞬移了，下一秒就将高语带到了花园，推到灯带旁，然后自己再次瞬移躲回到高婷旁边。

高子枫弯着腰，保持着高难度的动作："早知道就不搞什么神秘了，直接把老爸拖过来好了啊，老妈等了这么久，脸色都变了。"

不远处的高语看到林未未的背影，目瞪口呆地站在原地，林未未听到动静转身看到傻愣愣的高语，气得转身就走。

高语赶紧跑过去，一把抓住要离开的林未未："老婆！"

林未未冷哼一声，没好气地甩开高语的手："谁是你老婆？"

高语被林未未突如其来的怒气弄得莫名其妙："你怎么在这儿？而且你在生什么气？"

林未未颤抖地指着高语，瞪着他惊讶地问道："难道这些不是你布置的吗？"

经林未未这么一提醒，高语这才注意到周围的灯带和照片，一脸茫然，眼里还带着惊讶。

林未未见高语一副这样的表情，瞬间明白这些东西根本就不是他准备的，气得又要走："高子枫，你看我回去怎么收拾你！"

躲在树后的高子枫听见林未未的话，一脸的沮丧："跑路的是我就算了，为什么受伤的还是我？"

高婷看了他一眼，同情地拍了拍他的肩膀："没事儿，伤着伤着就习惯了。"

刚才一直在茫然状态的高语此时终于醒悟过来，连忙抱住林未未，十分温柔地说道："老婆，这是孩子们的心愿，也是我的心愿，我再一次在照片的尽头见到你，再一次在这里向你求婚，你也再一次答应嫁给我，好不好？"

林未未不为所动，不屑地喊了一声："用一样的剧情就算了，居然还不是你自己弄的，这么没有诚意，我才不要答应！"

高语将林未未转过来，让她面对着自己，信誓旦旦地说道："好！我一定会让你看到我的诚意！"

林未未移开视线："等你做到再说！"

说完也不等高语反应过来，挣脱他的怀抱往外走去，高语紧紧跟在后面。

躲在树后的高子枫和高婷对视一眼，两个人也一脸郁闷地往家里走。

林未未和高语刚到家里没多久，高子枫和高婷也到家了，林未未一看见高子枫，威胁的声音响起："高子枫！"

"妈！"高子枫连忙窜到高语的身后躲着，"我费尽心思也是为了你们好啊！"

林未未气势汹汹地朝他看了一眼，站在原地没动："有这个心思还不如都花在学习上，大人的事情你一个小孩子少管！"

"你们俩不和好，我学不进去啊。"高子枫可怜兮兮地喊冤。

"哟，还要顶嘴是不是？"林未未拿起鸡毛掸子就要去揍高子枫。

高子枫躲在高语的身后紧张地喊道："爸，你可得救我啊，我做的这一切可都是为了你啊。"

高语不得不站出来，拦着林未未："未未你就别怪他了，孩子也是为了我们好。"

林未未没好气地瞪了高语一眼："你还好意思说？连一个小孩子的心思都没有。"

就这样还想复婚？

没门！

高子枫见林未未和高语吵起来了，趁机逃走："妈，我去房间写作业了！"

高语看着高子枫逃走的背影，气得说不出话，好小子，他竟然就这么丢下他跑了。

林未未不想再跟高语废话，转身就朝房间里走，高语下意识地跟在她的身后。

林未未猛地转身："你跟在我的身后干什么？"

"……回房间睡觉。"高语弱弱地说道。

"谁准你睡房间了？今天开始，继续睡沙发！"

说完林未未快速地走到房间，砰地一声关上了门，高语欲哭无泪地看着门在自己眼前撞了撞，然后可怜兮兮地回到了沙发上……

"阿弥陀佛，善哉善哉……"高子枫在房间里听见两个人的对话，内心十分同情老高同志，然而可惜的是……他压根就帮不上什么忙。

第二十一章

突如其来的横祸

漆黑的校园里，一片安静，墨色的天空到处都是一闪一闪的星星，初秋的凉风吹散了夜晚的闷热。

七号楼里黑乎乎的，只有一间实验室的房间亮着灯。

安静的实验室里，Lee 在试验台上捣鼓着什么，酒精灯的火焰在舔着烧杯，烧杯蒸馏器里的沸腾液体一滴一滴滴在试管里。

Lee 看着这些，脸上缓缓露出了笑容。

"高语，你们就好好等着接招吧，哈哈哈哈哈……"

略显破旧的大楼里，传来 Lee 一声又一声得意的笑……

天空万里无云。

校园的操场上寂静无声，教室里，同学们端坐在位子上，认认真真地听老师讲课。

高婷一边认真地做着笔记，一边听课，忽然闻到一股奇怪的味道，她用力地嗅了嗅，又闻不到了。

高婷疑惑地朝周围的同学看了一眼，见大家都没有什么反应，以为是自己的错觉，低头继续做笔记。

时间一分一秒地过去，高婷忽然觉得嘴唇干裂，身体里像是有火在烧。

她摸了摸自己的额头，好烫，不会是发烧了吧。

忽然，站在讲台上讲课的苏菲老师身体晃了晃，差点直接摔到地上去。

高婷看着苏菲，听见同学们高一声低一声地打报告。

"老师，我好像发烧了。"

"我也是。"

"我也发烧了。"

苏菲脸色苍白地抬起手，打断同学们的话："等等，我……我好像也发烧了……"

学校的图书馆被布置成了隔离间，里面摆放着若干的床位，每一个床位上都躺着脸色苍白而痛苦的学生。

高子枫和高婷分别坐在两张床上，高语在中间的过道来来回回地踱步，双手背在身后，一脸愁容。

高子枫的眼珠随着高语的身影来来回回地转，很快就晕了，眼前金星直冒："爸，我头疼！"

高语听见了，一脸的担心，迅速走到高子枫跟前，用手摸儿子额头的温度，又摸了摸自己的，疑惑地说道："你这体温好像已经降下来了啊，怎么还会头疼呢？"

高子枫把高语的手拉开，一脸真诚地看着他："不是，是您在我眼前晃得我头疼。"

高语没好气地看了高子枫一眼，随即叹一口气坐在子枫身边："我觉得这次学校师生集体发烧的事儿没那么简单，不仅事发太突然了，而且涉及的人数太多。"

高语总觉得有人在背后捣鬼。

高婷赞同地点点头，脸色难看地看着高语："爸，我也觉得奇怪，从今天早上开始，我们班几乎快一半的人都发烧了，现在大家都被隔离了，没法回家。可是怎么会一下子有那么多人发烧呢？"

高语想了想："难道是学校食堂出问题了？不会啊。"

高婷笃定地摇头："我觉得这件事有可能就是人为的。"说完小心翼翼地朝周围看了一眼，凑近高语神秘地说道，"会不会跟 Lee 和那些动物尸体有关？"

高婷的话让高语陷入沉思，她说的话也不是没有道理，何况 Lee 主任最近确实挺可疑的。

"不行，我得想办法出去，看看到底怎么回事。"高语越想越觉得不对劲，倏地站起来，脸色坚定。

旁边的高子枫听见两个人的对话，一直处于茫然状态，他想了想，十分认真地看着高语和高婷："爸，姐，我想回家。"

高语和高婷一起转头看向坐在床边的高子枫，对视一眼，异口同声地说道："好好待着！"

仓库客厅，林未未坐沙发上在接电话，一脸的焦急，旁边的林隐和林焱时刻关注着林未未，想从面部表情上快速获取信息。

林未未听完对话说完一大串的话，这才说道："好，我知道了，谢谢您！再见！"

挂断电话，林未未直接瘫在沙发上，顿时精气神全没了。

林焱担心地看着她："未未，怎么了？学校的老师说什么？"

林未未目光涣散地看着林焱，难过地解释道："学校发生集体发烧事件，现在已经全被隔离，只要没退烧就不能回家！"

林焱惊呼一声，瞪大眼睛莫名其妙地看着林未未："集体发烧事件？不可能啊，三个人早上上班上学的时候还好好的呢！这才几个小时啊，就出了这么大的事儿！"

坐在林焱身边的林隐沉默着摸了摸下巴，忽然问道："姐，他们三个早餐吃的什么？"

林未未想了想，说道："牛奶蛋糕。"

林隐看了林未未一眼，迅速起身跑进厨房。

林焱看着林隐的背影，一头雾水："林隐你干什么去？"

厨房里的林隐没吱声，片刻之后，林隐两只手分别拿着牛奶和蛋糕出来，兴奋地看着林焱和林未未："我终于知道原因了！咱们家的牛奶和蛋糕都过期了，他们三个肯定是因为都吃了过期食品，食物中毒才会发烧的。"

"那这么说是我害了他们。"林未未没有想到因为她的疏忽，竟然害得三个人高烧不止，忽然哇的一声哭了。

林焱一看急了，没好气地瞪了林隐一眼，连忙安慰："未未啊，你快别哭了，你别听林隐胡说，一个过期的面包牛奶怎么就能引起发烧了呢，再说我刚才好像隐隐约约听见电话里的老师说，好多同学和老师一起发烧了，难道还都吃了你买的同款过期货啊？"

林焱的话刚落，林未未的哭声忽然一顿，睫毛上还挂着泪珠："对哦，全校的学生集体发烧啊，跟我的面包有什么关系？"

　　林未未顿了顿，心里更加疑惑："那到底什么原因能让那么多人一起发烧呢？"

　　林隐撑着下巴猜想："该不会是有人背后捣鬼吧？"

　　林焱看了一眼依旧在沉思的林未未和林隐，皱着眉头打断两个人的猜想："你们两个就别瞎猜乱想了好吧，人家老师说了，没退烧就不能回家，那言外之意就是退了烧就能回家了啊！都别担心啊，没事！"

　　林未未点点头，想起高子枫又摇摇头："我最担心子枫……"

　　"我也是，别看那小子平时总喜欢逞英雄，真怕遇事的时候扛不住。"林隐也苦着脸说出了心中的担忧。

　　三个人对视一眼，长长地叹了一口气，客厅里的气氛压抑。

第二十二章

异能曝光

　　破旧的七号楼外，一个黑影扛着摄像头飞快地跑上楼梯，坐在台阶上，打开电脑上传今天潜伏在学校收集到的资料。

　　电脑的屏幕上，全部都是白天拍摄的照片，包括实验中学校门口的封条、七号楼楼体、实验室拍摄的检验单照片等等。

　　上传完照片，阿坤迅速在电脑上打字——

　　"经过一天的秘密调查，尽管没有明确调查出任何结果，但却发现了诸多疑点：第一，学校里所有染病学生和老师在高烧七小时之后逐渐退烧，并且通过了抽血检验，但是高烧和退烧原因至今不明；第二，在所有高烧感染病毒的人员当中，有三个人虽然有高烧症状但是却并未感染病毒，而且他们化验单上的指标数据都很奇怪，与正常人有些不同……"

　　写好了这些吸引人眼球的新闻，阿坤听从主编的吩咐，直接发到了网上，没有想到这样的一篇新闻竟然引起了很大的反响，不到三分钟，点击瞬间过万，留言也有了好几千。

　　阿坤随意地浏览了一下留言就准备退出，无意间却发现其他网站也有类似相同的信息发出来了。

　　"在所有高烧感染病毒的人员当中，有三个人没有感染上病毒，而且他们化验单上的指标数据很奇怪，像是传说中的异能人。所谓的异能人，就是能够拥有某一种特殊的能力，为此，我们特意采访了学校里的某某老师，他说的确看见那三个人使用过异能，并且这三个人是父子关系……"

　　"异能人？"阿坤顿时惊讶了，没有想到其他的这些网站不仅也快速地推出了这些新闻，并且还给出了什么所谓异能人的说法。

阿坤正准备拿出手机给主编打电话，手机就响了，寂静的七号楼里忽然响起这么一阵突兀的手机铃声，阿坤吓得身体一颤，连忙接起了电话："主编，您找我？"

主编在电话那头笑呵呵的："阿坤，你这次的报道真不错，这个独家下来，我们的点击率上涨了百分之十。而且咱们的新媒体事业部正好借这个机会推出视频产品，也是一炮打响。"主编很高兴，拿着手机侃侃而谈，"我已经做主，这个月给你的绩效考核破例打到了百分之二百。"

阿坤没有想到这次竟然这么轻易就拿下了新闻，心里自然也很高兴，不过……他皱了皱眉头，客气地说道："谢谢主编。发现好新闻就是我应该做的。只是……主编您没觉得有点奇怪吗？"

主编被阿坤问得一头雾水："怎么了？"

"这个新闻是咱们独家没错，可是其他家跟进的速度是不是有点太快了？我感觉他们不是看到我们的新闻发出去之后才行动，倒有点像是有人给他们泄露了信息，而且他们所报道的什么异能人，也不知道是真的还是假的。"

阿坤拿着手机，暗自猜测道。

主编对这个一点都不在意："阿坤，你是一线记者，不了解现在互联网的速度，现在就是这样的。而且网络时代嘛真真假假不重要，能吸引眼球的就一定是好新闻，不管什么新闻先跟了再说，大不了再撤。不是经常有报谁谁死了，大家争先恐后地转，结果人家出来辟谣说自己活得好好的。"

阿坤觉得主编说得也有几分道理，点点头："您说得是，也许是我想多了吧。"

"那你就别多想了。"主编笑眯眯的，一脸欣慰，"好好干，再多出几个大新闻，你们部门的主任位置可还空缺呢，我现在觉得你就挺合适的。"

阿坤一听顿时心花怒放的，哪里还管得上其他的事，高兴地连连点头："好，好，谢谢主编赏识。"

夜深，墨色的天像是被清澈的水洗涤过，干净得不沾染一丝污渍，空中时不时有几只飞虫飞过，打破了这个夜晚的寂静。

高语坐在隔离室困得睁不开眼睛，忽然听见有个声音在耳边响起："嘿？嘿？"

高语猛地惊醒过来，朝周围看了一眼一眼，视线最后定格在摄像头上。

高语小心翼翼地看了周围一眼，见所有的同学都睡着了，这才抬头小声地对摄像头说道："烦着呢，现在没时间陪你解闷。"

摄像头吹了声口哨，故意说道："那你是不想知道最新情况喽？"

高语一听到最新情况，立即激动起来，双眼发光地看着摄像头："什么最新情况？哎哟喂这种时候你就别卖关子了。"

摄像头见高语着急了，这才得意地清了清嗓子："根据学校通报，所有抽取发烧人员的血清应该运送市医院进行检验对吧？但是据我所知，这些血清根本没有送出去，一直留在七号楼。"

高语听得一脸疑惑和震惊，疑惑地看着摄像头："根本没送出去？那这些人抽血的目的到底是什么？"

神经病啊，难道还要拿来收藏？

摄像头一脸无辜地摇摇头："这个我就不清楚了，对了，我还发现了一个情况……"

高语看着它，等着它开口。

"白天有人拿着摄像机进了我们学校的七号楼，不是我们学校的，而是趁乱偷偷溜进去的，而且到现在都还没出来。"

高语被这些消息震惊得说不出话来，随后又一脸茫然地看着摄像机："这些你怎么能看见？"

摄像头额头顿时滑下三根黑线："大哥，不然你觉得我是干吗的？"

高语猛地一拍脑袋，可不是吗，它就是摄像头啊。

"爸，你一个人在自言自语什么啊。"高子枫被高语吵得睡不着，睁开眼睛迷迷糊糊地看着他。

"没什么，你赶紧睡吧。"高语小声地催他睡觉，伸手摸了摸他的额头，温度正常，高兴得差点叫出来，"子枫，你的烧退了，明天就可以回家了。"

"真的吗？"高子枫早就想回家了，他抬手摸了摸自己的额头，确实觉得温度正常了，兴奋得想拍手，"爸，你快看看姐的烧退了没有。"

高子枫连忙跑到高婷的身边，探了探她的额头，然后笑眯眯地点头："退了，也退了，明天咱们仨就可以回家了。"

高子枫激动地一把抱住了高语："爸，太好了……"

第二天高子枫高语和高婷三个人回到家的时候，林未未、林焱和林隐排成一字站在仓库门口。

"欢迎大家回来。"林未未伸出双手，高语走去。

高语也激动地伸出了手，眼看着两个人就要抱在要一起了，林未未身体一歪，竟然直接把高子枫抱在了怀里，高语保持着原来的姿势站在原地，一阵冷风从身边吹过。

"还好你们没事，不然的话妈妈真的要担心死了。"林未未挨个抱了两个人，刚转身就看见高语伸着双手站在身后，一脸委屈："未未，我也要抱抱。"

林未未抿嘴一笑，这一次不仅没有骂他，而且真的抱了他。

高语笑得嘴都合不拢了。

"哎，我说你们学校到底是怎么回事啊？"林隐疑惑地看着高语，"这全校人，说发烧就发烧了。"

"我不知道，但是我觉得这件事肯定有什么诡异的地方。"高语十分认真地想了想，"或许真的和高婷猜的一样，和 Lee 主任有关。"

高婷和高子枫对视一眼，没有说话。

第二天早上，准备早早起来做早饭的林未未发现窗外有不少的人影在晃动，吓得失声尖叫。

"怎么了怎么了？"高子枫高婷林隐和林焱纷纷顶着一个鸡窝头从房间里冲出来，睡眼蒙胧地问道。

林未未伸出手指，颤颤巍巍地指着外面："外面有……有人。"

高子枫眯着眼睛打了个呵欠："哎哟妈，外面难道还是鬼？"

"不是！"林未未没好气地走到高子枫的身边，撑开他的眼睛，让他看着窗外，"好多人包围了我们的家。"

在场的人吓得一个激灵，这才睁开眼睛朝窗户看去，确实看见一个个人影围在外面。

"妈，你什么时候已经红到这种地步了？"高子枫打量着外面的情况。

"我发誓，虽然我已经很红了，但是我的粉丝是不会来我家找我签名的。"林未未有些无辜。

高语看了众人一眼，直接走到门口开了门："看他们到底想干什么，这么多人围在我们家门口像什么样。"

高语像个英雄一样，一个人走到门边开了门，高子枫跟在他的身后，等他一出去，就连忙关上了门。

林隐看着他，默默地称赞："狠，这一招实在是狠。"

高子枫一脸难过地摇头："为了大家的安全，我只能对不起老爸了。"

高语刚走出去，所有的人几乎都朝他围了过来。

217

"请问一下，你是 × × 学校的高老师吗？"

"听说你们家的人都有异能，是真的吗？"

"你的异能是什么呢？七十二变吗？"

"你能给我签个名吗？我还没有见过异能人呢。"

……

高语才出来一分钟，就要被周围的人围得透不过气，连忙转回身敲了敲门，守在门边的高子枫犹豫地看着大家："我应不应该开门？"

高婷幸灾乐祸地看着他："你应不应该开门我不知道，我只知道如果你没有开门，并且老爸能活着回来的话，你就死定了。"

高子枫立马开了门！

高语艰难地挤进了客厅，高子枫又立马把门关上，将那些看好戏的人关在了门外。

"什么情况？"五双眼睛都盯着高语。

高语在五双眼睛的注视下，重重地喘着气，大家耐着性子等了半天，见高语还没有要开口的意思，林未未没好气地推了推高语："你还能不能说话了？"

高语看了她一眼，这才说道："大家都知道了我们拥有了异能的事情。"

五个人皆是一惊，异口同声地喊道："什么……"

诡异而漆黑的七号楼里，忽然出现一道亮光，高子枫把手电筒放在下巴下往上照，使劲儿地翻着白眼："还我命来！"

高婷没好气地翻了个白眼，朝他的脑袋上就是一下："给我安静点！"

高子枫立马放下手电筒，安安静静地跟在高婷的身后，两个人偷偷地潜入七号楼。

"老姐，咱们俩好不容易解除警报了，现在又跑到这里干什么啊？"高子枫东张西望，满脸紧张，而高婷却神情严肃，两人摸索着四处查看。

高婷特别不给面子地翻了个白眼："不是你自己要来的吗？"

高子枫一脸正义地狡辩："那我还不是因为担心你嘛，咱们这也算是刚刚在病魔面前同生共死了，你要来这里，我当然要陪着你啦。"

高婷小心翼翼地往前走，一边注意着周围的情况，一边没好气地哼道："算你小子还有点良心。这次的集体发烧事件开始闹那么大，最后突然又什么事都没有了，然后我们家的异能就暴露了，你不觉得奇怪吗？"

高子枫赞同地点头："不是检查之后发现不是传染病，所以就让大家回家了吗？我怀疑，这整件事，都是套路，只是借着传染病的名义，让大家做检查。"

"而且这段时间，大家抽血化验一大堆，连化验报告吗，我们根本就没看到过诊断结果和病情说明。"高婷继续分析。

高婷这么一分析，高子枫忽然也觉得就是这么回事："对对对，我们班也没有，我还以为是交给家长了呢。"

高婷一脸严肃地摇头："我私下问过不少同学，也问过老爸，通通都没有！"

高子枫觉得这件事越来越神秘了，抱着手臂没用地抖了抖："怎么像电影里面的人体实验，你说他们不会给我们吃了什么奇怪的东西，我会不会变绿巨人？虽然他也很厉害可我不能放弃这么帅气的外表！"

高婷停下脚步，满脸嘲讽地上下打量了高子枫一眼，语重心长地对他说道："弟弟，要正视自己，不要胡乱担心，你一直靠的都不是帅气的外表，而是……厚脸皮。"

"我哪里是靠……"

高子枫听得一阵不满，下意识地就要狡辩，高婷却突然拉住高子枫，做了个噤声的动作，然后指了指前方，高子枫捂着嘴顺着高婷所指的方向看过去——

实验室里，开着一盏小灯，Lee 正对着光，观察一些红色液体。

高子枫看见灯光下 Lee 那张可恶的脸，下意识地就想要跑过去，高婷连忙拉住他，瞪了他一眼，伸手打个响指。

时间静止，周围的一切都静止下来，高婷凑近了一些，用手机拍下好几张照片，满意地看着相册中的相片，然后又打个响指，周围原本静止的一切又恢复了动态。

高婷拉住高子枫，在他耳边说了一句："什么也别问，回家再说。"

高子枫乖乖地点头，拉紧高婷，瞬移回到了家。

高语和林未未忐忑不安地坐在客厅里等着，看见忽然出现在客厅了的高子枫和高婷，焦急地问道："怎么样，有什么发现吗？"

高婷得意地拿出手机，翻出刚才拍的那几张照片给高语和林未未看："这件事绝对和 Lee 主任有关，明天我们就去找校长吧？"

高语沉重地点头："好！"

第二天早上，高语带着高婷和高子枫气势汹汹地去了学校，然后径直朝校长办公室走去。

正在办公的校长有点吃惊还有些茫然地看着三人，最后把视线定在高语的身上，疑惑地问道："高语，你们不是刚刚解除警报吗？怎么不在家多休息两天？"

高语和高婷、高子枫对视一眼，互相鼓励了一下，这才一本正经地看着校长说道："校长，我有很重要的事情要跟您说。"

校长愣了一下，还是有些不解："你有事找我？带着两个孩子来干什么？"

高语连忙解释："这件事情就是他们两个发现的。"

校长皱着眉头看了高子枫和高婷一眼，点点头："到底什么事弄得这么紧张？说吧。"

高婷点头，拿出手机翻出偷拍到的那几张照片，递给校长："校长，这是我和高子枫昨天一块拍到的照片，Lee 老师偷偷摸摸地在实验室里做实验。"

校长盯着手机看了看，一脸茫然："在实验室里做实验，有什么不对吗？"

高婷着急地看了高语一眼，高语连忙解释道："我们觉得这次的高烧感染事件与 Lee 主任有关，你看这些照片，Lee 主任拿来做实验的，都是我们的血清，而且这旁边摆着的试剂，我们偷偷地拿去医院做了鉴定，就是导致这次引发高烧病毒的罪魁祸首。"

高语一边说着，一边拿出医院开的证明，和剩下的药水，放在桌子上。

三个人六双眼睛齐齐地盯着校长，校长看着桌子上的东西，点点头："既然你们证据确凿，看来这次的事情真的是 Lee 干的，你放心，这件事我会处理好的。"

三个人又对视一眼，高子枫好奇地问道："校长，您打算怎么处理啊？"

校长想了想，看着三个人说道："这次的事情影响了学校的名声，他给学校招来了这么不好的事情，当然要开除他。"

高子枫、高婷和高语这才微微松了口气："那校长您继续忙，我们先走了。"

高语拉着高婷和高子枫转身就朝门外走，关上校长室的门，得意地笑了笑："邪不胜正啊。"

"Lee 老师走了，以后就不会有坏人算计我们了！"高子枫拍手鼓掌。

高婷蹙眉想了想："Lee 主任这么做的理由是什么？我们跟他有仇？"

高语和高子枫听了，也是一脸茫然，是啊，Lee 主任这么做是为了什么？难道就是为了暴露他们有异能？

三个人想了半天想不出个所以然，最后索性懒得再想，喜滋滋地牵着手回家去。

第二十三章

你们好才是真的好

　　Lee 主任真的被辞退了，学生们全部恢复正常，学校也重新开始上课，高语心情不错地翻着日历，看到很快就要到日历上被红笔圈出的日子了，他暗暗握拳，一个主意在心里生成。

　　仓库里又恢复了往日的热闹，林隐和林焱坐在沙发上看电视，高婷每天回来之后乖乖地做试卷，高子枫每天都直到天黑了才抱着球满头大汗地回家，至于高语……

　　林焱满脸疑惑地看着在冰箱里找水喝的高子枫："子枫，高语最近怎么回事？每天回来得比你都晚。"

　　"前姐夫可能知道这里终究不是属于他的家，所以自己在外面找住的地方去了。"林隐看了林焱一眼，不冷不热地开玩笑。

　　林焱抬脚就往林隐膝盖上踢了一脚："别胡说八道，你前姐夫对你姐一片真心，赶都赶不走，怎么会主动离开？"

　　林隐一脸无辜地揉了揉被踢的腿，没有说话。

　　高子枫开了瓶饮料，仰头灌下一大半："姥爷，你要是好奇就直接问我爸呗，我怎么会知道。"

　　说完就跑回了房间，林焱皱着眉头，静静地等着高语回来。

　　林隐看了一会儿电视就回房间打游戏去了，林焱一个人坐在客厅等得差点睡着，最后在他决定先回房睡觉的前一秒，高语一脸倦容地进了仓库。

　　林焱推了推鼻梁上的老花镜，上上下下地将高语打量了个遍。

　　高语被林焱的眼神看得浑身上下起鸡皮疙瘩："爸，你这么看着我干什么？"

"你去哪里了，现在才回来？"林焱一脸好奇地看着高语。

高语心虚地看了他一眼，然后眼神涣散地抬头看天："没去哪里啊。"

"没去哪里你这么晚回来？"林焱显然不信，当他是傻子吗？

"一个学期快要结束了，学校里事情多。"高语生怕林焱看出点什么，眼神闪烁地往房间里跑，"哎哟喂，我好累啊，爸，我先去休息了，你也早点休息。"

林焱看着高语头上的木头碎屑，浑浊的眼里闪过一道亮光："这小子肯定有问题！"

火红的夕阳将天空映衬得鲜红，校门口来来往往的都是学生。

一个不显眼的角落里，堵着一个鬼鬼祟祟的人。

"疯子，咱们打球去吧。"郝爽揽着高子枫的肩膀怂恿道。

"不行，要是我妈知道了会直接撕了我的。"高子枫不受诱惑，毫不犹豫地拒绝。

"哎，越来越没意思了，你不去那我和戴劲先去了。"

"不务正业！"高子枫一脸羡慕嫉妒恨地挥了挥手，兀自一个人走着。

刚出校门，眼前有个熟悉的人影一晃而过，高子枫挠了挠头，探头看了一眼，自言自语地道："咦，刚才那个人好像姥爷啊。"

差点就被高子枫发现的林焱看着高子枫慢慢走远的背影，猛拍胸脯压惊："差点就被发现了。"

过路的人看见老爷子猛拍着胸还以为他是喘不过气，好心地上前问："老爷子，您没事吧？要不要上医院？"

"你才要上医院，你全家都要上医院。"林焱眼睛一瞪，挥开他，"快走快走，我有事儿呢，别妨碍我。"

路人好心没好报，瞪了老爷子一眼就走了。

学校里的学生越来越少，林焱等得差点就要摔门离去，终于等到高语出来了。

高语拎着公文包，行色匆匆，林焱小心翼翼地跟在他的身后。

两个人保持着不远不近的距离走着，高语心里惦记着事情，所以一直没有发现身后有人跟着。

没多久，林焱就看见高语进了一家木工雕刻店，他好奇地跟上去看了看，透过玻璃一眼就看见高语手里抓着一个木头人，雏形渐现，看得出来是林未未。

林焱推了推鼻梁上的眼镜，凑近了一些，然后看见木头人的背后刻着"生日快乐"几个字，忽然反应过来，原来是未未的生日快到了！

林焱双手被在身后，盯着高语看了好一会儿，这才默默地转身离开。

这天，高语刚忙完回来，累得瘫坐在沙发上不想动。

房间里的林焱听见高语回来了，扯着嗓门喊道："高语，进来一下。"

高语郁闷地看了一眼林焱的房间，尽管心里百般不情愿，但是身体还是很怂地听从了林焱的命令。

"爸，您叫我有什么事？"高语站在门口，一脸疑惑地看着林焱。

林焱看了他一眼，有些不自在地移开视线："也没什么事，桌子上有个盒子，你拿去，过几天是未未的生日，你……你送给她吧。"

高语看了一眼盒子，看上去还挺高大上的，拿起来打开一看，是一件名牌大衣，他十分意外，愣了一秒之后重新将盒子盖好，紧紧地抱在怀里："爸，怎么能让您破费呢！不如您拿回去吧？"

说是这么说，也没见他有要还的意思。

林焱看着他做作的样子没好气地瞪了他一眼："反正是送我女儿的，你送我送都一样。"说完顿了顿，没好气地继续说道："我都不心疼钱你心疼什么！"

高语忽然有些感谢这个老头子，虽然他以前总是给自己找茬："爸，我知道，您是想帮我。"

被说破心事的林焱有点尴尬，他别扭地转过头，喊了一声，不屑地说道："谁要帮你了，最近因为异能曝光的事大家精神也比较紧张，我是怕你忘了，所以才提前帮你准备了。"

高语却像是没听见一般，感性地说道："爸，您虽说是岳父，但我自己父亲去世得早，我一直都把您当自己亲爹一样。"

林焱眼睛又是一瞪："你这是拐着弯骂我没拿你当亲儿子呢，是吧！"

高语见自己又说错话了，暗暗懊恼怎么这张嘴就这么不会说话："不是不是，我不是这个意思，唉，您也知道我不会说话，我是想说，这段时间多亏您在未未面前帮我说好话。我很高兴，这么多年……您终于不怪我了！"

高语的声音有些感慨，林焱也被说得有点动容："也没有怪不怪，你不怪我这么多年对你太凶就行。"

"怎么会，您同意未未嫁给我，我就已经很满足了。"高语连忙摆手，替自己解释。

林焱欣赏地点点头："这么多年，以德报怨，你是好人。"

说着林焱就要落泪，为了掩饰尴尬，连忙朝高语挥手："哎呀要出眼泪，快去给我拿个瓶来，别浪费资源啊！"

高语连忙跑进厨房去拿了个大碗回来，林焱看见那只大碗，瞬间就哭不出来了："你丫的是想让我哭死在这里啊。"

高语："爸……"

一年之中，春夏秋冬规律交换。时间一天一天地过去，转眼已经到了深秋，所以的人都换下了单薄的衣衫的时候，林未未的生日也到了。

一清早，高语的精神就十分亢奋，早上六点没到就起来做早饭，然后把所有的人都喊起来吃早饭。

深秋的天亮得晚，高子枫眯着眼睛，一边打瞌睡一边咬着面包："爸，您今天又发什么疯啊，天都没亮呢。"

"天要是亮了你还有时间吃早饭？"高语拿筷子敲了敲高子枫的头，"别吵吵，有的吃就不错了，赶紧安静吃饭。"

高子枫可怜兮兮地耸了耸鼻子，连觉都睡不饱了哪里还有什么心情吃饭啊。

"未未，今天记得早点回来啊。"高语一脸坏笑，看着林未未。

林未未被高语脸上的笑容恶心到，没好气地推开他的脸："别对着我笑，恶心。"

高语："……那你要早点回来。"

"好好好，早点回来早点回来。"林未未不想再看见高语那张恶心的脸，随口应下，高语这才作罢。

吃完早饭休息了一下，天就亮了，林未未检查了自己的妆容，见没有什么问题就挎着包出了门。

她今天有个女四的配角戏，是咪咪好不容易替她拿到的，可不能迟到。

高子枫和高婷对视一眼，同时跑进房间，拿了书包就跑："爸，我们去学校了。"

"跑这么急干什么？"高语一脸郁闷地看了两个人的背影一眼，这这才开始收拾桌子，洗好了碗才去学校。

高语的好心情持续了一整天，时不时还哼首歌，同办公室的陈老师见了，笑眯眯地打趣："行啊，高老师，人逢喜事精神爽啊，前嫂子过生日你这么高兴。"

高语愣了愣："你怎么知道今天我前妻过生日？"

陈老师神秘地笑了笑："全校的人都知道了。"

高语一脸茫然："啊？"

"您自己去你儿子的教室看看就知道了。"陈老师买了个关子，故意不告诉他。

高语疑惑地去高子枫的教室，还没到，大老远就听见高子枫的声音："今儿个我妈生日，我爸从早上开始，笑得就跟发春似的，我敢打赌，今天晚上他们两个人一定有一场热情如火的激情约会，想当初……"

"高——子——枫！"高语黑着脸，气呼呼地喊他。

"爸？"高子枫看见高语就跑，"啊啊啊啊，快关教室前门，别放他进来……"

高家的客厅里干干净净的，所有的东西都被擦得反光，墙壁上的时钟显示7点。

高语穿着一身正装，头发还打了摩丝，怀里抱着一束黄色玫瑰花，一本正经地坐在客厅的沙发上。

时间一点一滴地过去，不知不觉中，已经过去了两个小时，高语不舒服地挪了挪屁股，暗暗着急："未未怎么还没有回来！我精心准备了这么久，还想给她一个惊喜呢。"

一直被他坐着的沙发受不了了，开口说道："拜托老大，你换个地方坐吧，你是不长痔疮，我的脸都快变形了。身为沙发要保持弹性和柔软度很艰难知道吗？请考虑一下我这种还打折的。"

高语无语地看了一眼沙发，然后默默地挪到了椅子上，过了一会儿又躺在了沙发上，短短几个小时里，就这么来来回回倒腾了几趟。

也不知道等了多久，高家的门外终于传来了高跟鞋的声音。

高语已经在客厅里睡成一滩泥了，打扮好的一身也被睡得乱七八糟了，梳得一丝不苟的头发此时像一个鸡窝。

林未未打开门，吱呀一声，把高语吵醒了。

高语迷茫地眨了眨眼睛，直到看到了站在门口的林未未，突然清醒过来，举起手里已经被压残的玫瑰花走到他身边："老婆，你回来了！我送你的花……"

林未未一脸嫌弃地指着那一束已经枯萎的花："你是指这一团蔫掉的东

西吗？"

已经枯到不能称之为花了好吗？

高语欲哭无泪地看着全部都枯了的花："等你等太久，花儿都枯萎了。"

林未未翻了个白眼，脱掉高跟鞋，换了一双拖鞋，一边伸懒腰一边朝房间走："今天累死了，早点洗澡睡觉……"

话还没说完，已经走到卧室门口的林未未被门里的景象惊到了——

房间的地上用蜡烛围成了歪歪扭扭的数字"20"，蜡烛已经烧完了，只剩下汪汪的烛泪。

林未未看了看房间，再看看穿着西装，脖子面前还系了一个蝴蝶结的高语，疑惑地问道："高语，你今天干吗呢？穿成了服务生，现在还要跳大神吗？"

"老婆，今天是什么日子你还记得吗？"相对于林未未的大条，高语此时的表情可以用深情来形容。

哦，其实用林未未的话，就是有点恶心……

林未未白了高语一眼，哼了一声，进了房间："当然记得，我放弃梦想的这一天，我这辈子都会记得。"

墙上的时钟很快就要指向十二，高语急了，直接把手上已经枯萎的花儿给扔了，拉着林未未的手，一脸深情地说道："四十年前的今天，你出现在了这个世界上。"

林未未一愣，随即惊讶转头，看看地上的蜡烛，觉得有点意思但又不想在高语面前低头，于是嘴巴张张合合了半天最后说道："这种重要的纪念日，搞浪漫还不如来个红包实在！"

高语马上掏出手机，听话地给林未未发了个红包。

很快，林未未的微信上收到高语的一个红包，她兴致勃勃地打开一看，看清楚那个数据，脸色微微一僵瞪大眼睛看着高语："13.14？"

高语不好意思地点了点头。

林未未这次忍住了想翻白眼欲望，只是面无表情地看着高语："1314那叫红包，13.14叫耍流氓！给我重发一个！敢发1.314你就完了！"

高语郁闷地看着她："未未，那可是我全部的私房钱了！"

"你……"

高语见林未未要发火，脸忙阻止她的行为："你等一下，我还有惊喜要送给你。"

226

你能有什么好礼物？

林未未心里并没有什么期待。

直到高语从衣柜里拿出了林焱买的那件大衣，递给她。

林未未看到大衣一下子精神了，捂着嘴巴尖叫："高语，你什么时候有这么厉害的品味啦？我喜欢！"

她前前后后地看，然后直接把大衣穿在了身上，喜爱地摸了又摸："这是今年刚出的走秀款！真是深得我心！"

林未未喜滋滋地对着镜子照了照，不过左看右看之后突然觉得不对劲了。

"不对啊，这大衣一看就是走的妖艳贱路线！价格可不便宜！你不会背着我在外面辛苦兼职洗碗扫地才给我买的吧？"

高语笑嘻嘻地摇摇头："不是，背着你傍了个女大款让她买的。"

林未未听到后一脸茫然："啊？！"

高语知道玩笑开过了，举起手做出投降的姿势："是爸爸买的啦。"

"爸他……"林未未没有想到林焱竟然出钱帮他买了这么好的衣服，心里顿时有些感动，她依依不舍地把大衣挂在了衣柜外的挂钩上，然后直接仰倒躺在床上。

高语偷偷地看了林未未一眼，也跟着躺上，见林未未没有赶他，他又得寸进尺地想向林未未靠近，被林未未一手挡住："高语，注意你现在的身份。"

高语讨好地看着林未未笑："未未，从我们恋爱的时候开始，你爸就不同意我们在一起，我也没想着他能接受我。我那时候说，不接受也没关系，反正你们林家女婿的位置是钉我屁股上了，我去到哪儿都戴着林家姑爷的皇冠。现在看来，我这个忠心表得真是非常不错。"

至少林焱现在已经没有当初那么不喜欢他了。

林未未心里五味杂陈，表面上却没有什么情绪，不屑地说道："你就是死皮赖脸，别给自己身上插花了。"

高语也不生气，嘿嘿直笑："未未，说真的，你说老爷子是不是终于认可我了？"

林未未白了他一眼，转过身背对着他："别想太多，老头子可能最近苦情文看多了心软，等他换成婆媳大战的小说，你的原始地位就恢复了。"

高语伸手拦住林未未的肩膀，一脸不在意地说道："那也没关系，我攀登经验丰富，什么款的老泰山都能翻越！你就看着我在山顶摇旗吧！"

林未未眨了眨眼睛，转头看着高语，缓缓笑了，高语心里一动，胆子更大，直接将林未未抱在怀里。林未未头枕在高语的手臂上，想了想说道："我今天拒绝了导演的那个角色。"

　　高语一脸惊讶地看着她："未未，你继续演戏，我们都没有意见的。"

　　林未未看了他一眼，摇摇头："你之前说得挺对的，子枫初三了，婷婷高三了，他们人生中的紧要关头，怎么能没有我陪着呢？"

　　高语被林未未说得心里也是一阵感慨，将林未未抱得更紧了一些："是我对不起你，这一段时间里，家里发生了这么多的事情，这么大的变故，让你受委屈了。"

　　林未未脸上的笑容更加灿烂，直视着高语："我不委屈，再大的困难我们都挺过来了。现在稳定了，我也该回到家里来了。"

　　卧室里的时钟已经走过了十二点，高语握住林未未的手，两眼泛光："林未未，多谢你20年不离不弃。"

　　林未未眼神一弯，难得勾起一个温柔的笑："高语，多谢你20年生死相依。"

　　高语听得心情澎湃，犹豫着怎么措辞："未未，你是不是原谅我了？"

　　"嗯。"

　　"那我们……"

　　"嗯？"

　　"明天……去复婚吧？"高语激动地看着林未未，她要是敢拒绝，他就死给她看。

　　林未未半天都没吭声，高语紧张得手心都沁出了冷汗，隔了好久，终于听到了林未未的声音："嗯。"

　　"走，打球去。"高子枫勾着戴劲和郝爽的肩膀吆喝。

　　"哟，您老人家又打球了，不担心爸妈撕你啊。"戴劲和郝爽对视一眼，幸灾乐祸。

　　"我爸妈复婚了，心情好着呢，一有时间两个人就腻在一起恩爱缠绵，哪有时间管我啊。"

　　高子枫说完，拿着球就往篮球场跑，戴劲和郝爽连忙跟了上去："行啊疯子，你爸妈这是上演了一出破镜重圆的戏码啊。"

　　"你懂什么，我爸妈感情深厚，就算离婚了也是相爱的。"

"是是是，相爱的，我们专心打球好吗？"郝爽从高子枫的手中一把抢过球，不满两个人的分心。

很快，球场上就想起一阵阵惊呼声，年轻矫健的身影留在了球场。

高语在电脑上查询高校资料，高婷坐在高语旁边，两个人认真地盯着电脑，眼睛都不带眨一下的。

林隐的电脑被别人占用了，不满地说道："这不是明年才高考吗？现在急什么？"

"舅舅，时间飞逝，明年很快就会到的。"高婷看了一眼林隐，示意他闭嘴。

高语根本就没心思理会林隐，他激动地朝高婷挥了挥手："婷婷，你看咱们市的理工大学不错，你别看名字是叫理工，但其实人家可是国家重点综合类大学啊！文科专业也相当不错，我看要不你就报这个学校吧？"

高婷看着电脑，没有说话，高语莫名其妙地看了一眼高婷，又转过头继续看着屏幕。

"你要是不喜欢理工大学，我看这个政法大学也不错！离家近，就业率高，女孩子毕业以后当律师或者法官多棒啊！"

高语兴高采烈地自顾自说着，高婷脸上却有些不耐烦："爸，我觉得这个您就别操心了，志愿的事儿您让我自己做主吧？"

高语没有多想，看了高婷一眼："哦，行！"

见高婷黑着脸不高兴，高语抓了抓头解释："婷婷，其实爸也没有别的意思，就是给你提提意见，让你在报志愿的时候多点选择和参考嘛，但是最终的决定权还是在你。"

高婷不冷不热地点头："我知道。"

高语想了想，继续说："未来掌握在你自己的手上。但我觉得你还是得报个理工科，那里男生多，你会很受宠的。"

高婷很想翻白眼："爸，您当年是在哪个女生匮乏的大学里受了什么委屈了？！"

高语嘴角抽了抽："当然没有，我……我就是给你一些建议，你没有上过大学，这些你都不知道，咱们本市的大学还是挺多的，到时候你仔细想想……"

"不需要想了。"高婷皱眉打断高语的话，"我不打算报本市的大学。"

高语一惊，激动地站起来："什么？"

站在高语身后的林隐没有想到他会突然抽风，被他一撞，直接一屁股摔在了地上："哎哟喂，我这是造的什么孽啊……"

天渐渐黑下来，家家户户都亮起了灯，远远看去，一个个灯光像极了一串串玛瑙，美丽又耀眼。

高子枫回到家的时候，发现一家人除了高婷全部都一脸惊诧地坐在沙发上，于是他自觉地在林未未的身边坐下："妈妈，发生什么啥事儿了啊？"

林未未瞥了他一眼："好好听着。"

"姐，我确定刚才自己没听错，你闺女要报考外地的学校。"林隐看着高婷，然后十分客观地陈述了事实。

林未未脸上扬起一抹瘆人的微笑："我跟你听的意思是一样的。"

"我不同意！"林焱的情绪最激动，"咱们市里有那么多好大学，一个女孩子干吗要往外地考？！而且你出去的时候就知道，到时候就觉得还是家好！"

高语也语重心长地看着高婷："婷婷，刚才我是说尊重你的想法，但我的意思是让你在本市的大学里做选择，我也没说让你去外地上大学啊！"

终于弄明白了所有事情的高子枫看看沙发旁站着的高婷，又看看其他人，清了清嗓子，大声地说道："那我就来做个总结性发言吧……"

"你可拉倒吧！"高婷没好气地打断高子枫，看了他一眼，示意他不要乱凑热闹，这才看向高语："爸，我怕你把中心思想给我曲解了，其实您昨天晚上不说那些话，我也已经做好决定了，我一直都想去外地读书。"

林焱眉头一皱，粗着声音吼道："外地有什么好！能就近在家门口解决的事情你不去！这不是舍近求远嘛！婷婷，你要是走了，姥爷会想你的啊！"

高婷不为所动："姥爷，暑假寒假我还可以回家啊。"

"那也就才一个月多，量不够。"

高婷这次没有说话。

林未未皱着眉头看着高婷，拉着她的手说道："婷婷，我觉得你应该再想想。"

高婷顿了顿，小声地说道："妈，这……已经是我的考虑之后的决定了……"

高子枫忽然凑近高婷，盯着她看了半天，最后下结论："姐，那你这么做跟通知我们有什么区别，其实我觉得你千方百计地要去外地上大学，肯定是嫌弃我们了！"

高婷被说中了心事，忽然有些生气，大声地斥责高子枫："高子枫你别胡说八道！别乱给我扣帽子！"

高子枫不服气地哼了一声，没有再说话，林未未看着高婷，一脸认真地说道："高婷，我也觉得这么直接通知，对我们有点不尊重。"

林未未这话一出，瞬间就惹怒了高婷，心里一阵委屈，红着眼睛朝林未未喊道："你们什么时候尊重过我？什么时候考虑过我的感受！？"

说完高婷就跑回了房间，沙发上的几个人面面相觑，你看看我我看看你，一阵无语⋯⋯

高婷坐在位子上，手里拿着全家福，心里很难过。

她忽然想起当初刚搬过来的时候，大家的情绪虽然很消极，但是都这么熬过来了。她的确是很想离开，但是现在又有些后悔了。

她低头抚摸着手中的相片，心中忽然又了一些不舍。

门外忽然有人敲了敲门，高婷连忙擦了擦眼泪，把相框放回原位。

高语推开房门，看见高婷低着头坐在椅子上，叹了口气："婷婷，刚才大家商量过了，最后一致决定尊重你的意见，你想考外地，就考外地吧。"

高婷听到这话，心里更难受，泪眼蒙眬地看着高语："爸，不我考外地了，我就考本市的。"

"好！好！"高语连说了两个好，脸上完全没有了刚才的沉重和伤感，"这可是你说的哦，到时候可千万不能赖皮，哈哈哈，我要去通知你妈妈、姥爷、舅舅和子枫。"

高语一脸喜气地回了客厅，脸上还挂着泪珠的高婷嘴角抽了抽⋯⋯她是不是太容易心软了⋯⋯

第二十四章

暴风雨前的雷电

优雅的咖啡厅放着浪漫舒缓的音乐，昏暗无人的角落里，Lee 正跟戴着鸭舌帽的神秘人面对面坐着。

背对着门口的神秘人生气地责问 Lee："这件事就这样草草收场了？效果跟预期可不是差了一星半点，就连你的工作都丢了，你猜我现在会怎么做？"

这次的事情给 Lee 的打击也很大，他耷拉着脑袋承认错误："对不起，这件事是我的责任。"

神秘人冷冷地笑了一声："既然如此，我们就不能再温和地玩这个游戏了，你说呢？"

Lee 眼前焕然闪过一抹精光，一脸阴笑地看着神秘人："其实我之前就准备了一个预案，我觉得现在可以派上用场了。"

"什么预案？"

"我秘密研制的一种药水马上就要成功了，只要让异能人吃上一点点，他们就会马上在一分钟之内变成普通人，四十八小时之后药水失效，他们又会恢复异能人的体质，他们用了这个药水，对我们来说就更有利。"Lee 激动地说道。

神秘人满意地点头："很好，那我静候佳音，这可是你最后一次机会了，我的 Lee 老师，你要是再失败的话……"

神秘人发出阴冷的笑声，Lee 吓得不敢抬头看他："您放心，我明白，我都明白。"

高档的房间里黑乎乎的，并没有开灯，唯一的光源就是电脑屏幕发出的微弱光芒，Lee 端坐在电脑前，手指飞快地在键盘上敲打着。

"……高家为了掩饰自己的罪行，直接把学校的 Lee 主任赶走了，现在又继续在学校里称王称霸，他们家六个人每个人都有异能，每个人都利用这些异能做坏事，哪里有抢劫或者车祸，都是因为他们，而大家之所以会不知道，是因为他们是异能人，能够使用障眼法，让大家都发现不了这一切……"

Lee 打了一长串的字，然后将这篇文章发给了好几个大 V 博主，他们收了他的钱，答应帮他发表。

屏幕的光打在 Lee 的脸上，有几分恐怖，他拿起放在电脑旁的绿色药水，发出阴森的笑："高语，你们等着吧。"

放学后，高子枫和戴劲、郝爽走在一起，刚出校门，就有一批人围了上来。

"你就是高子枫？"

"你有什么异能？"

"你是不是背地里做了很多的坏事？"

……

几乎所有的人都围了过来，高子枫、郝爽和戴劲三个人被挤得差点脸挨脸。

"我靠，现在是什么情况？"戴劲使劲推着对面的郝爽，生怕一不小心他就亲了上来。

"我……也不知道啊。"郝爽五官都要被挤的变形了，"疯子，你是不是又做了什么？"

"我什么也没做啊。"高子枫一脸无辜。

"你……赶紧走，不然的话咱仨都要变成印度飞饼了。"戴劲斜着眼珠看着高子枫。

高子枫点头："你们……小心！"

然后只用异能，一眨眼的功夫就回到家。

仓库的门紧紧的关着，高子枫一脸懵懂地站在客厅，看看坐在沙发上发愁的五个人，再看看门外闹事的人，莫名其妙："这是怎么回事，怎么又有人来堵我们家了？"

"微博上很多知名的大 V 发了一些黑我们的文字，这些网友看了，又开始闹事了。"

高语无语地叹口气，看着门外成群的人，发现这次的事情远比上次的事情更麻烦。

"啊？那现在怎么办？"

"还能怎么办？惹不起我们还躲不起吗？"林隐看了一眼窗外，舒服地靠在沙发上，反正他也不爱出门。

其他的看对视一眼，再看看窗外久久不散的人，可怜兮兮的叹口气，现在好像也只有这一个办法了。

夜色越来越深，高家的人就这么坐在沙发杀那个睡着了，而未在外面围观的群众不仅没有散去，反而越来越多，第二天早上，林未未醒来第一眼就看见巴拉在窗户上面挤的变形的脸，吓的尖叫一声，然后所有的人都醒了。

"妈，大早上见鬼了？"高子枫艰难的睁开眼睛看了林未未一眼，在沙发上翻个身继续睡。

林未未一脸嫌弃的看着守在门外的人，没好气的嘀咕："这可比见过了还可怕。"

醒了就没了什么睡意，大家纷纷歪坐在沙发上看着屋外的人，屋外的人也一眨不眨地盯着屋内的人，于是两拨人就隔着玻璃这么对视着……

高高婷看了众人一眼，摸了摸肚子无辜地说道："其实……我有点饿了。"

话刚说完，大家的肚子就纷纷就"咕噜"地叫了起来，高婷一脸懵逼的扫了众人一眼，最后选择了闭嘴。

时间一点一滴地过去，很快就到了中午，暖和的太阳照射下来，高家的人已经瘫坐在沙发上了，而站在屋外的人似乎感觉不到丝毫的累。

"哎哟我去，我觉得我快要不行了。"高子枫有气无力地看着林未未和高语，"爸妈，我快要饿死了。"

"这么耗下去简直是太浪费时间了！"林隐扫了众人一眼，忽然站起来，一脸坚定的看着大家，"所以我决定……"

"怎么样，是有办法了吗？"林未未一脸激动的看着他。

"恩！"林隐重重地点了个头，"我们点外卖吧！"

高子枫一听到吃的，眼睛发光，好像看到了生命的曙光："我怎么没想到这个啊，快快快，点外卖，多点一点，我怕我吃不饱。"

高语在大家的期待下拿起手机，拨通外卖电话……

Lee 站在角落里，看着仓库紧闭的大门和围在仓库外面的人群，露出了一个得意的笑。

忽然，不远处传来一阵摩托声，Lee 探头看了一眼，大老远的就看见送餐员骑着车往仓库的方向来，Lee 眼里亮光一闪，连忙冲上去拦住了他。

"您就是送餐的吧？"Lee 问道

送餐员点点头，狐疑地看着 Lee，猜测道："您是高先生？"

Lee 咧嘴一笑，欢快的点头，便伸手去拿外卖边说道："对，我就是，把东西给我就行。"

送餐员毫不犹豫地将外卖交给了 Lee 后就骑车离开了。

Lee 目送送餐员离开之后，扭头看向仓库大门，得逞的笑了笑，然后拎着外卖到了没人的角落，从口袋里掏出一瓶白色的药水……

高语、林未未、高婷、高子枫、林焱和林隐坐在沙发上心急如焚的等着，忽然听见一阵敲窗户的声音，六个人齐齐看过去，却没有一个人动。

"都别怕，我去看看！"高语小心翼翼地走到窗户边，看见窗台上放着外卖，疑惑的左右看了一眼，连个人影都没有。

"爸，是谁啊。"高子枫探头朝窗户边的高语看去。

高语拿了外卖走回客厅："送外卖的小哥，估计是被那些新闻吓坏了，连见都不敢见我们。"

话还没有说完，其他的几个人直接朝高语冲去，然后一把抢过他手中的袋子就往餐桌跑："啊，终于可以吃上饭了！"

高语被大家狼吞虎咽的样子吓到，也赶紧冲上去："好歹也给我留一点啊！"

"舅舅，你到底好了没有啊。"高子枫捂着肚子，用力夹着屁股，弯腰现在洗手间门口。

"再等一下，一下就好了。"厕所里隐隐传来林隐在用力的声音。

"从刚才到现在，都等了多少个一下了。"高子枫用力地捏着拳头，手臂上起了一阵阵鸡皮疙瘩，他夹着腿来到另外一间洗手间门口，"姥爷你再不出来，你孙子就要被屎憋死了。"

"乖孙子，你再给老爷十分钟。"

"十分钟！"高子枫要抓狂，十分钟他估计已经被憋死了。

忽然听见两一个洗手间传来开门的声音，高子枫连忙跑过去，将门口的林隐一推，下一秒就嘭的一声关上了门。

　　"真是奇怪，打吃完那顿饭开始，就上吐下泻的，肯定是有东西不新鲜了。"林隐看了洗手间一眼，极不自然的迈开双腿，朝沙发走去。

　　高婷的情况也没好多少，不过看见林隐的走姿还是忍不住说了句："舅舅，你这样的走路姿势看上去像是痔疮很严重！"

　　林焱也终于从洗手间出来，扶着屁股走向众人："这要是不叫外卖吃，每天去菜市场买菜可真是个难题呢。"

　　"不难不难，其实在网上啥都能买，粮油米面、生鲜蔬果样样都有。"林隐挥挥手，笑眯眯地掏出手机晃了晃。

　　众人忽然反应过来，顿时恍然大悟的异口同声："那你不早说！"

　　然后纷纷拿起手机进入某宝选购自己喜欢的食材，他们再也不要吃外卖了……

第二十五章

失去了超能力，我们还是一家人

天阴沉沉的，像是要下雨，仓库里，高家的人此时正全部都躲在林隐的房间里，而林隐正在用电脑查询资料。

林焱一脸期待地盯着电脑屏幕："林隐，你快看看网上的风头过没过呢？"

林隐摇摇头："现在的网友们都疯了，真是把咱们当怪物了，有说咱们家人精通气功修行的；有说我们在发送心灵感应、能放射强力意念的；还有这个听着最不靠谱了，说我们是菠菜吃多了，真是脑子长了坑，他把我们当大力水手了！"

高语神情怪异地推门进来，把门紧紧关上，走进众人说道："他们爱说什么就说什么吧，反正我们现在也没有什么超能力了。"

一家人有些懵地看着高语，单纯的眼神显然在问：你在说什么？

高语见大家不信，深吸一口气："我刚才跟家里的各种物体都已经试过了，已经不能对话了。"

大家听了，连忙各自试探自己的超能力，林未未使劲翻白眼，脑子里依旧空空，什么画面都没有，这才惊讶地说道："老公，我也不能预测了，怎么翻白眼脑子里都不出画面。"

高婷也是一阵疑惑："我的特异功能也消失了。"

林隐无辜的举起手："我也是。"

高子枫哭丧着脸，看上去十分难过："我也不能瞬间移动了！闪电侠被打回原形了！"

不……他不能接受！

林未未看了众人一眼，想了想，忽然笑了出来："没有特异功能倒好，这下什么烦恼都没了。"

高子枫还是有些不甘心："为什么我们的特异功能说没就没了啊？"

高婷看着高子枫，一脸严肃地说道："肯定是 Lee 捣的鬼。"

高子枫一脸失望地回了自己的房间，在房间里试验自己的异能，可是无论怎么摆动作都无果，最后他不得不接受这个对他来说打击巨大的事实。

忽然，门被人从外面打开，高婷从门缝里伸进来一个头："子枫，妈叫你去吃水果呢。"

高子枫坐在床上一动不动，像是没听见一样。

高婷担心地看了他一眼，这才走到他的身边："你怎么没反应啊？怎么了？"

高子枫这才抬头看着高婷："姐，你说我们的超能力就真的没了吗？"

"没了不是挺好的，省得被那些人当动物园里的动物看。"高婷耸耸肩，反正她并没有觉得异能给他们家带来多少好处。

高子枫双眼泛泪："可是我还是挺怀念当闪电侠的日子的。"

高婷没好气地翻了个白眼："你那个闪电侠啊，也是个废柴，只能自己瞬间移动有啥用，让你带个人走就全完蛋了！"

高婷本想用轻松点的方式让子枫从失落中走出来，谁知道这话一出，高子枫好像更难过了。

高婷一脸无措，好在这时门外响起了林未未的声音："高婷，子枫，快出来吃水果啊！"

高婷连忙应了一声："哎，来了。"然后转头看着高子枫，"子枫，不管有没有异能，我们都还是一家人，不是吗？"

所以这没有什么好难过的。

高子枫听了高婷的话似乎有点明白了，一脸的若有所思。

早上吃完早饭，高语、高子枫和高婷都去了学校，林隐在房间里玩游戏，林焱则去了公园，林未未将客厅收拾好，见林隐的房间已经不能用"乱"来形容了，决定帮他打扫房间。

擦桌子，归置物品，林未未干得满头大汗，忽然在某角落里发现了一张银行卡。

林未未一脸嫌弃地拿起满是灰尘的银行卡，喊道："小隐你过来。"

林隐闻声从客厅走了进来，有些不耐烦地说道："我说女王陛下，您又有什么吩咐，没事非得打扫人家房间，刚在客厅里趴会儿吧，你又大呼小叫的。"

　　林未未懒得理他那些废话，举起手中的银行卡直接问道："这是你的卡吗？"

　　林隐抬起眼皮看了一眼，更加不耐烦了："我还以为什么事呢，啊，是我的，早没钱了。"

　　"一猜就是，我都懒得问。"林未未擦干净上面的灰尘，上下左右地打量着。

　　"所以呢，你要是不嫌麻烦就帮我注销了吧，嫌麻烦的话就让它直接进垃圾桶。"林隐学着日本人的口音说出这句话，转身就要往厨房走。

　　"哎？"林未未手一伸，抓住林隐的后领，顺手又把他给扯了回来。

　　"林——未——未！"为了表示自己很愤怒，林隐大声地喊出林未未的名字。

　　"打扫完毕，你可以回窝了。"林未未经过他的身边，回头对他销魂地笑了一下，然后就拿着银行卡出门了。

　　天气有点冷，天边阴沉沉的，一丝阳光都没有，林未未裹着外套来了银行，把银行卡递给工作人员："不好意思，这张卡我要注销。"

　　工作人员看了林未未一眼，接过银行卡鼓捣了一阵，然后一脸抱歉地把卡还给林未未："女士，不好意思，注销银行卡必须要本人带着身份证来，而且银行卡里还有钱，您可以先取出来。"

　　"还要自己本人来？"林未未没好气地将银行卡放回包里，白跑了一趟。

　　"卡里还有多少钱啊。"

　　工作人员一脸狐疑地看了林未未一眼，意思是你的银行卡还跑来问我？

　　"嘿嘿嘿。"林未未不好意思地朝工作人员笑了笑，然后自觉地去 ATM 上查询。

　　林隐银行卡的密码林未未一直都是知道的，所以她毫无障碍地查到了卡里的余额，但是当她看到那个数据的时候，差点晕过去。

　　好在身边有个人及时扶住了她："女士，你没事吧？"

　　林未未连忙抽出卡，放进包里，然后紧紧地裹着包跑了，留下路人一脸茫然。

　　"林隐，你知道你这卡里有多少钱吗？"林未未激动地拿着卡冲进了林隐的房间，林隐正在换衣服，听见林未未破门而入的声音，赶紧穿好衣服。

　　"姐，都说女人四十如虎，可是你没有必要连我的主意都打吧？"

　　林未未才没心情跟他瞎胡扯，拉着他的手激动地说道："别瞎扯，赶紧回答我刚才的问题。"

林隐一脸无辜地耸耸肩："不知道。"

林未未两眼放光，激动地看着他："200万。"

林隐也惊讶了，但是相比于林未未的情绪，他还算是淡定的："居然有这么多？"

"你少给我装蒜！"林未未一把抓住林隐的衣领，严肃地说道，"平时你大门不出二门不迈的，上哪去弄这么大一笔钱！"

林隐一脸无辜："就……从网上啊。"

林未未当头棒喝，震惊地看着林隐："网上？你……你……你是不是做那些什么网络诈骗了？"

林隐更加无辜，连忙解释："没有。绝对没有！"

林未未狐疑地看着他，想了想，自言自语："那我知道了，是不是那个什么微商？我听人说吗，每天都在朋友圈发数钱的照片，特别赚。"

林隐有些无语："姐，要是微商真的这么赚钱，我倒也想做……"

"那到底是什么啊？"林未未快要抓狂了，"你突然给我这么大一笔钱，不说清楚我哪里敢用啊，虽然我觉得不大可能，但万一是赃款或者从银行抢来的怎么办？"

"我的天哪，姐，你真的是拍戏拍太多了，就我这样的，还抢银行，您老人家觉得靠谱吗？"林隐听着林未未各种不靠谱的猜测，只觉得额头有一排乌鸦飞过，"其实就是我之前闲着无聊做了一个网络社交平台，这些钱是注册用户的储值消费。"

"什么社交，什么注册，什么储值？都是什么啊？"

"这就是我为什么不想告诉你，因为知道我说了你听不懂，反正你放心用，绝对是来路正当。"

林未未一听林隐这话，这才松了一口气，来路正当就好，不然她都不敢用，就怕自己哪天拿着卡消费的时候直接被警察抓起来了。

林隐见林未未没什么疑惑了，正要继续玩游戏，林未未突然又揪起他一只耳朵："丫的一家人这段时间都要喝西北风了，既然是来路正当的钱，你之前怎么不早拿出来？"

林隐疼得哇哇大叫："姐，你轻点啊，我是真不知道啊！这卡当时没开网银，我从来没查过，不知道里面有多少钱，扔在一边也不记得了，那天刚翻出来我就给你了！"

林未未松开手，看着手中的卡又喜又怒："大少爷啊，您真是不当家不知柴米贵啊，好好的一大笔钱，居然能扔在旁边不知道，我也不知道说什么了！简直——完美！"

林未未两手一摊，做了一个金星的标准动作。

仓库的客厅里，六个人端端正正地坐着，林隐难得坐在沙发正中央，周围除了林焱，都一脸谄媚地看着他。

林隐一脸无辜地往左边看了看，就看见高语谄媚的笑，他赶紧转来头朝右边看去，看到高子枫讨好的笑，顿时有些毛骨悚然，连忙说道："哎呀，我都说了钱我交公，你们爱怎么用怎么用，别盯着我了，人家都不好意思了！"

林焱一听见林隐的话，适时地开口："咳咳，既然是交公嘛，这个家里我年纪最长，身兼两家的父母之职，应该是最合适的公家了。所以，我建议，这笔钱应该用来改善了一下我们家的文化艺术氛围，你看看你们……"

林未未不等林焱把话说完，就挽着林焱的手撒娇："爸，您一向最疼我了，您看我现在重回台前，是不是应该置办一些好的行头，走出去也给您长面子对不对？"

高语一脸老婆奴的样子，想也不想就点头附和："老婆大人说得都对！就是……"他嘿嘿笑了一声，看着林未未狗腿地笑，"不知道在老婆大人置办之余，还能给我省点儿买辆车？当然啦，主要还是为了以后老婆大人起早贪黑赶通告，我可以方便接送嘛！"

高子枫也不甘落后，跑来凑热闹："老舅我也很爱你的，而且我们在游戏里也是一对最佳 CP！其实呢，我要求不高，最新版的钢铁侠手办，来个真人等比例的就行！"

高婷看了众人一眼，严肃地说道："我还是觉得，咱们应该用这笔钱搬家。现在这个仓库还是有很多不方便的地方，如果不是这笔意外之财，短期内家里都很难有条件再买房子。而且，这样还能躲开那个 Lee，一举两得。"

林未未赞同地点头："这么说起来，我觉得婷婷说得对，咱们想要的这些东西吧，早了晚了也都没太大大关系，但是能躲开那个 Lee，对咱们全家来说，还是更安全一些！"

这段时间他们真的快要被那个 Lee 烦死了！

高语赞赏地看着高婷："子枫，你好好跟你姐学学，婷婷真是懂事，比我这个当家长的还考虑得周全，我同意！"

高子枫喊了一声，不服气："我是压根没往那么大的事儿上想好不好，老爸，跟你们的愿望相比，我那个手办才多少钱，好像你们比我还不懂事呢！"

高语见高子枫竟然敢跟他这个一家之主顶嘴，故意板起脸来凶高子枫，子枫也做个鬼脸回敬老爸，林焱赶紧把高子枫揽到怀里，转移话题："我们都得向婷婷学习，我同意！"

林隐举起双手，表示赞同："嗯，我也完全同意！"

"既然大家都通过了，那我现在就去查买房信息。"林隐说完就朝自己的房间奔，林焱、高婷、高语和林未未迫不及待地朝自己的房间奔去："我们去收拾东西！"

林隐指着电脑屏幕上的公寓对比："这个是 5 层，朝南，刚刚那个是 11 层，朝东南……"

林未未拿着一张单子对着打电话："……对，我们想尽快过来看看房子，对……"

林焱在画室里收拾画卷，收起来往箱子里放。

高语则帮高婷收拾书籍，房间里没有高子枫的声音，他张望了几眼，这才好奇地问道："你弟弟呢，怎么一干活就找不到人了！我看他的东西都还没怎么收拾呢。"

高婷看了高子枫的书桌一眼，摇摇头："不知道，刚刚接了个电话就跑出去了。"

天空一片暗色，路灯将道路照亮。

小超市门口的台阶上，高子枫和小美并肩坐着。

高子枫一脸落寞地看着小美："小美……我马上就要搬走了。"

小美扭头看着他，一脸了然地点头："我知道呀，你不是好几天前就告诉我了吗？"

高子枫双眼深情地看着小美，此时他已经将自己想象成了偶像剧里的男主："小美，你会舍不得我吗？我搬走以后，就见不到你了。"

小美很不给面子地翻了个白眼："哪有那么夸张，我们还在一个班啊，每天上学都能见到的。"

高子枫转念一想，不得不点头："也对，台词里面都那么说，我一下子说顺嘴了。"

小美觉得高子枫这样子有些可爱，扑哧一笑，拍了拍高子枫的头："好了，别演了，马上就要中考了，我还要盯着你学习呢！"

高子枫面对着小美坐着，心里还是很难过："可是，我不想和你只是普通同学关系啊，同学那么多，住在这里的时候，我们是邻居，能一块上学放学什么的，多好呀。"

要是搬走了，以后放学就看不到她了。

小美耐心地安慰他："咱们不是邻居也是朋友啊，不光是学校里面能见，休息的时候还可以约着出去玩啊。"

高子枫顿时兴奋起来，一脸惊喜地看着小美："真的吗？那下次放假，我们一块去游乐场吧！"

"嗯，所以不用伤感了！"小美见高子枫心情好像好了一些，忍不住笑了笑。

"小美……"高子枫一脸羞涩地看着小美，有些扭捏地说道，"你真好！"

有钱就是好办事，短短几天时间，高家就选好了房子，付了钱，可以搬家了！

这天，一家人忙忙碌碌地往卡车上搬东西，林未未拿着东西艰难地走着，高语回头看见了，赶紧接过来："老婆，这个边角太利，别把你手弄破了，你去拿点轻的。"

林未未一脸娇嗔地看着高语："我哪有这么娇弱，你倒是要小心点慢慢来，不让你那个老腰受不了。"

"老婆，你真关心我。"高语一脸闷骚地看着林未未。

身后的高子枫和高婷抬东西走过来，因为高子枫抬得太高，高婷太低，所以总不协调。

"姐，你那边到底使劲没有啊，我怎么觉得总往下坠啊。这柜子里面可是我的宝贝们，绝对不能摔啊！"

高婷没好气地翻了个白眼过去："那是因为你抬太高了，受地心引力的影响，抬得越高费力越大，你物理都学哪儿去了。"

高子枫想到那些乱起八糟的物理、化学就一个头两个大："你放心，我以后一定学文科！"

高婷轻轻松松地走到前面："我肯定放心啊，等让你背一个星期书你就会哭着喊着喊着转理科了！"

两个人的身后，林隐双手紧紧抱着自己的宝贝电脑，林焱同样紧紧抱着宝贝画，跟在林隐的身后。

来来回回忙碌了大半天，终于将所有的东西都搬到了车上，一家人都坐在货车的车厢里，围成一圈，气氛轻松，

高子枫双手比 V："我们又可以住新房子咯！"

林隐故意打击他："可惜啊，还是不能给你个单独的房间！"

"老舅，你是不知道，他可是打算好了，等我去大学就一个人独霸房间！"高婷控诉高子枫的罪行，脸上却没有半点生气的迹象。

高子枫听了，连连为自己喊冤："老姐，你别这么说，只是在你不在的时候合理利用空间。等你回来的时候，我不会让你睡地板的！"

林未未看着忙着吵嘴的两个孩子，一脸欣慰，她看着高语，长长地叹了口气："新房子旧房子都无所谓，这段时间我也看开了，这些都是浮云！我最开心的就是终于可以摆脱那个死人 Lee 了，不然我总是担心你们。"

高语笑眯眯地点头，把林未未揽进怀里："说起来也是，咱们有异能的时候无家可归住仓库，现在没有异能又有了大房子，人生的起起落落真是不可预料，果然是富贵如浮云啊。"

林焱抱着自己的宝贝画，靠在椅背上沉沉地说道："月盈则亏水满则溢，什么事儿，都有点缺陷，老天爷才不会妒忌。一路低谷这么久，咱们家总算是否极泰来了！"

大货车在马路上行驶了两三个小时，终于到了新家，几个人欢呼着下了车，看着眼前的高档公寓，每个人脸上都带着欣慰的笑。

"孩子们，拿好各自的东西，我们可以进去了！"高语兴奋得说话都有些激动。

大家连忙转身，拿了自己的东西就要往公寓走，还没进大门，Lee 却一闪身，忽然出现在大家的面前。

众人顿时惊呼一声，纷纷抱作一团，一脸防备地看 Lee。

"你们以为离开那个破仓库就万事大吉了吗？"Lee 看着大家冷笑。

高语挡在大家的面前，生气地看着 Lee："我们现在都没有异能了，你还想怎

么样？"

LEE 得意地笑："你们这一大家子加起来两百多岁，不会这么天真，以为异能刚刚好在最让你们尴尬的时候自动消失了吧？"

林未未看着这个 Lee 就觉得碍眼，根本就不想跟他扯那么多的废话："老公，别跟他废话，我们现在就是普通人，他不让我们进家门，我们报警好了！"

林隐愤愤地点头："没错！"

Lee 看这个众人，嘲讽地笑了一声："好呀，赶紧报警，我倒是想看看，一会儿警察来了，抓住一帮变异人的场面。"

高子枫一听这话就不乐意了，没好气地冲 Lee 喊道："谁是变异人，就算我们之前有超能力，也是超级英雄！"

LEE 附和地点头："OK，那超级英雄们，想不想看看你们之前把家都烧掉的英勇之举啊？"

高家人一听 Lee 这话，紧张地往一起靠了靠，高语一脸愤怒地看着 Lee："我早就觉得那场大火不正常了，原来是你搞的鬼！可是没有用，我们今天站在这里，就是因为我们全家人一起挺过来了，现在又重新搬到了新家，你还有什么招都使出来好了，我们才不怕你！"

大家对视一眼，异口同声地喊道："对，我们不怕你！"

Lee 气愤不已，高高扬起手似乎想做什么，林隐赶紧一步扑上去，却突然隐身了。

高婷喜出望外地朝大家喊道："异能回来了，大家动手！"

一时间，高家人全部行动起来。高子枫用瞬移把 Lee 拉到远处空地，背靠电梯，林焱在正面双手冒火地挡住他。

林未未翻了个白眼，看出了 Lee 的意图："他想打电话叫人，林隐快把手机抢了！"

林隐反应极快，瞬间就抢过了 Lee 手上的手机，而高婷、林隐、高子枫联手配合，一个暂停时间，一个帮舅舅瞬移，一个隐身打得 Lee 晕头转向。

高语见 Lee 被打得嘴巴都出血了，这才连忙喊住几个人："都住手！"

高子枫、高婷和林隐这才停下手，高语走到 Lee 面前："Lee，我们是一家人，你是一个人，以后不要再来骚扰我们！"

Lee 冷哼地看了高语一眼，最后落荒而逃。

"哦，耶！"高家人都十分欣喜，双双拍手庆祝，只有高婷和高语面容严肃，林未未有些莫名其妙地看着他："老公，你怎么了？"

高语打量了周围一眼，然后看着众人一脸严肃地说道："我觉得，哪里都不如仓库，那里才是我们的家。"

高子枫、高婷、林未未、林隐和林焱对视一眼，一脸慎重地点头："嗯！"

六个人最后又提着大包小包的行李回来了，好在离开的时候仓库本来就不乱，现在回来了，也只需要随便收拾一下就可以了，林未未作为家庭主妇，自然是主力军，打扫好之后累得差点站不起来，满身灰尘地拿着衣服往浴室走："老公，我先去洗澡。"

高语点点头："嗯，我先收拾一下卧室。"

说完就进了房间，刚关上门，口袋里的电话突然响起，屏幕上显示"未知来电"，高语心里一阵紧张，盯着手机看了半天才接起来："喂，哪位？"

听筒里传来一个沙哑的男声："高先生，今天你们全家出动对付 Lee 的全过程，我这里都看到了录像，真的十分精彩！"

高语更加警惕起来，不用猜也知道对方不是什么好人："你们还想干什么？"

"高先生，你别紧张，都怪那个不成才的 Lee 办事不力，其实我们之间完全不用如此剑拔弩张，我对你和你的家人，都没有恶意。"

"哦？没有恶意。"高语冷笑一声，"安排一系列的人潜伏在我们家人身边，有的红脸有的白脸，还不停给我们找各种麻烦，甚至还一把火烧了我半生积蓄买的新房子，毁了我们的家，您现在告诉我没有恶意，是不是有点可笑？"

高语没好气地哼了一声，简直想要用智障两个字形容他。

对与高语的语气，对方似乎一点也不在乎："所以我才说，那个 Lee 办事不力啊，高先生，请您相信我，我和我所在的组织对像你们家这样拥有异能的人士非常尊重，也理解现在外面社会那些平凡人对你们的恐惧，你们的家庭非常团结，我一直希望你们能够加入到组织里面来，和我们成为一家人！"

一家人？

高语真想对他竖中指："多谢厚爱，但是这件事，无论换多少人来跟我说，我的答案都一样——我们也只是平凡人，只想过平凡生活，无意加入任何组织。"

"为什么？之前你们的身份暴露，周围人的反应你们也看到了，要不是 Lee 的药水生效，你们现在说不定已经被抓走解剖了，你不害怕吗？"

高语抿抿唇，一本正经地说道："他们固然害怕或者好奇，你们又怎么可能没有任何企图？如果真的出于善意，又怎么会遮遮掩掩一直用一些不入流的法子来拉拢我们？所以，不用多说了，我绝不同意！"

神秘人大概没有想到高语会这么固执，语气里顿时也有了几分怒气："那好，不同意也有不同意的方法，只是到时候如果多有得罪，可不要怪我！"

高语听得心底越发凉了，这群人到底想要干什么？

"你们就不怕我们报警吗？哪怕我被人抓走，也不会任你们为所欲为！"

"哈哈哈，高先生，我是该夸你有骨气还是该嫌弃你太无能呢？见过那么多异能人，可是需要求助那些平凡警察的，你还是第一个。不过我要提醒你，你一个人要耍个性没关系，还记得你那两个没成年的孩子吗？"

高语皱起眉头："你什么意思！"

对方却直接挂断了电话，高语顿时焦躁不安，连忙冲进了客厅。客厅里，除了在洗澡的林未未，大家都在场。

林隐看人齐了，伸手打开电视新闻——

"前段时间吸引大家关注的异能家庭又有了新消息，但这次却值得引起全市市民的关注，因为记者刚刚得到消息，前段时间本市发生的多起枪击事件，很有可能都和这家人有关系。原本，枪支的发明已经让一些不法分子拥有了对付无辜民众的手段，现在这家人还拥有超能力，如果消息为真，那么毫无疑问，他们将成为咱们每一个人生命安全的最大敌人……"

正在这时，电视屏幕突然就黑掉了，大家顿时就尖叫起来，高语这个时候难得的沉着冷静，连忙安抚大家的情绪："大家别慌，别自己乱起来受伤。"

林未未听见大家的尖叫声，也穿着睡衣冲了出来，刚到客厅，就听见外面传来奇怪的声音，她有些害怕地看着高语："哎呀老公，外面是什么声音啊？"

高语看着林未未，安慰她："老婆你别怕，我去看看。"

高语小心翼翼地跑到声音来源的地方，看见姥爷的鹦鹉正用尖嘴敲击窗户，高语这才松了口气，打开窗户，让鹦鹉飞进来。

鹦鹉扇着翅膀刚飞进来就人模人样地喊道："着火了着火了！"

高语心里一惊，探身往窗外一看，只见仓库外面一片火光，扭头就朝客厅喊："外面着火了，你们快出来！"

没几分钟，客厅里的人都冲了出来，姥爷跑在最前面，已经打好水。

高子枫一脸崇拜地看着他："姥爷你好厉害，果然宝刀未老！"

高婷见高子枫这个时候还有心情开玩笑，没好气地瞪了他一眼："别废话了，

247

赶紧去拿盆！"

林未未看着火光冲天，急得晕头转向没了主意，最后忽然想到了什么，说道："我去打救火电话！"

林焱提着水跑到火边，往里一浇，没有想到火却越烧越旺。

"这火有问题，水没用，子枫赶紧过来带大家瞬移！"高语终于看出了点名堂，拉着林焱就往回跑。

高子枫扔掉水盆，召集大家聚拢在窗边，全家人都手拉手，可是怎么都没有反应。

高子枫脸色一边，无奈地看着高语："老爸，好像异能又不灵了。"

林未未愤恨地咬牙："这异能在有事的时候，从来不灵！"

大家的异能又忽然没有了，高子枫等人急得不行，可是却没有一丝办法……

仓库外不远处停着一辆车，Lee 坐在车里，看着不远处冲天的大火，嘲讽地自言自语："为什么都喜欢敬酒不吃吃罚酒呢，你们又不是英雄，装什么铁骨铮铮。只可惜，我也不是大反派，绝不会在这种时候跟你们唠叨，最后给你们翻身的机会。高语，既然你们一家人怎么都不愿意加入组织，那么知道这么多的人，就只好用死亡来保守组织的秘密了！"

Lee 转动着印有徽章的手表，手表发出蓝光，他从车上不紧不慢地下来，身边瞬间出现几个戴着徽章的异能者，手里都攥着一团蓝光。

Lee 走到高家面前，大声地嘲笑他们："你们这家人，简直就是打不死的小强嘛，但没有异能，你们还能怎样？"

林隐面无表情地看他一眼，然后耸耸肩说道："我能打你吗？不能啊，那我没什么好说的了！"

高婷看着 Lee，实在是有些弄不明白："Lee，异能者那么多，你干吗非得跟我们家过不去啊，又是威逼又是利诱的，你也是蛮拼的，不知道的还以为你要使美人计呢！"她顿了顿，继续说道，"不过，你这颜值，最好还是不要自取其辱。"

"唉，所有死到临头的人，都喜欢长篇大论。"Lee 好像一点都不生气，他笑眯眯地看着高婷，"小姑娘，难道你还以为警察叔叔能够来帮你们？我本来是想直接烧死你们的，没想到你们跑出来了，那么我就给你们最后一次机会——高语，你们到底要不要加入组织？"

高语狠狠地捏着拳头，看向家人，大家一起摇摇头。

"我也知道不会有人来救我们了，不过虽然我是一家之主，但咱们还是民主社会，我帮不了你！"

"我操，浪费我的时间！"

Lee缓缓后退，身后的几个异能人同时伸手对着一家人。

高语一家人紧紧抱在一起，闭上眼睛，满脸视死如归的表情，然而下一秒，却突然消失了。

六个人消失的一刹那，林隐的声音飘落："哎呀姐夫，打脸了……"

六个人感觉脚底下确实踩的是土地，这才睁开眼睛，发现自己身处陌生的空旷地，而在他们面前，小美和刘建国笑盈盈地看着他们。

高语呆怔地看着两个人："我真的没想到，这一切，仿佛如同一场梦。"

刘建国走上前，握住高子枫的手："不好意思，其实我们已经提前得到消息了，但临时出了状况，耽搁了一会儿，所以没来得及在起火之前把你们救出来，还好你们家人真是福大命大，居然连不灭火都没伤着你们。"

林未未也很感谢刘建国，她摆摆手解释："应该说是幸亏Lee对我们还贼心不死，非得再磨叨半天，不然我们早死了，平时拉着高语喝酒我就觉得你不靠谱，没想到救人你也不靠谱！"

"姐，都这时候了，你能不能不要吃一个男人的醋了……"林隐举起手弱弱地抗议。

高婷和高子枫一脸茫然地对视一眼："刘叔叔，你刚说的信息量有点大，你能不能给我们解释清楚？"

刘建国忽然仰天长叹一声，缓缓开口说道："这个就说来话长了，你们应该明白，你们家从来不是地球上唯一拥有异能的人，之前也从Lee那里听过了，他们是一个专门吸收异能人的组织。"

高语忍不住打断他，提了个建议："要不就……长话短说？"

刘建国看了他一眼，继续刚才被打断的话："他们组织很早就在这个城市扎根，势力很大。党羽遍布各个角落，一直用异能为自己捞钱捞权，为了保持组织的能力，他们一直在想办法利用能力监测各种有异能潜质的人类，试图发现更多的异能人士。要么利用，要么消灭，没有第三条路。"

高语还是有些不解，一脸疑惑地看着刘建国："所以他们发现了我们？可是我们不是在大火之后才得到异能的吗，如果这样的话，为什么要放火烧我们家房子？”

“他们应该是用特殊方式察觉了你们有潜能，但是并未被激发，因此，想通过不断施加压力的方法，来逼你们获得自己的能力，也通过这个方法，测试你们的能力到底有多强。”

“原来是这样。”高语了然地点点头，“难怪开始 Lee 的行动还比较温和，看来是想放长线钓大鱼啊。”

“没错，据我所知，一场大火，你们家五个人都很快获得了异能，这是非常罕见的，我相信后来 Lee 从幕后走到台前，直接去你们学校任职也是因为这。一方面想看子枫能不能获得异能，另一方面想看你们家人到底有什么特别的地方。”

刘建国看着众人，十分耐心地解释。

高子枫想起以前的事情，忽然有些庆幸：“我一直觉得我获得异能晚是废柴，这么看来，还好我速度慢，要不然我们早就被一锅端了！”

高婷面无表情地看了他一眼，嘲讽地说道：“恭喜你又获得了自我催眠的新技能……”

高语上下打量了刘建国一眼，顿时有些迷茫：“你怎么会知道这么多？”

“有黑暗自然有光明，我是来自异能者保护组织‘光’，专门保护你们一家人的。其实，我只想做个安静的美男子，深藏功与名，刘建国只是我的化名。”

刘建国站在高家满前，突然郑重起来，视线一一扫过众人，用无比严肃而低沉的声音说道：“其实……我的真名，叫刘建军。”

众人：“……”

仓库外面的大火已经招来了警察，最后把 Lee 抓走了，高家人高兴得不行，一连几天都非常兴奋。

很快就到了林焱的生日，林未未从早上起床就开始准备，晚上早早地做好了一顿大餐，就等着高子枫、高婷和高语。

“我好像闻到了什么味道。”突然出现在门口的高子枫兴冲冲地跑进餐厅，用手偷偷地抓起一只龙虾偷吃。

“高子枫，给我放好书包，去洗手！”林未未系着围裙，一只手拿着锅铲，没好气地看着高子枫。

"哪！"高子枫十分听话地蹿进了洗手间。

高语和高婷站在门口，对视一眼，各自去放包包。

林未未炒完最后一个菜，大声地喊道："吃饭了！"

林隐、高婷、高子枫和高语纷纷从自己的房间跑出来，几秒钟的工夫大家就在餐桌旁坐好了。

"姥爷，我把这个给您戴上。"高子枫拿过蛋糕店赠送的生日帽，笑眯眯地给林焱戴上。

"哎，好，乖孙子。"林焱笑得心花怒放，整个人好像瞬间就年轻了几岁。

餐桌上摆满了十几道菜，一个硕大的生日蛋糕就摆在中间，点完蜡烛许完愿，大家开始分蛋糕吃。

高语和林未未含情脉脉地吃着同一块蛋糕，两个人毫不顾忌地你一口我一口地围着吃，林隐看得直起鸡皮疙瘩，高婷和高子枫互相往彼此脸上抹着奶油，一家人其乐融融，欢声笑语。

仓库外不远处的小道上，Lee 摇下车窗，看了一眼仓库内的情形，露出诡异的一笑，然后扬长而去……